OS CONDENADOS

Título original: The Damned

Diretor Editorial
Christiano Menezes

Diretor Comercial
Chico de Assis

Editor
Bruno Dorigatti

Capa e Projeto Gráfico
Retina 78

Revisão
Isadora Torres
Ulisses Teixeira

Impressão e acabamento
Ipsis Gráfica

DADOS INTERNACIONAIS DE CATALOGAÇÃO NA PUBLICAÇÃO (CIP)
Angélica Ilacqua CRB-8/7057

Pyper, Andrew
Os condenados / Andrew Pyper ; tradução de Cláudia Guimarães
Rio de Janeiro : DarkSide® Books, 2016.
320 p.

ISBN: 978-85-9454-003-4
Título original: The Damned

1. Literatura norte americana 2. Terror
3. Histórias de fantasmas I. Título II. Guimarães, Cláudia

16-0476 CDD 813

Índices para catálogo sistemático:

1. Literatura norte-americana

DarkSide® *Entretenimento LTDA.*
Rua do Russel, 450/501 - 22210-010
Glória - Rio de Janeiro - RJ - Brasil
www.darksidebooks.com

Andrew Pyper

— OS —
CONDENADOS

TRADUZIDO POR
CLÁUDIA GUIMARÃES

DARKSIDE

Para Heidi, Maude e Ford

Eu morri mais de uma vez na minha vida.
Algumas pessoas conseguem equilibrar pratos em varas,
outras podem acertar todas as tacadas
jogando golfe em Pebble Beach, mas poucas têm tantos
carimbos no passaporte da outra vida como eu.
É um dom, creio, ainda que seja um dom
que não desejo para ninguém.
Haverá mais uma travessia para mim,
assim como para todos nós. Mas ninguém
pode dizer o que espera por vocês do outro lado,
eu mesmo só posso falar do que vi,
porque se o seu destino é a cobertura
ou a sala da caldeira, depende de você.
Paraíso ou Hades, Céu ou Inferno
— eles são feitos sob medida.
Eu sei porque estive em ambos.

DANNY ORCHARD
Os Condenados

— OS —
CONDENADOS
PARTE 1

DEPOIS DO FOGO

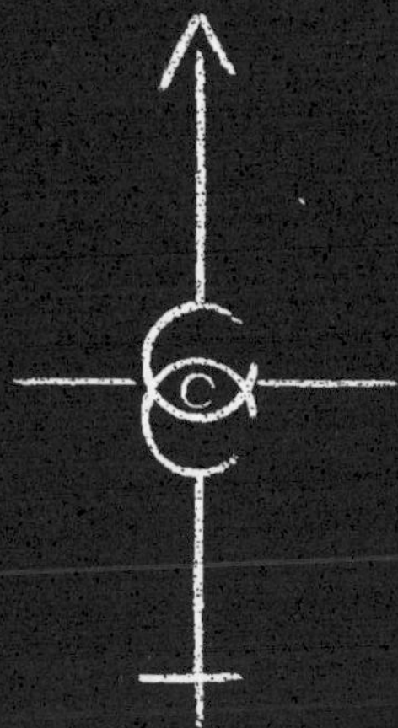

— OS — CONDENADOS

ANDREW PYPER

CAPÍTULO 1

Meu nome é Danny Orchard. Pode soar familiar. Escrevi um livro há algum tempo, memórias da minha experiência de quase morte. Surpreendentemente, foi para o topo da lista de mais vendidos logo depois do lançamento. Vinte e sete traduções e quatorze anos depois, ainda vejo pessoas lendo esse livro no metrô. Nunca me apresento para dizer que a história é minha.

Isso me transformou em uma espécie de autoridade. Um especialista em morte. Uma dessas subcelebridades que são convidadas para fazer discursos depois do jantar em convenções de dentistas e eventos de arrecadação de fundos de grupos beneficentes, uma figura pública que custa menos que um *quarterback* do Super Bowl e cuja história é mais interessante do que a de um senador aposentado. Todos se lembram daquela minha participação no programa *60 Minutes*, quando mostrei o relógio Omega da minha mãe — a evidência que o livro apresenta de que o Paraíso existe —, e os olhos do apresentador, Morley Safer, pareceram ficar cheios d'água.

Ao meu livro também pode ser atribuída a inspiração pela criação da comunidade dos Reviventes, voltada para aqueles que foram até o outro lado e retornaram. Você não imagina quantos de nós existem por aí. Na última vez em que chequei, havia uma dezena de assembleias na América do Norte, bem como algumas na Europa e Ásia, cada grupo se encontrando uma vez por mês para discutir os efeitos das EQMs nas vidas dos participantes, nos seus casamentos, nas suas crenças, no seu trabalho. Eles se reúnem nos locais deprimentes de sempre: porões de igrejas, salões de conferência de hotéis baratos, centros comunitários com piso de linóleo. É como o AA, só que com álcool.

Costumavam me convidar a toda hora para participar de reuniões em Miami, Toronto, Amsterdã ou Los Angeles, e eu às vezes aceitava, se pagassem minha passagem, mas quase sempre dizia estar muito ocupado "trabalhando em um novo projeto". Mentira. A verdade é que eu já tinha escutado mais do que gostaria de recordações lacrimosas de anjos que assumiam a forma de amados professores, ou do júbilo que alguém sentia ao ver seus entes queridos falecidos, com uma auréola e em paz, dizendo-lhes que não precisavam ter medo.

Porque não é sempre assim.

Às vezes, é preciso ter medo.

No entanto, era um hábito do qual eu não conseguia me livrar, como colocar uma gravata e ir à missa dominical, e, durante anos, compareci às reuniões mensais da assembleia local de Boston. Eu me sentava no fundo e quase nunca falava com o grupo, uma figura sacerdotal que os outros Reviventes tratavam de não perturbar depois de conseguir um autógrafo meu em seu exemplar de páginas amarfanhadas.

"Então por que você vem?", perguntou, certa vez, o líder da assembleia, Lyle Kirk, enquanto jogava uma nota de vinte no balcão para pagar as cervejas que costumávamos beber depois de uma reunião. "Por que dar as caras, se você não tem nada a dizer?"

Eu mesmo fiquei surpreso ao lhe dizer a verdade.

"Porque vocês são os únicos amigos que tenho", respondi.

Seguido de um pensamento que não verbalizei.

E nem são amigos de verdade.

Lyle, contudo, era um bom sujeito, um empreiteiro da cidade de Revere especializado em calhas de telhado, sociavelmente alcoólatra, o nariz um milho de pipoca estourado bem no meio da cara. Seu Paraíso era incomum. Uma eternidade a ser passada rolando pela grama, uma criança de fraldas sentindo as cosquinhas feitas pelo cachorro da família enquanto este lambe o purê de maçã que havia caído em sua barriguinha.

"Cada um na sua", disse ele, dando de ombros, ao terminar sua apresentação.

Uma noite, há quatro meses, eu estava no canto do salão reservado de um restaurante cambojano na Beacon Street. Havia talvez uma dúzia de Reviventes nas cadeiras em frente a um pequeno pódio com alto-falantes defeituosos em sua base, o microfone inutilmente ligado, de forma que todas as vozes se transformavam em areia moída. E do que falavam essas vozes? Coisas do Paraíso, quase sempre. Repetindo suas narrativas de um vislumbre de Eternidade. A viagem de barco com mamãe. O passeio na praia, de mãos dadas, com o falecido marido. O jogo de futebol no qual o chute, por mais longe que seja, sempre acerta o gol. Quando Lyle me perguntou se eu gostaria de falar, recusei, como sempre, explicando que estava ali apenas para mostrar meu apoio. Porém, aquelas pessoas não precisavam de apoio. Elas precisavam tomar as rédeas de suas vidas antes que estas fossem arrancadas delas e que aquele passeio na praia fosse tudo o que restasse.

Lyle estava prestes a encerrar o encontro quando um braço se ergueu.

Era de uma idosa, cujas roupas cheiravam como se tivessem ficado guardadas por tempo demais em armários fechados, sentada bem na minha frente. Ela perguntou se havia tempo para contar sua história. Lyle respondeu que sempre havia tempo para alguém que "sabe o que você sabe, querida".

Ela demorou um pouco para chegar lá na frente. Não era apenas o peso de um quadril com artrite que a atrasava, mas alguma relutância mais profunda. Quando ela se virou para nós, vimos que não era timidez. Era o supremo esforço de ir desde a cadeira dobrável até o pódio, pois ela estava absolutamente apavorada.

"Meu nome é Violet Grieg. Minha experiência é um pouco diferente da de vocês", ela disse.

Sua pele perdeu completamente a cor enquanto ela pronunciava essas duas frases, os círculos de blush em suas bochechas se destacando como machucados.

"Nosso pai", começou ela, depois de passado um minuto de silêncio, para então se calar novamente. Pensei que ela ia começar a rezar. Até abaixei os olhos para me unir à prece. "Quando ele estava vivo, nosso pai era o que todos chamavam de 'um bom homem'. Ele tinha esse tipo de rosto, esse tipo de risada. Um médico de família em Skowhegan, onde crescemos — fazendo partos, distribuindo remédios. 'Seu pai é um bom homem', diziam eles. Mas que diabos eles sabiam sobre essa bondade?"

Ela gritou a última frase. Uma explosão raivosa no microfone, que se transformou em um grito estridente ao fundo.

"Como se pode distinguir um homem bom de um homem mau quando não se vive com ele, quando não se precisa confiar nele?", prosseguiu ela quando o ruído cessou. "*Um bom homem*. Não passava de uma farsa! 'Só vou lá em cima *dar boa-noite para as meninas*', ele dizia. Nossa mãe nunca o impediu. Apenas eu e minha irmã é que... sabíamos o que ele realmente era."

Ela fez o que achei ser um movimento para voltar ao seu assento, mas era apenas um passo atrás, balançando a cabeça. Uma tontura, ou um súbito calafrio. Ao retomar seu depoimento, sua voz havia se reduzido a um rosnado perturbador.

"Há um ano, tentei me matar. Mas suicídio — isso é pecado. É o que o bom livro diz. Assim é a *lei*."

Um dos Reviventes se levantou e partiu, apontando o relógio, como quem explica que tem outro compromisso.

"Eu estava completamente morta", prosseguiu Violet Grieg, o olhar sobre nossas cabeças, fixo na porta nos fundos do aposento, como se esperasse a chegada de alguém. "Estava em um lugar onde as coisas mais terríveis que eu já havia visto se repetiam sem parar. E assim seria para sempre, se não fosse pelo fato de este mundo ter decidido que ainda não havia acabado comigo. Eu retornei. E agora eu o vejo o tempo todo. Subindo as escadas quando tento me esconder. Aonde eu vou, ele vai atrás."

Sua testa brilhava de suor. A pele sobre os dedos que se agarravam ao atril era tão fina que eu temia que se rasgasse, como um lenço de papel.

"Coloco uma cadeira embaixo da maçaneta, tapo o vão da porta com travesseiros para não ver a sombra de seus sapatos. Sou uma criança de novo. Deitada na cama. Tentando não me mexer, não respirar. Observando enquanto ele vai de um lado para o outro, buscando uma maneira de abrir a porta. Às vezes, ele consegue."

Lyle lançou um olhar aos demais presentes, com um débil sorriso de desculpas. Uma das lâmpadas fluorescentes na parte da frente do salão começou a piscar. Um bruxuleio que deu ao rosto de Violet Grieg a rigidez de cera de uma boneca antiga.

"'É só um fantasma', disse minha irmã, mas eu falei não, não é isso. É diferente. É mais do que isso", ela afirmou, as mãos trêmulas balançando o pódio de tal forma que a mulher sentada exatamente à sua frente recuou a cadeira uns trinta centímetros.

De repente, o tremor cessou. Os olhos dela se fixaram em alguma coisa na porta, atrás de mim. Algo que não enxerguei quando me virei para olhar.

"Quando morri e voltei, eu trouxe meu pai comigo", sussurrou ela. "Ao contrário de vocês, quando atravessei o portal, fui para o outro lado. Fui para *baixo*. E aquele homem... aquele filho da puta nojento se pendurou no meu pescoço e conseguiu uma carona até aqui em cima!"

Nesse momento, ela desabou.

Apesar de estar mais longe que todos, fui o primeiro a alcançá-la, atirando cadeiras para o lado, pulando sobre os outros.

Quando me ajoelhei junto a ela e coloquei a mão sob sua cabeça, a idosa já estava voltando a si. Seus olhos retomaram o foco, e pude ver que toda a raiva havia deixado seu corpo, deixando-a trêmula e esgotada.

"Você vai ficar bem, Violet", falei. "Uma leve tontura, só isso. Vai ficar tudo bem."

Ela olhou para mim, e compreendi que aquela senhora tinha ido lá como um último recurso, mas que agora não havia mais esperança.

Percebi que eu também sabia outra coisa.

Era seu pai que ela havia visto no fundo da sala.

Depois que os paramédicos chegaram, com Violet segurando minha mão durante o trajeto, de maca, até a ambulância, eu e Lyle descemos a rua até o O'Leary's, onde ele pediu uma rodada de doses de Jameson.

"Obrigado por ter vindo esta noite", disse ele ao brindarmos, o uísque escorrendo pelos nossos dedos. "Mas desculpe por aquela coisa no fim. Jesus."

"Não foi culpa dela."

"Claro que não. É só que, esses *tipos*... Eu penso neles mais como Almas Penadas que como Reviventes, entende? Eles acabam deixando os outros meio deprês."

"Demônios fazem isso."

"Puta merda, Danny. Você acreditou nela?"

"Estou falando metaforicamente."

"Ah, é? Pois ela, com certeza, não estava."

Lyle fez sinal com o indicador para o barman, pedindo outra rodada.

"E quanto a você? Você é o especialista", prosseguiu. "Você é o *cara*. O que sabe sobre esse negócio?"

"Nada, para falar a verdade. Mas já pensei sobre o assunto várias vezes. Quem nunca?"

"Acho que tem razão", disse Lyle, subitamente contrariado com o rumo da conversa.

"Siga meu raciocínio um minuto. A maior parte das EQMs são positivas, certo? Talvez misteriosas. Na pior das hipóteses, um pouco perturbadoras. 'Vá para a luz!' versus 'Não vá para a luz!'. No fim das contas, que diferença faz?"

"A luz, no fim, acaba nos levando."

"Certo. Para a maioria de nós, é a luz boa que está à espera. Mas há aqueles — não muitos, mas alguns, como Violet — que não passam por uma linda experiência durante a sua visitinha."

"Porque vão para o Outro Lugar."

"Isso. E como eles o descrevem?"

"É diferente para cada pessoa. Cada um de nós tem de encontrar seu próprio lugar."

"Exceto que, no caso dessas pessoas, o lugar é ruim."

"É o pior lugar", disse ele. "É quando eles se veem na merda e tomam um caminho diferente. De *sofrerem* o mal a *fazerem* o mal."

"Você observou algum outro padrão neles?"

"Deixe-me pensar." Ele colocou o polegar no queixo, mas este escorregou e ele largou a mão no balcão do bar mesmo. "Quase sempre tem algo a ver com onde cresceram. O lugar que mais temiam. Os corredores da escola, o porão da casa do tio, um mergulho noturno com a mãe quando esta não voltou da água. Na maior parte das vezes, eles não conseguem nem falar sobre isso."

"E, deixe-me adivinhar, não aparecem muitas dessas pessoas nas reuniões."

"*Quando* aparecem, somem depois de um ou dois encontros. Posso apostar que não veremos Violet Grieg no mês que vem."

"Por quê?"

Dessa vez, Lyle se inclinou para dar um gole sem levantar o copo.

"Essas pessoas, o que elas viram... é demais", respondeu, sacudindo a cabeça quando o uísque queimou ao descer pela garganta. "E elas percebem que não se encaixam no grupo. Quer dizer, nós *tentamos* incluí-las. Mas não podemos fazer muita coisa. Somos do tipo 'O Paraíso é sensacional, maravilhoso, e está esperando por todos nós! Ah, desculpe, exceto por... *você*. Você está completamente *fodido*'. Não é muito animador, entende?"

Fingi estar prestando atenção no jogo dos Celtics que passava na TV.

"Por que você está me perguntando tudo isso?", Lyle perguntou depois de algum tempo. "Sabe de alguém que possa ter ido para o mesmo lugar de Violet?"

"Não, nada disso", menti. "Apenas juntando algumas ideias para o meu próximo livro."

Lyle Kirk é um bêbado com um subemprego, a um passo de ser um lunático completo, mas não é idiota.

"Estou louco para ler", disse.

CAPÍTULO 2

Minha irmã e eu morremos em nosso aniversário de dezesseis anos.

Éramos gêmeos fraternos, ainda que você não necessariamente percebesse isso de imediato. Ash tinha a pose de uma dançarina e uma autoconfiança visível em cada gesto, como se todos os seus atos fossem parte de uma performance sutil mas grandiosa, uma convocação para ficar por perto e assistir. Eu, por outro lado, tentava me esconder por trás dos longos cabelos que cobriam meus olhos, um garoto que, ao entrar em um aposento, buscava sempre o cantinho mais próximo e deixava a irmã ocupar o centro do palco. Se você nos tivesse conhecido naquela época, chegaria à conclusão de que a vida havia, visivelmente, preferido um de nós em detrimento do outro. No entanto, quando a morte caiu sobre nós, escolheu ela, não eu, mantendo-a em seu domínio e atirando-me de volta para um mundo que, sem a presença da minha irmã, eu mal conseguia reconhecer.

Antes de completarmos dezesseis anos, vivemos na mesma casa durante toda a vida. A mais bela casa em uma das mais belas ruas de Royal Oak, ainda que, nos dois casos, isso não significasse muita coisa. A Royal (como nós dizíamos, "Seja leal à Royal!", o slogan dos negócios locais) era agradável, mas firme em sua simplicidade, sem aqueles monstruosos prédios reformados ou lojas de grife de Grosse Pointe ou dos subúrbios mais recentes que gravitavam em torno da cidade de Detroit. A maioria das famílias com as quais crescemos encontravam-se bem no meio da classe média, profissionais liberais em ascensão ou em queda, comerciantes simplórios que se endividavam o máximo que podiam para se mudar para a parte rica da cidade, ao norte da 8 Mile Road. Em comparação à maioria dos nossos vizinhos, éramos excepcionais. Não por razões financeiras, mas por causa de Ash. A garota que todos diziam que um dia poderia ser modelo, atriz ou presidente dos Estados Unidos.

Ashleigh Orchard era a realeza da Royal.

Ashleigh dos boletins cheios de notas dez, das listas de formatura com distinção e da seção local do *Detroit Free Press* com uma crítica sobre o "desempenho espetacular" da estrela da produção de *South Pacific* pelo colégio Dondero High. Mas no mundo de verdade, onde vivíamos, ela era apenas Ash.

A bela Ash. Ainda que fosse o tipo de beleza que vem acompanhada de um asterisco.

Bela no sentido que nosso próprio pai chamava de "belafeia", os traços tão encantadores quando tomados isoladamente, mas que, no conjunto, traziam uma ideia de alienígena, de transgênico — olhos azuis demais, distantes na medida certa, membros e dedos longos de uma forma que chegava a ser extraterrestre.

Ao olhar para nossa família — para ela — você certamente pensaria que éramos sortudos. Porém, dentro das paredes de nossa casa na Farnum Avenue havia um segredo. Meu pai, minha mãe e eu sabíamos que um monstro vivia conosco, por mais fotogênico, por mais inteligente que fosse. E, como ela era apenas uma garota, como era alguém da família e como tínhamos medo dela, não havia nada que pudéssemos fazer.

Então tentávamos levar as coisas da melhor maneira possível. Papai se refugiava no trabalho, saindo bem cedo pela manhã e voltando para casa cada vez mais tarde. Ele era a prata da casa da General Motors, com um escritório na torre do meio do Renaissance Center, onde a empresa alugava espaço do hotel que ocupava os demais andares. Sua sala, no quadragésimo segundo andar, tinha vista para o rio Detroit e era tão alta que ele podia ver o Canadá e as plantações de tabaco ao longe. No ano anterior à morte de Ash, ele passou algumas noites no sofá do escritório. Se escondendo.

Nossa mãe se dizia dona de casa, mas na verdade era uma dorminhoca com plugues de ouvido, uma bebedora de xerez no almoço, uma zumbi de Chardonnay na hora em que voltávamos da escola. Algumas vezes eu a encontrava encolhida embaixo da cama ou desmaiada em um canteiro, ainda com as luvas de jardinagem, segurando firme a tesoura de poda ou a mangueira de jardim. Uma vez eu a achei dentro da banheira, a água já fria. Ela ainda estava viva, mas por pouco. Seu corpo nu era surpreendentemente pesado enquanto eu tentava fazer o impossível: erguê-la sem tocá-la. Acabamos os dois amontoados no tapete do banheiro.

"Obrigada, Danny", ela disse quando conseguiu encontrar as palavras, usando as paredes para se equilibrar enquanto tentava caminhar com alguma dignidade de volta para seu quarto. "Foi muito *cavalheiresco* da sua parte."

Ela morreu ali, naquele lugar, dois anos antes de Ash. Um "acidente doméstico", é assim que eles classificam o fato de dormir bêbado e se afogar na banheira, então não tivemos de recorrer à outra palavra. Papai a encontrou depois de voltar para casa tarde do trabalho, os olhos de sua esposa o encarando debaixo de quinze centímetros de água.

Não era a usual tendência à depressão dos subúrbios que a afligia, mas um pavor que minha mãe fazia o possível para apaziguar. Ela sabia o que estava do outro lado, esperando pelo nosso chamado, para que abríssemos uma porta a fim de que entrasse.

E culpa, também. O desgosto de ser aquela que havia trazido Ash ao mundo.

Que tipo de coisas Ash fazia? Por que ela era uma garota cuja própria mãe desejava que nunca tivesse nascido?

Deixe-me contar uma história. Uma história curta e terrível.

Durante um inverno, quando Ash e eu tínhamos doze anos, houve um dia de sol que se sucedeu a uma onda de frio, que fez a neve derreter, deixando ruas molhadas e telhados gotejantes. Na manhã seguinte, o frio voltou. Calçadas e entradas de garagem se transformaram em rinques de patinação. E, pendurados em cada telhado, pingentes de gelo longos e pontiagudos como lanças.

"Dentes de monstros", disse Ash quando os viu.

Ao voltarmos da escola naquele dia, os pingentes de gelo ainda estavam lá, mas a previsão do tempo era de temperaturas mais amenas naquela semana.

"Precisamos guardar um", disse Ash. "Eles são lindos demais para simplesmente *morrer*."

Ela me fez ir pegar uma escada. Quando voltei, ela me levou até o pingente de gelo que havia escolhido, e tive de subir até o último degrau para arrancá-lo.

"*Tenha cuidado!*", gritou Ash, com uma genuína preocupação pelo gelo, algo que eu nunca a havia visto mostrar antes por qualquer ser humano.

Quando lhe entreguei o pingente, ela o embalou como um bebê enquanto o levava até a garagem, onde o escondeu no fundo do freezer, embaixo de um saco de costeletas de porco.

Meses se passaram. Em algum momento da primavera, estávamos assistindo a um programa na TV, uma série policial na qual o assassino havia usado balas de gelo para atirar no crânio da vítima. Apenas um fio d'água havia sido encontrado na poça de sangue que ficara no chão, o que intrigava os policiais. "Gelo! Totalmente não rastreável!", afirmara o promotor durante o julgamento.

Naquela noite Ash ficou repetindo essa fala, como uma canção, a caminho da cama.

Desde o dia em que peguei o pingente de gelo, ela não falou nele. Nem eu. Não se passava um dia sem que eu não pensasse no assunto, porém. Imaginando a dor lancinante daquele pingente entrando no meu pescoço, por trás, enquanto eu dormia. Aguardando abrir meus olhos no meio da noite e encontrá-la sobre mim, segurando o pingente com as duas mãos como uma estaca, seu rosto a máscara inexpressiva que ela usava quando não estava fingindo e era ela mesma, perfeitamente oca.

Chegou o verão. Dias longos e sem rotina, à espera de que algo acontecesse.

E então aconteceu.

Fui até o quintal para procurar alguma coisa na garagem e acabei encontrando o cachorro. Estávamos com ele há poucas semanas, um labrador amarelo que papai havia trazido do abrigo de animais. Mais uma tentativa de normalidade.

Ash estava escutando bastante Sex Pistols naquela época. Ela o batizou de Sid.

Fazia calor, e as moscas já estavam zunindo em torno do corpo de Sid, como se procurando uma maneira de entrar. O sangue as atraíra. Vermelho e brilhante, ainda úmido. Vindo da órbita ocular. O olho não estava mais lá.

O cão parecia sorrir. Como se tivesse sido treinado para deitar e se fingir de morto e estivesse apenas esperando a ordem para se levantar.

Uma poça de água rosada se espalhava em torno da sua cabeça. Eu me ajoelhei e a toquei.

Ainda gelada.

Naquele instante, um pensamento. Dito não pela minha voz, mas pela de Ash.

Isso nunca vai parar, ela dizia.

Eles tentaram se livrar dela.

Não que tivessem apresentado a ideia dessa maneira a Ash. Disseram que era uma oportunidade.

Não podíamos arcar com os custos da escola preparatória e do internato em Cranbrook, mas papai falou que valia a pena, não importava o preço. Falou que era uma chance para que ela "mudasse de rumo".

Isso aconteceu quando tínhamos treze anos.

Eu me lembro de ter ido no carro com ela e papai até Bloomfield Hills, para deixá-la lá. Eu sentado no banco do carona, Ash atrás. Ela não ofereceu resistência, não discutiu. Não houve lágrimas, nem da parte dela, nem da nossa. Minha irmã apenas ficou olhando pela janela enquanto nosso subúrbio se transformava em outro, mais verde, mais bonito e mais distante, um vestígio de sorriso nos cantos de sua boca. Como se tudo tivesse sido ideia dela.

Depois de nos mostrar seu quarto, Ash fechou a porta na nossa cara, sem dizer uma palavra. Eu sentia que papai lutava contra a vontade de trocar sua caminhada solene por uma corrida até o carro.

Papai me levou até seu escritório. Descemos de carro a Woodward Avenue, avançando por Detroit até o Ren Center. Ele disse que precisava pegar algumas coisas em sua sala, mas, na verdade, era uma comemoração dissimulada. Só nós dois, fazendo piadas um com o outro, papai contando histórias que eu nunca havia escutado antes, de quando ele era jovem. À nossa volta, a cidade, linda e decadente.

Não sei se algum de nós realmente achou que daria certo. No entanto, durante os três meses em que Ash ficou fora de casa, no alto de Bloomfield Hills, algo parecido com paz visitou a nossa casa. Uma quietude, pelo menos. O sossego restaurador de uma enfermaria para veteranos de guerra, nós três feridos mas em processo de cura, movendo-nos desajeitadamente, sentindo-nos um pouco mais fortes a cada dia.

Cortei o cabelo, e todos agora podiam ver meus olhos. Mamãe até começou a maneirar na bebida. Experimentou uma receita de bife Wellington que ela havia encontrado em um livro de receitas, nunca antes folheado, de Julia Child. Até hoje, esta é a melhor refeição que já comi.

Às vezes, eu pensava em Ash, lembrando que ela nunca havia feito nada de ruim comigo, não diretamente. Ameaças, manipulações, sustos, sim. Mas, comigo, ela nunca ia até o fim, como fazia com os outros. Eu era o único que ela poupava, o único que Ash mantinha por perto mesmo que não soubesse amar, e, ao me lembrar disso, minha felicidade era momentaneamente abatida pela vergonha. No entanto, logo voltava à tona a perspectiva de uma vida longe dela, e eu só queria ver mais disso.

Então, um dia, voltando da escola, encontrei meu pai de pé na cozinha, o rosto vermelho, lendo em silêncio uma carta arrancada de um envelope de Cranbrook, e soube que Ash estava de volta, que ele nunca mais tentaria despachá-la de novo e que seríamos punidos pelo que havíamos tentado fazer.

Ela havia sido expulsa da escola. Foi tudo o que meu pai falou sobre o assunto, ainda que a carta contivesse outras informações além desta. Uma descrição de crimes explícitos, indescritíveis. Eu podia ver isso pela maneira como sua expressão se alterava enquanto ele lia a carta. Seus traços não apenas assumindo um ar consternado, mas perdendo o viço, se apagando.

Ao acabar, ele dobrou a carta em um retângulo do tamanho de um cartão de visitas. Saiu de casa com a carta dentro do punho cerrado.

A porta do quarto de Ash estava aberta quando subi. Um raro convite para olhar lá dentro e encontrá-la sentada na beirada da cama, escrevendo calmamente no diário.

Quando ela sentiu que eu estava ali de pé, levantou o olhar. Fez beicinho. Piscou os olhos, as pálpebras escuras por uma maquiagem da cor de um hematoma.

"Sentiu minha falta?"

CAPÍTULO 3

Depois do fracasso com a experiência de Cranbrook, nossa família voltou a se comportar como antes, ou pelo menos tentou, o que significa que passamos a viver em uma expectativa ainda maior do Evento Terrível que sabíamos que aconteceria.

Enquanto Ash e eu avançámos na adolescência, nossas diferenças se tornaram mais acentuadas. Meu isolamento subiu de patamar e se transformou em uma espécie de performance contínua, um número de sobrevivência, como o faquir na TV, que vemos se dobrar para caber em um recipiente plástico e lá permanece dias a fio, imóvel e em silêncio. Quanto a Ash, seus encantos públicos subiram em confiança, enquanto suas crueldades privadas ficaram mais perturbadoras. Não era, no entanto, um efeito colateral da puberdade. Ela não estava “amadurecendo”. Estava se transformando em *alguma outra coisa*. E ainda que meu pai, minha mãe e eu nunca falássemos abertamente sobre o que poderia ser essa coisa, acho que conseguíamos imaginar, com um horror crescente, as formas inumanas que Ash poderia escolher.

Ficou ainda pior depois que mamãe morreu.

Poucos dias depois de nosso pai chegar em casa e encontrá-la na banheira, bêbada e afogada — na mesma tarde após o funeral de nossa mãe —, Ash perguntou se eu poderia ir à casa do garoto com quem ela estava saindo na época, Brendan Oliver, para acompanhá-la de volta à nossa casa. Era um pedido inusitado de várias maneiras, considerando-se que, há apenas duas horas, estávamos junto a uma cova no cemitério Woodlawn vendo nossa mãe ser enterrada. Mas assim era Ash. Sem tristezas, sem limites. Tudo o que ela fez foi manter fixo no rosto o ar de "à beira das lágrimas", trêmula, o tempo todo em que ficou perto do túmulo, até sair correndo da limusine alugada para dentro de casa, a fim de ligar para Brendan e perguntar se ele estava lá e se queria vê-la.

Ele estava. Ele queria.

"Você pode passar mais tarde na casa de Brendan, Danny? Tenho de falar com você sobre algo", disse Ash antes de passar nos lábios o brilho labial de morango e se encaminhar até a porta. Aquilo não era um pedido. E eu sabia que não se tratava de algo que ela queria me dizer, mas sim de algo que ela queria me mostrar.

Cheguei na casa dos Oliver, na Derby Avenue, pouco depois das cinco e toquei a campainha, apesar de saber que era pouco provável que alguém atendesse. Com dezessete anos, Brendan era ainda mais velho que os garotos mais velhos com os quais Ash andava, um veterano do time de basquete, de queixo quadrado, conhecido por fazer sucesso com as garotas. Ele era o tipo de garoto ativo, provocador, confiante, cujos atos jamais eram questionados, um soberbo conjunto de dádivas físicas que jogaria em Ohio a partir do ano seguinte. Brendan não estava exatamente acima da lei, mas, no nosso mundo, era a própria lei.

Tudo isso, somado à ausência do carro de seus pais em frente à entrada, significava que ele provavelmente estava sozinho com Ash em algum canto da casa. Ele estaria sussurrando suas ordens em um dos quartos com a cortina fechada e iria ignorar a campainha até estar satisfeito.

Fiquei imaginando por que Ash me queria ali. E, ao pensar nisso, em um instante surgiu a primeira dor verdadeira do dia. A compreensão de que minha mãe se fora para sempre desabou sobre mim, como uma coberta que estivesse me deixando sem ar e cego, e tive de me segurar na grade do pórtico, piscando os olhos na direção da rua até que as árvores e os toldos retomassem o foco. Quando isso ocorreu, olhei de novo para a porta da casa dos Oliver e vi, por trás do painel de vidro decorado, a luz do hall escurecer e brilhar de novo. E um som. O zumbido baixo de uma máquina.

Ash havia comentado algo sobre o pai de Brendan ter uma oficina na garagem atrás da casa. Ao caminhar naquela direção, eu pensava: *Se eu sei que há uma oficina lá atrás, é porque ela queria que eu soubesse disso.* A conclusão lógica — *se vou olhar pela janela, é porque ela quer* — não me impediu de meter o nariz na moldura da janela para espiar lá dentro.

A princípio, parecia que eles estavam dançando.

Coladinhos e balançando ao ritmo de uma música lenta que eu não conseguia ouvir, o rosto de Ash recostado no peito dele, e Brendan estava curvado sobre ela como um ponto de interrogação. Mas não era uma dança: para começar, ele estava sem camisa. E os movimentos deles eram uma negociação corporal: ele tentando deitá-la no chão, onde seu moletom de capuz do Dondero High improvisava um lençol, e ela resistindo, esfregando o rosto no peito dele, puxando a face de Brendan para a sua com a mão.

Sem virar a cabeça, Ash olhou para a janela. E me viu.

Com os olhos, ela me contou algumas coisas. A primeira foi que estava me esperando chegar, havia dado um jeito para que ela e Brendan estivessem naquele local, naquele momento, e que agora finalmente podia começar.

A segunda era que a serra de fita atrás de Ash estava ligada.

Parece tão afiada! Como dentes!

Eu podia ouvir a voz dela, as palavras ditas há poucos momentos, como o rastro de um eco no ar. Ela teria ficado boquiaberta depois de dizer isso, para que ele sentisse seu hálito quente. Susto de mentira, excitação de mentira. Mas a provocação era real.

Você pode ligá-la, Brendan?

Eu o vi beijá-la, ela arqueando as costas. Os olhos de Ash fechados. Os dele, abertos como os de uma coruja à espreita de uma pequena presa condenada na grama. Olhos que observaram quando minha irmã tomou a mão dele na dela, guiando-a para a mesa lisa da serra. A lâmina um firme borrão em movimento.

Foi rápido, mas não tão rápido.

Houve tempo para que Brendan visse o que estava prestes a acontecer e tentasse impedir. Ele poderia ter puxado a mão, afastar-se dela, perguntar que diabos ela pensava que estava fazendo. Em vez disso, ele ficou, como eu, olhando enquanto Ash colocava a mão dele na mesa e empurrava seus dedos para os dentes cinzentos da serra, que giravam sem parar.

Se ele gritou, não me lembro do som. Do que eu me recordo, antes de sair correndo na direção da rua, antes de eu mesmo dar um berro, era de Ash abrindo os olhos. Para se assegurar de que eu havia visto.

O que era importante que eu visse não era a violência, a sedutora facilidade com que a serra separou dois dos dedos de Brendan Oliver do corpo dele, ou o jato de sangue que fez o que poderia ser um esboço de coração desenhado na parede, mas como ela o manipulara para que ele mesmo fizesse aquilo. Ele não tentou impedi-la, não protestou. Estava tão interessado quanto eu em ver o que ela havia planejado para ele. E seria somente mais tarde, depois de dizer aos seus pais que havia sido um acidente, da revogação do convite para jogar em Ohio e da resignação vazia e inédita que assombrava seu rosto quando caminhava, geralmente sozinho, nas ruas de Royal Oak, nos anos que se seguiram, é que Brendan se deu conta de que a linda garota não havia roubado apenas um pedaço dele na oficina, mas ele inteiro.

—OS—
CONDENADOS
ANDREW PYPER

CAPÍTULO 4

Se você perguntar hoje à polícia de Detroit onde eles guardam o caso dela, vão dizer que Ashleigh Orchard está no arquivo morto. Uma garota que teria saído de bicicleta com algumas amigas para ver uma matinê de *Sociedade dos Poetas Mortos* no Main Art Theatre, a fim de celebrar seu aniversário de dezesseis anos, mas, em vez disso, levou-as pela Woodward Avenue, em direção ao centro.

Todas as quatro sabiam que era bastante ousado ir de bicicleta até Detroit. Isso significaria ser levada para um mundo que, normalmente, elas só viam por trás das janelas dos carros de seus pais, com as portas trancadas. Casas abandonadas, queimadas todos os anos na Noite do Demônio, a véspera do Dia das Bruxas. As gangues de Hamtramck e Highland Park na delas, nem sendo incomodadas pela polícia. Quarteirões inteiros se transformando em campos de mato, pilhas de tijolos aqui e acolá, como lápides funerárias.

As amigas de Ash quiseram saber o motivo. Por que ela queria que fizessem aquilo?

"Quero mostrar uma coisa a vocês", ela respondeu.

Ash não reduziu a velocidade. Ela pedalava com suas pernas longas e brilhantes de bailarina, seus cabelos louros e compridos tremulando em suas costas, como se dissessem tchau.

Foi Lisa Goodale quem conseguiu fazê-las parar. Lisa Goodale, bonita como um gatinho, um tipo de beleza que não envelhece bem, que estava fazendo aulas de reforço de matemática no verão pelo terceiro ano consecutivo e que havia ensinado técnicas de boquete para as outras garotas (certa vez, desci as escadas para o porão da nossa casa e a encontrei segurando uma banana junto aos lábios franzidos) — foi ela quem gritou "Ash! *Fala sério!*" e parou junto ao meio-fio na esquina da Woodward com a Webb.

Ash continuou mais um pouco. Parecia que não havia escutado. Mas, por fim, ela parou. Exibiu às amigas um dos seus insuperáveis sorrisos.

"Você não está *curiosa*?", perguntou.

"Não", respondeu Lisa. Mentira.

Ash continuou sorrindo, sem parar. E, mesmo não estando lá, mesmo ainda não tendo sido chamado para resgatá-la, posso ver seu rosto claramente, como se eu estivesse naquela mesma esquina com as garotas. Possivelmente até com maior clareza, e é um sorriso que vejo desde então. Um olhar que diz algo como *É impossível você saber o que eu sei.* Ou *Um dia, vou mostrar para você tudo de que sou capaz.* Ou *Eu sempre venço. Você sabe disso, não sabe?*

Mas as palavras que ela disse foram "Não contem".

Então ela saiu pedalando, de pé na bicicleta, e só se acomodou de novo no selim depois de atingir velocidade de cruzeiro. As três garotas ficaram olhando, Ash cada vez menor nas ondas bruxuleantes de calor por sobre o asfalto, seu cabelo um dedo do meio a censurá-las, cobrando um juramento de segredo que elas nunca fizeram.

Somente depois que nenhuma delas conseguia mais vê-la é que tomaram o caminho de volta.

Depois que as garotas retornaram, Ash pedalou (ou foi atraída, levada ou arrastada) até uma casa abandonada na Alfred Street. Lá, ela foi queimada viva. No mesmo porão, foram ainda encontrados os restos de Meg Clemens, uma colega de escola nossa que havia desaparecido uns dez dias antes. Duas garotas, a mesma idade. Dois corpos quase apagados para sempre pelo fogo, exceto que algo deu errado na segunda vez. A pessoa que fez aquilo, sabe-se lá por quê, não terminou com Ash. Gritando em um poço no fundo de uma casa onde ninguém vivia desde antes de nós nascermos.

Há ainda menos testemunhas, e muito pouco se sabe sobre o que Meg Clemens fez ou aonde ela fora depois que sua mãe lhe entregou uma nota de dez dólares e a viu sair pela porta da casa na Frederick Street, a uma quadra e meia de onde morávamos. Meg escrevia para o jornalzinho da escola, publicando "reportagens investigativas" sobre as atrocidades nutricionais do refeitório. Ela usava óculos de armação tartaruga, um pouco grandes demais para seu rosto, que escorregavam de maneira charmosa pelo nariz. Ela sempre recusava convites para sair com os rapazes, por isso carregava a injusta reputação de ser metida a besta. Isso era tudo o que se sabia dela. Ou que eu sabia dela.

Duas garotas, ambas criadas nos mesmos parquinhos, nas mesmas escolas, nas casas de família de Royal Oak, onde um terço das residências trazia sobre a porta a bandeira americana. Isso naturalmente criou temores de uma conexão, apesar de a polícia ressaltar que não havia qualquer prova nesse sentido. Nos corredores do supermercado Holiday Market e junto à seção de lançamentos da videolocadora, os pais se permitiam cochichar sobre a possibilidade de haver um monstro entre nós, colhendo seus filhos nas ruas.

O sumiço de Meg Clemens era um mistério que colocou nossas mentes em uma trilha que levava a horrores privados, com cada um imaginando um fim para o caso, invariavelmente ruim. Porém, durante dez dias, o caso era apenas o que as autoridades, em uníssono, chamavam de "incidente isolado". Então Ashleigh Orchard também sumiu, e elas tiveram de mudar essa classificação. Duas garotas com idade suficiente para serem chamadas de "jovens", uma admissão da aparência delas nas fotos publicadas nos jornais. "Jovens" significando o desfrute da independência, das horas de mistério e desordem que elas passavam longe das vistas dos pais.

E sexo. "Jovens" significava sexo, ao contrário de "meninas".

Depois do incêndio, quando eu estava no hospital, os detetives perguntaram se minha irmã teria algum motivo para pensar em suicídio, e respondi que não havia a menor hipótese. Era impossível pensar em Ash abandonando tudo o que havia conquistado para si em Royal Oak, a escola que ela praticamente comandava e as "melhores amigas" que eram escolhidas e exiladas sem motivo aparente, além dos garotos mais velhos, que literalmente pulavam de telhados em piscinas e montes de neve só para merecer um segundo da atenção dela. E Ash nunca me abandonaria, o irmão que, durante a maior parte do tempo, ela queria morto, mas do qual necessitava de uma maneira que nenhum de nós seria capaz de descrever.

Eu sei disso porque entrei na casa para salvá-la.

Havia sido uma mansão certa vez. Quando aquela parte da cidade era algo além de ruínas, mais que tijolos e vidro retornando à natureza. Um lar imponente para algum médico ou empreiteiro, depois abandonado, as janelas grandes e pretas como pupilas dilatadas. Tudo aquilo se erguendo em fumaça quando parei junto ao meio-fio com o carro da minha mãe e disparei pela porta aberta.

Corri para dentro. Porque era lá que ela estava, resistindo. Por mim.

Não que eu a tenha visto através da escuridão sufocante. Não que tenha ouvido sua voz. Eu sabia que ela estava lá porque somos gêmeos, e gêmeos sabem. Sabem até mesmo quando não querem, coisas sem palavras e imediatas, como a dor.

Eu a encontrei ao pé da escada do porão. Só que a escada não existia mais, de modo que apenas seu rosto e suas mãos erguidas eram visíveis naquele redemoinho negro. Uma garota que se afogava no fundo de um poço.

"Danny!"

Ela ainda estava de pé. Seu cabelo se encaracolava em anéis queimados.

"Não me deixe aqui! *Danny!*"

Ela não se referia ao fogo ou à casa. Era à morte. Seu apelo era para que eu não a deixasse sozinha no que quer que viesse depois daquilo.

E eu não a deixei.

Mesmo sabendo o que ela havia feito, quem ela era, eu me deitei na madeira vergada do piso e atirei a mão para baixo, para puxá-la. Mas Ash estava longe demais. Eu lhe disse para pular — ou quis, tentei dizer —, mas o calor havia ressecado minha garganta, impedindo qualquer grito.

Eu me estiquei para baixo, para a minha irmã, e ela se esticou para cima. Porém, a única coisa que tocamos foi o fogo.

Ela não queria morrer. Mas as chamas a levaram mesmo assim.

Da mesma maneira que me levaram também.

CAPÍTULO 5

Quando você está morto, você sabe que está morto.

Sempre se ouve falar dos outros, as pobres almas que precisam de ajuda "para a travessia", os entes queridos confusos naqueles *reality shows* sobre paranormalidade que ficam no pé da cama, até que alguém lhes diga que é hora de partir. Mas, pela minha experiência, não há como confundir isso com estar vivo, porque para onde eu fui depois do incêndio era *melhor* do que estar vivo. Paraíso, como chamam. Uma reprise ligeiramente modificada do dia mais feliz da minha vida.

Eu estava com treze anos. Sentado ao lado do meu pai no Buick Riviera que ele tinha na época, descendo a Woodward Avenue em direção às torres redondas e negras do Renaissance Center, onde ele trabalhava. Um passeio pelo centro de Detroit em um dia de sol, vendo as lojas de penhores e os motéis estilo bloco de concreto passarem através de vidros com película escura.

Era o dia em que levamos Ash para Cranbrook. O dia em que me permiti sonhar que era possível deixá-la para trás.

Sobre o que conversamos? Não consigo lembrar muito bem. Rimos um bocado, de qualquer forma. Papai contando histórias de sua adolescência em Saginaw, mais ao norte do estado de Michigan. Sua vida antes de nós revelada como uma série de delitos excitantes ou ridículos, mas, em última análise, inocentes. Atirar pedras em um ninho de vespas e sofrer as piores picadas na bunda de sua vida depois de algumas delas conseguirem entrar no seu short. Cair em um lago congelado e ter de voltar para casa sem calças porque elas haviam congelado e ficado duras como cimento. Atravessar com um Fusca o saguão principal de sua escola para receber apenas um tapinha no ombro e um aviso para não tentar *aquilo* de novo do policial que o esperava na outra ponta.

Era a lembrança de um dia que realmente havia acontecido, ainda que fosse mais intensa que qualquer outra lembrança ou sonho. Na verdade, pareceu mais real do que quando eu a vivi, aguçada pela minha percepção do quão especial era o fato de eu escutar tudo isso pela voz imperturbável do meu pai. A tudo se somava a consciência de que nada disso duraria muito tempo.

O Paraíso era descer a Woodward de carro com o meu pai, fazendo de conta que éramos como todos os outros pais e filhos. Uma família sem Ash.

Estacionamos perto das torres negras. Paramos para observar o opaco rio Detroit.

"Há uma fronteira bem no meio dele", disse meu pai, como havia feito no mundo real. "Uma linha invisível."

Foi a união de conceitos — invisível/fronteira — que prendeu a atenção da minha jovem mente enquanto passávamos pela porta giratória e entrávamos no amplo saguão do edifício. Carros e caminhões, todos "sólidos produtos da GM", como invariavelmente meu pai os chamava, repousavam, brilhantes, no piso abaixo de nós, enquanto alguns modelos mais vistosos, um Corvette e um Fiero, rodavam lentamente no ar, suspensos por cabos de aço e blocos de ferro.

Fomos até o elevador panorâmico que nos levaria até o escritório dele. Ele entrou e me puxou para perto dele, o peso de sua mão em meu ombro acendendo uma onda de calor dentro de mim.

As portas se fecharam. Começamos a subir.

O elevador subiu, atravessando os andares abertos do saguão, e passamos para o segundo nível, subindo pelo lado externo da torre principal. Uma vista infinita que melhorava à medida que subíamos. Lá embaixo, o rio e o perfil atarracado do Windsor na margem oposta e, para além, o resto do Canadá. Vasto e plano, esvanecendo antes de atingir o horizonte, como uma pintura de paisagem abandonada pela falta de um tema.

"Isso é para sempre, Tigre", disse meu pai, enfiando alguma coisa na palma da minha mão direita. Ele fechou meus dedos em torno do objeto, para que eu não visse o que era.

A velocidade do elevador diminuiu ao se aproximar do quadragésimo segundo andar. Eu não queria que parasse. Não que eu tivesse medo do que me aguardava do outro lado da porta, mas porque queria que meu pai ficasse comigo e sabia que isso seria impossível.

Eu sabia que, se tirasse os olhos da vista e me virasse, ele já teria desaparecido.

Ding!

A porta do elevador se abriu.

Eu me afastei do vidro. Senti uma tonteira vertiginosa, como borboletas tentando escapar do interior do meu crânio. Tentei piscar para fazer essa sensação sumir.

Funcionou.

"Ele voltou", disse uma mulher. Ela parecia satisfeita. Fiquei pensando em quem seria "ele".

Apesar das luzes fortes, o aposento era mais baço que a manhã de Detroit da qual eu havia acabado de sair. E com isso veio a notícia — os estranhos de pé à minha volta, o ar cheio de química, o primeiro indício de dor — de que não era o dia mais feliz da minha vida.

"É verdade", disse um homem. Ele parecia mais surpreso que satisfeito.

Indo e voltando. Indo e voltando.

A cada vez que eu voltava, minha pergunta era *Onde está minha irmã?* E a resposta era sempre a mesma, independentemente da pessoa a quem eu perguntava.

"Vou buscar seu pai. Está bem, Danny?"

O que já era uma resposta em si.

E, finalmente, era meu pai quem estava lá.

Havia alívio em seu rosto, e também gratidão. Mas, além disso, ele parecia confuso.

"Danny? Como você está, Tigre?"

Tigre? Ele não usava aquele apelido desde que eu era um garotinho. Desde que fôramos ao antigo Tiger Stadium e eu vira meu primeiro e único jogo da liga profissional de beisebol.

Ele não me chamava por esse apelido desde que eu morrera. Meu dia de Paraíso.

"Ash está morta", falei. "Não está?"

"Sim. Está, sim."

Ele deixou a informação assentar. Então: "Danny, você sabe o que é isso?".

Ele tirou um objeto do bolso, colocando-o diante dos meus olhos.

"Um relógio", respondi. "O relógio da mamãe. Aquele que o vovô deu para ela."

"Isso. Você sabe como o conseguiu?"

"Como assim?"

"Depois do incêndio. Quando os médicos — quando eles salvaram você. Eles abriram sua mão, e você estava segurando o relógio."

Parecia que ele ia chorar. Eu não conseguia perceber se era porque estava com raiva, tomado pela tristeza ou impaciente para saber o que queria saber. Mais do que qualquer coisa, ele parecia ter medo.

"Você deu para mim", disse. "No elevador."

"Elevador?"

"No Ren Center. Quando eu estava..."

"Não, *não*..."

"...naquele lugar, quando parti."

"Não. Eu não poderia ter feito isso."

"Mas você *fez*."

Ele guardou o relógio, como se fosse um presente que ele subitamente se arrependera de dar. E então as lágrimas começaram a escorrer. Um rosto vermelho, com barba a fazer, de lágrimas assustadas.

"Eu não poderia ter dado esse relógio para você, Danny. *Impossível*", ele disse. "Porque sua mãe foi enterrada com ele."

CAPÍTULO 6

Quando eu estava me sentindo bem o bastante para que reduzissem os remédios para os enxertos de pele na parte de trás das minhas pernas (o único lugar onde as queimaduras foram severas), comecei a falar sobre o Depois para quem quer que aparecesse no meu quarto. *O Paraíso é real! Você sabe o que aconteceu? Quando eu estava morto, depois que o teto desabou e o ar foi sugado dos meus pulmões? Eu revivi o melhor momento da minha vida! E não há nada de nuvens fofinhas ou túneis de luz, nada de anjos bregas tocando harpa, trata-se do seu passado! A vida depois da morte já está* dentro *de você! Você a está vivendo agora!*

Teria sido muito simples para os médicos e as enfermeiras classificarem essas declarações como disparates pós-choque ou divagações causadas pela morfina, se não fosse pelo relógio. O Omega de ouro do meu avô, que minha mãe adorava e usou por quase toda a vida, e que sempre disse que um dia seria meu. O relógio que meu pai, como testemunhado por vários presentes, colocou no pulso da minha mãe momentos antes de seu caixão ser fechado pela última vez, para ser deposto em um túmulo do cemitério Woodlawn, em frente ao pavilhão State Fairgrounds.

O relógio me transformou em uma espécie de celebridade na enfermaria de queimados. Para aqueles com tendência a acreditar — ou convencidos pela prova —, eu era o profeta de Detroit, levado ao Paraíso e trazido de volta para anunciar que a eternidade é o melhor dia da sua vida.

Não que estivessem todos convencidos disso. Mais de uma vez, explicaram pacientemente que minhas visões eram apenas um artifício do meu cérebro, que pifava na hora da morte. E o relógio? Isso me rendia piscadelas e olhares do tipo *explique você*. Para os descrentes, o Omega era somente um toque macabro de prestidigitação. No entanto, ninguém explicava como isso teria sido feito.

Os policiais do setor de homicídios também mostravam interesse e escutavam atentamente, tomando notas, quando eu falava sobre o que passei a chamar de Depois. Eles perguntaram se eu *queria* ir para o Paraíso. Em caso afirmativo, será que não teria vontade de levar minha irmã comigo? E quão bem eu conhecia Meg Clemens, a amiga de Ash que havia desaparecido? A garota cujos dentes foram encontrados próximos a Ash no local do incêndio?

"O que você estava fazendo lá, Danny?"

Era isso que eles perguntavam, mais do que qualquer outra coisa. Mesmo atordoado pelos analgésicos, eu sabia o que eles estavam querendo dizer.

Você matou sua irmã e a outra garota, Sr. Paraíso-Ida-e-Volta?

Eu lhes contei a verdade.

Também era o meu aniversário, mas eu não havia sido convidado para o cinema, e papai só voltaria para casa na hora do jantar, então, quando Michelle Wynn ligou para nossa casa de um telefone público no Zoológico de Detroit, depois de elas terem abandonado Ash, fui eu que atendi. Assim que ela disse que minha irmã tinha ido para o centro, larguei o fone e peguei o carro da minha mãe — parado em frente à nossa casa há um ano, esperando que nós superássemos o nível das bicicletas — e desci a Woodward para encontrar Ash.

Exceto por algumas voltas em torno do parque com meu pai, eu nunca tinha dirigido, e me lembro de ziguezaguear pelas pistas, lutando com o volante. Quando passei em frente ao zoológico, olhei para o portão, para ver se Michelle, Lisa e Winona ainda estavam lá.

"E elas estavam?", perguntou o detetive.

"Não que eu tenha visto."

"Então você continuou dirigindo. Para salvar sua irmã."

"É. Mas naquele momento eu pensava em outra coisa."

"No quê?"

"Na festa de aniversário que tive no zoológico uma vez. Quando fiz seis anos. A única festa só para mim, pelo que eu me lembro. Meus pais contrataram um mágico e tudo."

"E o que mais?"

"Ele era meio estranho."

"Quem?"

"O mágico. Esquisito, do tipo que fica perto demais de você. E ele usava maquiagem demais", contei ao policial, que mantinha a caneta imóvel sobre seu bloco, esperando eu chegar aonde ele queria que eu fosse.

Minha lembrança seguinte foi ter visto fumaça preta subindo de algum lugar ao norte do miolo do centro da cidade. Na meia dúzia de quadras onde ficavam os casarões.

Eu sabia que era lá que Ash estava. E que estava em perigo.

"Como você poderia saber disso?"

"Somos gêmeos."

"E daí?"

"Gêmeos sabem."

"Explique para nós."

"Em parte, eu sou ela, e ela, em parte, é eu."

Então eles fizeram a pergunta para a qual eu não tinha resposta. Eles me perguntaram por que Ash teria ido para aquela casa.

"Talvez alguém a tenha obrigado a ir lá", insinuou o policial, como se essa ideia acabasse de lhe ocorrer.

Eu também pensei nisso. Era impossível não haver ninguém que não quisesse matar minha irmã. Se não por vingança explícita ou para satisfazer algum desejo venenoso, então para simplesmente estar perto dela, para ser aquele que finalmente saberia quem Ash era.

"Por quê?", perguntei.

"Para machucá-la. Como machucaram Meg Clemens."

"Quem iria querer fazer isso?"

"Não sei. *Você*, talvez?"

"Eu? Arrastar Ash até algum lugar para...?" Eu quase ri. "Você obviamente não a conhecia."

E então eu ri. Ou talvez estivesse chorando.

Eu me recuperei.

Quando minhas pernas melhoraram o bastante para que eu pudesse andar sem que fizesse uma careta cada vez que o tecido da calça encostasse na minha pele, eles me deixaram voltar para casa. Ainda que casa não fosse a palavra adequada. Era o mesmo endereço, os mesmos aposentos, mas o lugar era, ao mesmo tempo, vazio e claustrofóbico, escuro ainda que todas as luzes estivessem acesas. Papai trabalhava ainda mais que antes, deixando dinheiro para mim no balcão da cozinha pela manhã. Não havia uma pizzaria na região metropolitana de Detroit cuja entrega eu não tivesse testado. Eu conhecia todos os funcionários do 7-Eleven de Royal Oak pelo nome. A Blockbuster me deu uma camiseta no Natal, por ser um Cliente Muito Especial.

Não fiquei de luto por Ash, mas sentia sua ausência o tempo todo. Para mim parecia impossível que ela não estivesse mais lá, que pudesse fazer algo tão humano quanto morrer e nunca mais voltar.

E era realmente impossível. Porque ela voltou.

— OS —
CONDENADOS
ANDREW PYPER

CAPÍTULO 7

Eu sabia que ela estava morta, que não estava ali da mesma forma que o sofá onde ela se sentava ou o controle remoto que eu deixara cair no chão estavam, mas, na primeira vez em que Ash apareceu depois do incêndio, ela me parecia mais real do que qualquer coisa que eu já havia visto.

Eu estava sozinho na sala, vendo os Red Wings perderem um jogo de meio de semana em Nova York. Meu pai dormia lá em cima. E então, do conjunto de sombras formado pela samambaia de plástico e as cortinas, ela surgiu. Ficou parada até que eu virasse a cabeça, reconhecendo sua presença. Assim que conseguiu minha atenção, ela entrou no raio de alcance da luz, sentando-se ao meu lado e fingindo prestar atenção no jogo que passava na TV.

Qual é o placar?, ela perguntou, mas sem pronunciar nada. Sua voz ressoava na minha cabeça exatamente como eu a escutava, pelo menos uma vez ao dia, desde que ela morrera, só que desta vez a voz estava acompanhada do corpo.

"Você não está aqui", tentei dizer, mas não consegui evitar a voz de choro.

E ela não estava lá. Não por completo. Ainda não.

Eu era incapaz de mexer qualquer parte do meu corpo além dos olhos, que ficavam indo e voltando dela para a TV. Era impossível ver todas as partes da minha irmã ao mesmo tempo. Como se Ash só pudesse se manifestar em fotogramas partidos — um joelho nu por sob um rasgão no jeans, os avermelhados nos nós dos dedos de suas mãos —, uma espécie de truque fotográfico, uma bela colcha de retalhos, de lembranças e sombras.

Mas aí surgiu o cheiro dela. O som de sua respiração. Uma aura fria irradiava dela, para me informar que eu estava mais errado que certo.

Eu estou onde desejo estar, Ash falou, sem dizer nada.

Quando chegou a hora, escolhi a Universidade Estadual de Michigan dentre todas as faculdades de Humanas às quais poderia ir porque achei que seria mais fácil me esconder ali. E eu tinha razão. Mas deve ser fácil se esconder, não importa onde você esteja, quando ninguém está a sua procura.

Houve matérias, escolhidas mais ou menos ao acaso, e notas decentes no primeiro semestre. Porém, em pouco tempo, eu só conseguia pensar em quão arbitrárias eram as "decisões que mudariam sua vida" que eu teria de tomar (para mim, parecia haver pouca diferença entre pré-advocacia e pré-taxista) e logo fiquei sem rumo. Comecei a faltar às aulas e a entregar menos trabalhos. Meu quarto no alojamento foi tomado por torres de caixas de pizza. O ruído dos estudantes se divertindo embaixo da minha janela me parecia uma TV cujo volume eu não conseguia diminuir.

Eu queria um amigo, mas não tinha a menor ideia de como encontrar um. Queria uma namorada, mas isso estava tão além do meu alcance, era tão irreal, que eu me sentia um idiota só de pensar nisso, como um garoto crescido o bastante para saber que ele nunca será o Homem-Aranha nem jogará basquete com os Pistons, mas que continua sonhando com as duas coisas.

Em ambos os casos, havia pontos passíveis de discussão. Amigo ou namorada, Ash nunca permitiria que eu tivesse qualquer um dos dois. Ela defendia minha solidão sem descanso. Certa vez, Ash me seguiu durante uma tarde inteira, um espectro que cacarejava no meu ouvido sempre que eu olhava para uma garota bonita passando pelo corredor. Em outra ocasião, eu estava sentado no gramado com um grupo de estudos da minha turma e, quando olhei à minha direita, lá estava ela, fingindo-se encantada com as páginas de *Uma Breve Introdução à Sociologia*. Suas aparições tinham aparentemente o objetivo de me lembrar de que nada daquilo — as piadas sussurradas nas mesas da sala de aula e os demorados beijos no pátio — era para mim.

Minha irmã se assegurou de que eu permanecesse sozinho. Vivo, mas não livre para viver. Mesmo assim, não foi para uma ociosidade depressiva que ela me empurrou, ou para uma letargia de maconha. Porque eu, na verdade, estava ocupado. Trabalhando de manhã até tarde da noite, entupido de cafeína, cheirando mal.

Eu estava escrevendo um livro.

Não que soubesse que era um livro quando comecei. Não tinha a menor ideia de quantas páginas ele acabaria tendo, nem qual era o meu objetivo com aquilo, quanto mais se alguém poderia ler quando eu acabasse. Era apenas algo que eu queria fazer.

Era a história de como eu havia morrido e retornado no meu aniversário de dezesseis anos. Minha viagem de carro pela Woodward Avenue e em um elevador com meu pai. O relógio. Um argumento para a existência do Paraíso.

Não sendo exatamente um livro, não precisava de um título, mas acabei escolhendo um.

Eu o batizei de *O Depois*.

Larguei a universidade antes que eles me pedissem para sair. Não havia qualquer outro lugar para ir, então voltei para Royal Oak, para tentar tomar conta do meu pai e fingir que, se você não olhar para a frente nem para trás, o tempo vai deixá-lo em paz.

Demorou um pouco para que meu pai perguntasse por que eu havia largado a faculdade. Mostrei-lhe o livro que havia escrito, e ele o leu de uma vez só.

"Por que eu estava com você? No Depois?", ele perguntou. "Como eu poderia estar lá se ainda estou aqui? Ainda vivo?"

"Não sei. Talvez eu tenha levado você comigo. Coisas, sentimentos, pessoas. Almas. Talvez elas possam ir de um lado para o outro com mais facilidade do que imaginamos."

"E você não viu sua mãe? Por que fui eu a lhe dar o relógio, em vez dela?"

"Ela não seria capaz, imagino. Ou talvez fosse algo que você devesse fazer, porque ela pediu a você."

Ele acenou com a cabeça ao ouvir isso. Em seu rosto, o ar de alguém que comeu algo não muito fresco no almoço.

"Às vezes, eu vejo a sua irmã", ele disse.

"Eu também."

"Ela se sente só onde está."

Ele tocou meu rosto. Sua mão estava fria.

"Não deixe que Ash impeça você de viver", disse.

Como?, eu quis perguntar. *Aonde posso ir sem que ela me siga?* Mas não falei nada. Ele deixou tombar sua mão, sabendo que não tinha uma resposta, porque não havia uma.

Ele estava em sua mesa quando morreu. Trabalhando até tarde. Um enfarto aos cinquenta e dois anos. Os homens da família Orchard, sempre fracos de coração. O tipo de morte repentina que você ilustra estalando os dedos ao descrevê-la para os outros.

Uma das faxineiras que fazia o horário noturno nos escritórios do Ren Center o encontrou. Curvado sobre pastas perfeitamente organizadas, a cabeça entre os braços, uma visão relativamente comum de um executivo às voltas com um prazo apertado, tirando um cochilo. Ela teria simplesmente fechado a porta da sala dele e prosseguido com o aspirador se não fosse pelo porta-retratos caído no meio do carpete. A foto estava para baixo, então a faxineira entrou na sala na ponta dos pés e descobriu o vidro estilhaçado de tal forma que uma simples queda da mesa não poderia ter provocado aquilo.

Ela foi até meu pai e colocou a mão sob o nariz dele, tentando sentir o ar entrando ou saindo. A pele dela registrou a frieza dele sem nem precisar tocá-lo.

Depois de chamar a emergência, ela tirou a foto da moldura, colocando-a sobre a mesa. Ela pressupôs que ele tivesse atirado o porta-retratos longe. Estresse, problemas em casa, quem sabe? Um momento de raiva do qual ele poderia se arrepender onde seu espírito vivia agora.

Mas ela estava errada. O legista também. Todos acreditaram que meu pai estava sozinho no escritório quando ele morreu.

Só que não foi a raiva dele que estilhaçou o vidro do porta-retratos, com a foto dele segurando Ash e eu quando recém-nascido, bebês milagrosos, um embrulhinho azul e outro rosa.

Foi a raiva da minha irmã.

– OS –
CONDENADOS
ANDREW PYPER

CAPÍTULO 8

Tenho talento para morrer. Acho que é a única coisa que sei fazer. Morri não apenas uma vez como todo mundo, mas várias e várias vezes. Porque o incêndio na casa da Alfred Street não foi a única vez em que morri e retornei. A primeira morte foi bem no início. No dia em que Ash e eu nascemos.

Foi um parto difícil. Difícil no sentido medieval, tendo quase custado a vida de nossa mãe, e, nos primeiros minutos depois de nosso surgimento, de fato *custou* a de Ash e a minha. O cordão umbilical. Enlaçando nossas gargantas, de modo que, quando saímos, estávamos roxos e silenciosos. Natimortos.

Minha mãe disse para o meu pai — e mais tarde, em ocasiões de muita bebedeira, para mim também — que estava tão apavorada com a ideia de perder os dois que ela fez o que na igreja só fingia fazer. Ela rezou. Um apelo a qualquer deus ou demônio que estivesse escutando.

Salve meus bebês e você poderá me levar. Sou sua.

Os médicos e enfermeiras continuaram a rodeá-la, trazendo máquinas novas, suas esperanças de ressuscitação tênues.

Ash e eu, um em cada lado de sua barriga, sendo imobilizados e perfurados. Ninguém perguntou a opinião da minha mãe. Ainda que ela sentisse seus lábios se moverem, as palavras passando por eles como pequenas bolhas, nenhum dos profissionais de jaleco branco parou para olhar na direção dela. Além das duas linhas retas em dois monitores, seus bebês estavam invisíveis, atrás de um lençol erguido.

Foi quando ela fez um acréscimo à sua proposta.

Se fizer isso, pode levar o que bem entender.

Quase imediatamente o cirurgião que comandava a equipe — dr. Noland, um nome que minha mãe citava com uma espécie de reverência nervosa — parou e olhou para a cara dela. Todos os outros profissionais na sala continuaram distraidamente à volta dele. Por alguns segundos, minha mãe e o médico foram arrancados da cena que se desenrolava, como se um deles tivesse gritado *Tempo!* e, pela primeira vez, o universo houvesse escutado. Era assim que minha mãe descrevia aquele momento, de qualquer maneira. Uma estranha pausa que poderia ter sido o que ela ouvira falar sobre experiências extracorpóreas, exceto que ela estava deitada em uma mesa de cirurgia, não flutuando ou teletransportada, mas ainda *lá*.

Foi por isso que, quando os olhos do médico passaram de um verde nebuloso para o vermelho, estreitando-se até se tornarem dois minúsculos pontinhos de sangue, ela não considerou isso um sonho ou efeito colateral dos anestésicos, mas real como o tempo e o que aconteceu depois.

O médico a encarou com seus olhos vermelhos, e no mesmo instante minha mãe percebeu duas coisas. A primeira foi que, naquele momento, o dr. Noland *não era* o dr. Noland. A segunda foi que ela havia cometido um erro, um erro do qual ainda não conseguia medir as consequências, e nada poderia reverter esse erro, nem mesmo sua própria morte.

E então terminou.

Os olhos do médico se embotaram. Voltaram ao verde plácido que, por sobre a máscara, durante anos testemunharam vidas chegando e partindo.

Ele voltou para a azáfama de agulhas e ampolas, as ordens sobre dosagens e a leitura de números, que constituem a versão hospitalar da extrema-unção. Assim que minha mãe percebeu o primeiro sinal de desaceleração em seus esforços, a admissão de que não havia mais nada a ser feito, o que logo seria dito em voz alta, as linhas dos dois monitores pularam.

Batimentos cardíacos.

Para surpresa deles, as ampolas e seringas haviam nos trazido de volta. Contudo, minha mãe sabia agora de uma terceira coisa. Médicos e enfermeiras não tiveram nada a ver com aquilo.

Havíamos ficado bastante tempo sem oxigênio, então havia temores sobre dano cerebral ou deficiências físicas de algum tipo. Porém, apesar de uma perna esquerda um pouco mais fraca, que, somada à minha altura, me deixaria mancando um pouco, estávamos bem. Ash havia se dado muito melhor que eu. Até onde se podia ver, ela era cem por cento perfeita. Nós éramos dois milagres.

Ash, no entanto, estabeleceu sua superioridade desde o início. Minha gêmea possessivamente colada ao seio de nossa mãe, enquanto eu, sugando uma mamadeira em um canto com as enfermeiras se revezando, era considerado "fraco demais para me agarrar" e, por isso, exilado. Elas faziam fila para admirá-la ("Tão fofa! Tão *esperta*!") e me acumular de piedade ("Coitadinho!").

Gêmeos. Com dons tão desiguais, colocados em caminhos tão diferentes desde os primeiros momentos da vida, raramente nos descreviam como tal, até mesmo nossos pais. Quando entramos no jardim de infância, somente os professores sabiam que éramos da mesma família. Às vezes, um adulto acenava com a cabeça para mim, o menino de pé atrás de Ash sem qualquer motivo aparente, e perguntava "Quem é este?". Eu não sabia o que dizer quando ela respondia "Não sei bem. *Quem* é você?".

Ao ser confrontado pela mesma pergunta nos anos em que ela esteve viva, assim como depois, minha resposta inicial não dizia respeito a mim, a qualquer façanha minha, e sim à minha relação com ela.

Sou o irmão de Ashleigh Orchard.

Se isso era difícil de acreditar, a frase seguinte era normalmente tomada como uma mentira descarada.

Irmão gêmeo.

Foi mais ou menos na metade do ensino fundamental que Ash me contou pela primeira vez sobre como ela se lembrava do seu "período ausente" no nosso nascimento. Como eu não me recordava de absolutamente nada, achava difícil que ela tivesse alguma lembrança como recém-nascida. Poderia ter sido apenas uma fantasia inspirada pela oração da minha mãe e o médico de olhos vermelhos, se não fosse o fato de ela ter me contado isso *antes* que soubéssemos dessa história. E ela sempre descrevia tudo do mesmo jeito, os detalhes consistentes e precisos. Com o tempo, devido ao rumo que as coisas tomaram, acabei por acreditar nela.

Em suas histórias, ela nunca falava em Paraíso. Porque não era um.

Ela estava de pé, descalça, em um rio congelado. Em algum lugar mais acima, um enorme navio cargueiro estava de ponta-cabeça no gelo, a popa no ar, os motores enferrujados, da cor de sangue seco. Nada na outra margem do rio além de uma fileira de casas cinzentas e abandonadas. Porém, se ela se virasse para a outra margem, atrás de si, havia uma cidade. Edifícios antigos, art déco, com caixas d'água pichadas em seus telhados. Cinco torres redondas, de vidro fumê, que quase tocavam o gelo. A paisagem de Detroit.

E havia uma figura solitária na margem, na base dos prédios do Ren Center. Apertando os olhos, ela pôde ver que era minha versão adulta. Começando a dar os primeiros passos no rio congelado para se unir a ela.

Foi quando ela ouviu as pancadas.

Um ruído intermitente, baixo como uma trovoada distante. Assim que ela percebeu o barulho, este aumentou de volume. Mais e mais batidas sob seus pés. Tão fortes que as vibrações quase não a desequilibravam.

E surgiu o som de gelo quebrando. As fissuras formando uma teia de aranha que se irradiava pela superfície do rio. Cusparadas de água oleosa vinham à superfície pelas rachaduras.

Ash olhou para baixo. Viu que as pancadas vinham de um milhão de punhos humanos.

Todos eles socavam o gelo por baixo. E arranhavam. Lutavam para encontrar um caminho até a superfície. Até ela.

Minha irmã olhou para a margem. Eu já estava na borda do gelo, testando-o com o pé, prestes a pisar em sua superfície marmórea.

Não!

Ela tentou gritar, mas não emitiu mais que um sussurro assustado.

Fique aí!

Com os braços erguidos, ela tentou me afugentar. Eu a vi e parei. Um ar de aturdimento em meu rosto, que mudou para horror quando também fui capaz de ouvir as batidas sob o gelo.

Os punhos pararam, todos ao mesmo tempo.

Afastaram as mãos para que seus rostos subissem à superfície. Cada um de um tipo. Negros, brancos, mães, homens. Encarando-a através da janela sarapintada do rio.

"Como se eles quisessem ver quem o novato era", disse Ash. "E eles ficaram surpresos ao me ver."

"Por que acharam que seria outra pessoa?"

"Porque eu era uma *criança*."

O gelo se abriu sob ela. As mãos deles agarrando seus pezinhos, suas pernas. Puxando-a para o frio.

"Eu estava morta, mas não fui para a luz", ela dizia. "Eu estava indo para o outro lugar. É para lá que eu vou. Para onde eu pertenço."

"Então também pertenço a esse lugar."

"Não. Porque eu salvei você.

"E por que iria...?"

"Eu *salvei* você, Danny."

Ash acreditava que esse sonho da primeira e única decisão que ela tomou enquanto possuía uma alma — evitar que seu irmão fosse para o lugar mais escuro a que alguém pode ir quando morre — era uma prova do seu destino, que haveria sido determinado antes mesmo que ela tivesse uma hora de vida. Isso significava que, apesar de externamente parecer mais abençoada que seu irmão, seu autossacrifício havia me dado a capacidade de sentir e viver, o que para ela era impossível. Isso explicaria o fato de Ash poder *agir* como viva sem estar viva.

A única forma de ela chegar perto disso era fazer com que as outras pessoas sentissem algo. Desejo, inveja, ódio.

Dor.

Ao crescer, um véu de timidez parecia me empurrar para as bordas das multidões e as últimas fileiras de assentos, sem saber o que fazer com as minhas mãos. Não que eu fosse considerado desagradável. Eu era alto, o cabelo preto brilhante, "um garoto bonito, se você ao menos erguesse o rosto, para que as pessoas olhassem para você", se fosse possível acreditar na minha mãe. Pode ser que ela tivesse razão. Nos anos da escola, garotas de um certo tipo — as que liam bastante, as detentoras de segredos, as em-busca-de-algo-diferente — iam atrás de mim. Eu podia ser um pouco desengonçado, elas diziam, mas ainda era bonitinho, até mesmo um pouco sexy.

Mais do que isso, havia *algo em mim* do qual elas queriam se aproximar, um quebra-cabeças a ser resolvido.

E eu também queria me aproximar delas. Não que Ash permitisse, claro.

Por mais que ela me abalasse, não importando o que fazia com os outros, eu via Ash como minha irmã, mas, para ela, eu era algo que lhe *pertencia*: mais para um apêndice embaraçoso do que um irmão, um membro murcho que a lembrava de algo, mas que nunca poderia ser amputado.

No entanto, por que possuir algo que você não ama?

Essa era a questão que me afligia durante o tempo em que nós dois vivemos juntos, e por um bom tempo depois que eu me tornei o único Orchard sobrevivente. Por que minha irmã ficou pairando sobre mim durante meus anos de vida adulta, impedindo-me de me aproximar de outras pessoas? Tenho certeza de que isso tem algo a ver com a lógica dos gêmeos. Eu era a única conexão de Ash com o que era humano, a pessoa que ela poderia ter sido se houvesse nascido completa.

Quando ela me implorou para que eu ficasse ao seu lado na casa da Alfred Street, o objetivo era que eu também ardesse no incêndio, para que eu completasse sua morte, assim como ocorria em vida. E, por um breve instante, quando os bombeiros me tiraram de lá, eu *estava* morto. Mas então os paramédicos fizeram a massagem cardiorrespiratória e eu expeli as cinzas que estavam no meu peito, voltando à vida.

Era a primeira vez que ela não me tinha ao seu lado. E era solitário onde Ash estava. Então minha irmã jurou tornar minha vida solitária também.

Foi ela mesma que me contou isso, em seus murmúrios noturnos. Uma voz que mal podia ser ouvida sob o ruído branco do chuveiro, um som monótono que me seguia pelas ruas durante minhas caminhadas longas e sem destino.

Você não deveria estar aqui, Danny. Mas, já que está, vai viver como se estivesse morto. Como eu.

Nos últimos vinte anos, ela foi extremamente ameaçadora nas duas ocasiões em que convidei uma mulher para jantar comigo. Na primeira vez, a garota perguntou quem era a loura atrás da minha cadeira no restaurante e foi embora antes que a comida chegasse. Na segunda vez, a mulher com quem eu ia sair ligou por conta própria, para dizer que não poderia ir ao encontro porque havia adoecido, mas consegui perceber, pela voz trêmula, que ela havia recebido uma visita de Ash.

Ciúme era a única emoção que minha irmã nunca havia precisado fingir.

Então fechei as portas para o mundo, para a ilusão de ter uma companheira, uma família. Prestei atenção às suas advertências. Parece que funcionaram.

No último ano, as visitas de Ash se tornaram menos frequentes. Até tentei me convencer de que ela talvez não passasse de um fantasma entre fantasmas. Algo que distraía, sim, que até assustava um pouco. Porém, basicamente, apenas mais uma coisa com a qual se pode aprender a lidar. Fantasmas são os mortos que conseguem se fazer visíveis, mas basta você ver que não podem *fazer* nada que eles perdem seu poder.

No entanto, eu estava errado.

Fantasmas *podem* fazer coisas. Eles podem falar, tocar, manter o rosto deles sobre o seu, de forma que a primeira coisa que você vai ver ao acordar é a cara deles.

E se encontrarem uma ponte capaz de transportar um número suficiente deles do lado de lá para cá, eles podem matar.

Alguma coisa sobre estar realmente sozinho no mundo me deu a ideia de tentar publicar *O Depois*.

Com meu pai morto, não havia ninguém, nem uma mísera vivalma, a quem eu pudesse perguntar se aquilo era uma boa ideia, com quem eu pudesse me abrir, que pudesse me ajudar. Eu não precisava de dinheiro (papai havia deixado a casa e seu fundo de pensão para mim, e, sendo um asceta de *junk food*, eu poderia viver na esquina da Farnum com a Fairgrove até que o coração dos Orchard finalmente me carregasse). Não era, com certeza, desejo de chamar a atenção. Acho que se devia ao fato de morrer ser a única informação que eu tinha para oferecer ao mundo. A única maneira pela qual eu poderia dar algum consolo a outras pessoas, ainda que fosse a um estranho.

Depois de alguns telefonemas e cartas, alguns agentes literários de Nova York estavam dispostos a apresentar o original a editoras. Escolhi o que oferecia menos esperanças.

Na ocasião, um editor que recusou o livro afirmou: "O Paraíso não está em voga atualmente". De fato, não havia na época a quantidade de livros contando sobre experiências pós-morte como há hoje. Mas alguns editores gostaram do gancho do Omega da minha mãe, e aquele ao qual dei preferência me convenceu a acrescentar, como subtítulo, *Evidência do Paraíso*.

Acabei fazendo disso um meio de vida. As palestras, as viagens aéreas para noites de autógrafos. O bastante para cobrir os gastos com meu sobrado próximo à praça Porter, em Cambridge, Massachusetts, para onde mais ou menos me mudei após a publicação do livro. Fora isso, pelo restante dos meus vinte e dos meus trinta anos, vivi uma solidão autoimposta. Nada de esposa ou filhos. Alguns conhecidos no meio editorial, mas nenhum amigos

Isso foi antes de eu conhecer Willa e Eddie. Antes que me acontecesse algo muito mais estranho que morrer e voltar à vida.

Eu me apaixonei.

CAPÍTULO 9

Amor à primeira vista.

Esta era a expressão batida usada quando me perguntavam como eu e Willa havíamos ficado juntos. É uma pergunta que nos fazem com muita frequência, devido ao contraste entre a minha altura desajeitada e a figura atarracada dela, com sardas de moleca e risada desinibida.

"Como vocês dois se conheceram?", perguntava o mundo, compreensivelmente.

"Foi amor à primeira vista", eu respondia. "Minha vista, claro. Não sei se ela me viu logo de cara."

"Sua vista? *Eu* é que vi você", intervinha Willa. "Como poderia *não* ter visto?"

Era um teatrinho que fazíamos para não ter de contar que havíamos nos encontrado em uma reunião dos Reviventes no Sheraton de Syracuse, no estado de Nova York, em que eu seria o principal orador. Depois da minha palestra, sentei atrás de uma mesa com pilhas de exemplares de *O Depois* e preparei a caneta para os autógrafos. Willa era a última da fila.

"Para quem é a dedicatória?", perguntei, tímido demais para encará-la além do tempo regular de um aceno de cabeça e um meio sorriso.

"Willa. Eu, que está imaginando se você teria tempo para um café quando acabar."

"Tento não tomar café depois do meio-dia."

"Quis dizer um drinque. 'Café' sempre quer dizer um drinque."

"É mesmo? Não sou convidado para cafés — ou drinques — com muita frequência, acho."

"Nem eu."

"Então como você sabe fazer isso?"

"Eu assisto à televisão. Não é assim que as pessoas aprendem as coisas?"

De todas as questões que passaram pela minha cabeça na curta caminhada pelo corredor da sala de convenções até o bar, a principal era que, se aquela mulher queria algo mais de mim — como às vezes parecem querer as mulheres nos eventos aos quais vou —, eu não poderia me deixar levar. Talvez fosse perigoso. No momento em que nos sentamos a uma mesa de canto e pedimos uísque, eu já estava na expectativa de que Ash apareceria no espelho atrás do balcão do bar, ou em uma banqueta, para ficar me encarando.

"Você gosta de puro malte?", consegui perguntar.

"Eu gosto de ter uma babá até meia-noite", ela respondeu.

Fizemos algumas piadas sobre como era ter um trabalho como o meu, falando sobre o Paraíso para salas cheias do que ela chamava de "patetas nervosos em busca de um vislumbre do Além". Eu lhe disse que o que vem depois, cosmologicamente falando, é por conta de cada um. E, de qualquer maneira, eu vinha dando cada vez menos palestras nos últimos tempos, em parte porque todos que poderiam ter interesse em ouvir minha história já a haviam escutado.

"Eu já a ouvi — ou li, em todo caso — algumas vezes. E estou aqui", afirmou Willa.

"E por quê?"

"Porque estava curiosa em saber como você era fora daquela foto na contracapa, na qual você parece ter sido forçado a sorrir com um canivete. E precisava saber se você é alguém em quem eu possa confiar. Alguém que possa me assegurar de que..."

"...de que você também sabe o que é estar morta."

"Exatamente", ela retrucou. "*Exatamente*. Acho que eu tinha razão."

Willa me contou sua história do Depois na primeira noite que passamos juntos, poucos dias após o nosso drinque no Sheraton. Eu fui dirigindo até onde ela morava, uma casa simples de tijolos amarelos em uma cidade no interior do estado chamada Marcellus, na mesma manhã em que ela me convidara, dizendo que havia conseguido que seu filho Eddie passasse o fim de semana com a irmã dela. Não seria um pecado desperdiçar uma noite livre? Pedimos comida chinesa e estávamos terminando o vinho quando Willa, que estava sentada no chão, se ergueu, ficando de joelhos, e com os olhos fixos nos meus, tirou o moletom. Ela ficou ali parada por algum tempo, permitindo que eu esquecesse tudo sobre o que estivéramos conversando. Então ela também se livrou da calça jeans.

"Sua vez", disse.

Na manhã seguinte, quando perguntei por que ela me escolhera entre todos os outros divorciados por aí, os homens tranquilos de Marcellus que poderiam ser dela, Willa riu.

"Quem disse que é uma escolha? Não se tomam decisões desse tipo, Danny. Você apenas está em um lugar num momento e, no seguinte, está em outro lugar. E torce para que dê tudo certo."

"Então isso lhe parece certo?", perguntei.

Ela deslizou a mão pelo longo caminho entre meus lábios e o meio das minhas pernas.

"E *isso*?", retrucou.

Mais tarde, sentada na cama, Willa me contou sobre o dia de sua morte.

"Eles apareceram no meio da noite", foi assim que ela começou, sem qualquer preâmbulo, como se eu lhe tivesse feito uma pergunta, o que não deixava de ser verdade, já que a questão sobre como ela havia se tornado uma Revivente pairava sobre nós desde a sessão de autógrafos no Sheraton de Syracuse. "Eu não ouvi quando eles quebraram a janela do porão, o que é estranho, porque escuto *tudo*, sabe? Sempre tive sono leve. Agora? Muito pior. Agora mal consigo dormir."

O marido de Willa era um policial, um sargento. A julgar pela foto dele no corredor de entrada, o rosto largo que merecia o bigode que ostentava, os ombros quadrados e o pneuzinho discreto na cintura, ele havia nascido para ser um tira. Não um daqueles tipos sedentos por poder, mas alguém que quer ajudar, resgatando cachorros que caíram em um lago congelando ou levando adolescentes bêbados de volta para os pais. Willa falava que ele era "um bom homem", e entendi perfeitamente o que ela queria dizer.

Eles haviam se conhecido na faculdade, em Rochester, ambos tendo crescido em cidades pequenas e querendo voltar para um lugar como aquele. Assim que se casaram e Greg entrou para a polícia de Marcellus, Willa conseguiu um emprego de professora de história do ensino médio. Depois que Eddie nasceu, seus planos eram retornar ao trabalho assim que ele tivesse idade o bastante para ir à creche, mas "idade o bastante" era um conceito mais vago do que ela esperava, Greg não a pressionava para voltar e, além disso, Willa não morria de vontade de retomar as aulas, então isso nunca aconteceu. Ela era esposa e mãe, sem qualquer problema com esses dois papéis. "Eu não ficava ansiosa com isso, como outras mulheres da minha idade", disse, balançando a cabeça, como se ligeiramente surpresa. "Eu estava ocupada, criando um filho, e era feliz. Não sentia qualquer vergonha nisso."

Willa se calou nesse instante. Era uma pausa que eu havia visto dúzias de vezes em outras pessoas que me contavam suas histórias. Tudo, até aquele momento, havia sido vida, fosse boa ou ruim. Pessoas, acontecimentos e decisões, tudo isso a convocar arrependimento ou orgulho. E nesse ponto a história dá lugar a algo totalmente desconectado do que vinha antes. Não o fim da vida, mas o começo da morte.

"Eles apareceram no meio da noite", ela repetiu.

Dois homens. "Com passagem pela polícia", informou depois o jornal local. Fabricantes e traficantes de metanfetamina. O produto deles, uma mistura particularmente poderosa, era chamado de Superman pelos usuários por causa da ilusão de força que proporcionava, uma convicção de que você poderia voar, a certeza de que era impossível matar você.

Eles haviam escolhido a casa de Willa porque sabiam que era lá que Greg vivia. Greg, o tira que os havia prendido há três anos e fornecido provas condenatórias irrefutáveis para o julgamento, olhando bem nos olhos deles quando foram levados da corte após a leitura do veredicto. Quatorze meses. Assim que saíram, retomaram os negócios, por não saber fazer outra coisa, nem ter outro lugar para ir. E o Superman logo lhes deu uma ideia. Eles matariam o tira que os havia detonado, fazendo com que tudo parecesse um roubo comum que acabara dando errado. E *nada* daria errado, *nada* os atingiria, porque, graças à metanfetamina, eles se sentiam tão vivos.

"Mesmo que eles já estivessem mortos, entende o que eu digo?", disse Willa.

Eles entraram pela janela do porão e foram avançando pela casa escura. A casa na qual havíamos feito amor na noite passada. À medida que Willa me contava a história, eu quase podia sentir o peso dos passos deles na escada. O ruído nervoso da respiração deles. Sons que ela ouviu primeiro.

"Não sei por que não acordei Greg", ela disse. "Ele tinha de levantar cedo, e acho que queria deixá-lo dormir. Não é uma loucura? Há invasores na casa, no corredor do nosso quarto

— do *quarto do nosso filho* — e o mais importante é não atrapalhar o sono do policial deitado ao meu lado. *No que* eu estava pensando? Eu não pensava. Estava praticamente sonâmbula."

Eles guardavam uma pistola — uma pequena Browning semiautomática — em uma caixa com fechadura de segredo na prateleira superior do closet. Greg a havia levado ao estande de tiro algumas vezes, ensinado a segurar a pistola, soltar a trava, mirar e atirar. Eles a chamavam de Só Por Precaução. Ela nunca imaginou que um dia iria realmente pegar o estojo da arma na ponta dos pés, arrancar da memória os números da combinação da fechadura e pegar a pistola. Nunca imaginou que se moveria com tanta rapidez, pensando em Eddie — Eddie dormindo, estranhos no quarto de Eddie, Eddie sendo levado embora —, e abriria a porta do quarto, arma na mão, impelida por medo e pânico.

Três vultos no corredor. A única iluminação vinha da lâmpada noturna do quarto do filho, uma nuvenzinha amarela.

Dois homens. Um menino. O dela.

Um dos homens estava com o braço apoiado nas costas de Eddie, como se fossem amigos, como se ele fosse um irmão mais velho dando os parabéns por ele ter acertado uma bola. O outro homem estava mais próximo de Willa. O líder. Os dois também tinham armas. Uma apontada para a cabeça de Eddie, a outra subindo, sob o olhar da mulher, até estar apontada para ela.

Talvez houvesse alguma troca de palavras entre eles, alguma espécie de negociação. Era o que os dois homens, com olhos ao mesmo tempo arregalados e apatetados, pareciam esperar.

Em vez disso, Willa ajustou a pontaria e, antes de o cano estar imóvel, atirou.

A cabeça do irmão mais velho balançou para trás, ficando assim por alguns segundos até que um jato de sangue e "sujeira craniana" respingaram no papel de parede. Seu rosto não mostrava dor, somente incredulidade. A metanfetamina lhe concedeu um instante de falsa vida, e ele tentou puxar o gatilho. O homem estava de pé, a mira certeira no rosto dela. Mas ele havia perdido a parte do cérebro que faz os dedos se mexerem, e a arma se sacudiu na sua mão, como um peixe.

Eddie se afastou do traficante. Sem o garoto para lhe dar apoio, ele primeiro ficou de joelhos, depois caiu bruscamente para trás, esvaziando o conteúdo do crânio no assoalho.

Apenas naquele momento, Willa ouviu Greg se levantando da cama, atrás dela. Um som que fez tudo se acelerar.

Willa girou o corpo para mirar no outro homem, mas ele pulou para o outro lado do corredor, depois para o outro, os estranhos pulos do jogo da amarelinha. Enquanto fazia isso, ele atirava. Ela pensou que ele tivesse errado. Porém, ao ouvir uma série de sons meio soluço, meio tosse atrás dela, Willa viu que o homem havia atingido Greg. As mãos de seu marido estavam em torno da garganta dele.

Quando ela se virou para o homem no corredor, ele sorriu. Havia parado de pular.

Willa fez duas coisas ao mesmo tempo.

Tentou imitar o que o homem, ainda parado, havia feito e pulou fora da linha do tiro que ela podia vê-lo disparando.

E disse algo para Eddie, a tentativa de um grito que não saiu, mas que o garoto leu nos lábios dela mesmo assim.

Corra!

Do que ela se lembrava depois era um dia como qualquer outro dos anos que precederam aquele momento. Na verdade, era exatamente igual a um dia que ela já havia vivido.

Willa enxugando a frigideira na cozinha, depois de preparar rabanada para Greg e Eddie. Greg havia acabado de sair — o cheiro do seu creme de barbear subindo pela coifa do fogão, junto com o aroma de bacon — e Eddie brincava com seu Batmóvel no carpete da sala. Era o começo de mais um dia. A primeira das horas que caminhavam na direção do jantar, a recompensa de uma taça de vinho, e os três na mesa, juntos mais uma vez. Nada de especial, nenhuma festa ou recebimento de um prêmio ou de um pacote para viajar nas férias. Um dia com seu filho antes que ele estivesse na idade de ir à escola, só os dois, e o sol fazendo promessas através de todas as janelas.

Esse era o Depois de Willa.

Quando Eddie perguntou se poderia ligar a TV, ela sugeriu que, em vez disso, os dois saíssem para uma caminhada.

"Onde?", ele perguntou.

"Não sei. Vamos seguir nossos narizes."

Eddie se pôs de pé. Projetou o queixo para cima, de modo que seu nariz ficou virado para a porta da frente, e marchou em direção a esta, vesgo. "Assim?"

"Isso. *Exatamente* assim."

Eddie tinha quatro anos, completaria cinco em alguns meses. O que Willa considerava a Idade da Comestibilidade. Seu amor era tão voraz que ela queria morder as pernas macias de seu filho, soprar a barriguinha dele até deixá-lo marcado, arrancar o rosto da criança com beijos. Ele era delicioso. E ela queria devorá-lo o tempo todo, assim como ele em relação a ela. Ela pensava nesses dias juntos, mãe e filho, com as horas à frente, como um círculo perfeito. Cada um era a resposta não verbalizada das necessidades do outro.

Ainda que, às vezes, ela se sentisse culpada por não colocar Eddie em mais atividades, como algumas das mães locais, magras e com gigantescos carros importados, faziam — Willa podia passar noites inteiras examinando, indecisa, uma pilha de panfletos sobre colônias de férias com atividades científicas, piano para iniciantes, Go-Go Yoga! e tênis infantil — a verdade era que ela não queria abrir mão de nem um segundo do tempo passado com o filho.

Não que eles fizessem algo de especial juntos. Willa era só mais uma mãe levando seu filho por aí em um carrinho, prendendo-o na cadeirinha do carro no estacionamento da mercearia Nojaim Bros. e dando empurrões radicais no balanço, que o faziam gritar.

E esse dia, seu Depois, era assim. O dia mais feliz da sua vida.

Depois do café da manhã, eles foram para o Parque Municipal de Marcellus, onde fora instalada a Feira de Outono: algumas barraquinhas de produtos agrícolas, uma área com jogos e brinquedos para crianças. Eddie escolheu o dragão no carrossel, Willa sentou-se perto dele, em um unicórnio.

"Eles não fazem mais essas coisas com cavalos?", Willa perguntou a Eddie, mas ele não escutava, pois estava imitando bufos de dragão com tanta convicção que a mãe precisou ficar limpando os perdigotos do queixo dele.

Ela havia trazido um almoço, mas, bêbados com o sol do início de outubro, acabaram preferindo comer cachorros-quentes. Os dois concordaram que eram os melhores que já haviam provado, o que era verdade tanto para Eddie quanto para Willa. Algo no pãozinho branco, doce como um sonho, ou as finas linhas de mostarda brilhante que ela havia traçado na salsicha. Ou talvez fosse o prazer de sentir o filho apoiado nela quando eles se sentaram em uma pequena rampa atrás da área dos brinquedos, de mãos dadas, a sensação que ela tinha de que os dois estavam em um "encontro", um romance destilado com tanta pureza que apenas a inocência permanecia.

Ele cochilou no carrinho na caminhada de volta para casa. Willa pegou o caminho mais longo, admirando as casas bem conservadas da cidade, as árvores antigas e as ruas calmas, sentindo-se quase soterrada pela sorte. Quando pegou Eddie, ainda adormecido, e o levou para dentro de casa, seu único desejo era que as coisas ficassem exatamente daquele jeito, que nada mudasse.

Ela se demorou no quarto do filho, olhando para a cama de Eddie. O peso do corpo dele era o mesmo do coração dela. A mãe ainda não queria largá-lo, não queria se separar. Um pensamento impossível surgiu em sua mente. Se ela permanecesse ali, ficasse quietinha, será que o tempo se esqueceria deles e os deixaria para trás? Será que ela poderia se esconder no silêncio de sua casa no meio da tarde e segurar o filho em seus braços para sempre?

"De certa forma, a resposta era sim", disse Willa, limpando as lágrimas de sua face no meu ombro. "Porque foi onde deixei uma parte de mim mesma. Foi nesse momento que os médicos me trouxeram de volta. E quer saber? Ainda que eu estivesse viva — com uma sorte da porra de estar *viva* —, eu me senti muito puta da vida."

Eles haviam salvado Willa. Entraram para deter a hemorragia no lugar onde a bala a havia atravessado, correndo para repor o sangue que ela derramara no corredor do segundo andar, na ambulância, na mesa de operações. Quase no final da cirurgia, ela teve uma parada cardíaca. Quando fecharam a última artéria e prepararam o desfibrilador, ela estava morta há quase três minutos.

Quando a ressuscitaram, a primeira coisa da qual ela se lembrou foi o gosto do cachorro-quente na boca.

Ela perguntou por Eddie. A enfermeira responsável começou a se afastar para buscar o médico supervisor, mas Willa não a deixou ir. Então a enfermeira — também uma mãe, uma esposa — contou. O menino estava bem. Ileso. Mas Greg se fora. O homem em que Willa não havia conseguido atirar — aquele que colocara uma bala nas entranhas dela e na garganta do seu marido — havia se virado para Eddie depois de seus pais caírem no chão, apontado a arma na direção do garoto, mirado bem no meio dos seus olhos. Mas não atirou. Em vez disso, ele se arrastou até Eddie e bagunçou o cabelo do menino — o gesto de um treinador consolando um jogador de beisebol mirim que perdeu uma jogada —, depois desceu as escadas com toda a calma e saiu pela porta da frente. A polícia levou cerca de uma hora para pegá-lo. Encharcado de sangue, ainda chapado, tentando arrombar um carro na Main Street. Ao ouvir que estava preso por assassinato, ele riu.

"Mesmo tendo ouvido tudo aquilo, o pior não foi perder Greg, mas ter de passar pelo luto", disse Willa, endireitando-se na cama. "Digo, eu estava morta, certo? Havia partido, fim de jogo, tchauzinho. E era *bom* lá. E de repente eu estou de novo aqui, na merda. O dia seguinte, ou seja lá como chamam isso. E não há escolha. Você *tem* de sentir, *tem* de lidar com isso, *tem* de *passar por todas as etapas*. Honestamente, acho que nem teria me incomodado em tentar se não fosse por Eddie. É preciso ter uma razão para viver, e uma que seja boa, sei disso agora. Senão viver pode ser difícil pra cacete."

Eu sabia o que ela queria dizer. Eu entendia, assim como ela esperava que entendesse, o porquê de ela ter lido *O Depois* três vezes, o porquê de ter ido à minha palestra esperando que eu fosse alguém — talvez a única pessoa que ela jamais fosse encontrar no mundo — com quem pudesse se conectar. O Inferno é um lugar do outro lado. Mas também pode ser aqui. A experiência de viver sem motivo.

E, com aquela mulher, eu sabia que, apesar de todo o risco que estava prestes a trazer para os nossos mundos, eu havia encontrado o meu.

— OS — CONDENADOS

ANDREW PYPER

CAPÍTULO 10

Quando perguntei a Willa se ela e Eddie (que só poderia se chamar Eddie, com seus cachos castanho-avermelhados e orelhas que se destacavam como asas de uma xícara) gostariam de se mudar para minha casa em Cambridge, não fazia nem um mês que estávamos nos vendo. Mas não pareceu loucura. Era a coisa mais sã que eu jamais fizera.

Ainda assim, eu realmente não acreditava que ela aceitaria. Willa havia enterrado o marido em Marcellus há um ano. Aquela parte do estado era seu lar desde que ela nascera. Eu achava que estava indo rápido demais, que seria muito duro para ela se separar dali.

“Vamos”, ela disse.

“Sério? Eu pensei... Este é o seu lugar...”

“Eu amava meu marido, Danny. Mas me afeiçoo às pessoas, não aos lugares. E quero que você seja uma das minhas pessoas agora.”

“E Eddie?”

"Você mesmo pode perguntar a ele, se preferir, mas sei que ele vai dizer sim."

"Por quê?"

Ela me deu um soco, com força, no braço. "Ele *gosta* de você. Provavelmente pela mesma razão que eu."

"Ah, é? E que razão é essa?"

Ela ficou pensativa. Por algum tempo, não ficou claro se realmente responderia.

"Você sabe como tudo pode ser tirado de nós", ela disse, por fim. "Isso aconteceu com você. Mas você ainda está aqui. Como nós estamos aqui."

Como Ash estava.

Às vezes, há um odor que precede as aparições dela, menos transportado no ar que pressionado contra meu rosto, um pano invisível e asfixiante. E um pano encharcado com um odor que carrega em si uma *sensação*, precisa como o passado. É o mesmo perfume adocicado, de adolescente, que anuviava as festinhas do recreio e os bailes no ginásio da escola quando éramos jovens, combinado com alguma coisa putrefata, alguma coisa que havia estragado. Uma ferida apodrecida borrifada com Love's Baby Soft.

Nas duas últimas semanas depois que Willa e Eddie entraram na minha vida, Ash não apenas estava de volta como havia dobrado seu poder. Ela agora parece mais sólida que nunca, mais singular, algo feito de metal ou pedra.

Foi como ela apareceu há dois domingos.

De pé na cozinha, a menos de dois metros de onde Willa e Eddie estavam sentados, comendo ovos mexidos. Fechei a porta da geladeira, e lá estava ela. Com tanta nitidez que eu podia ver que as pequenas rugas em torno dos seus lábios, abertos em um sorriso falso, eram, na verdade, cascas de ferida, que abriam e cicatrizavam, abriam e cicatrizavam.

Eu me virei, a fim de bloquear a visão de Willa e Eddie, de ficar entre eles se Ash decidisse que aquele era o dia em que ela pularia do espectral para o material de uma vez por todas, para enfim fazer aquilo pelo qual ela lutou tanto para voltar e realizar. Algo terrível. O tipo de coisa que ela estaria curiosa para ver.

Essa era sua explicação mais frequente quando as coisas que Ash fazia ainda podiam ser vistas como experiências que iam além dos limites de uma criança esperta e inquisitiva. *Curiosa*. A palavra mágica que ela invocava ao perguntarem qual o motivo de ter trancado sua melhor amiga do primeiro ano no banheiro do porão com as luzes apagadas, até a menina arrebentar três unhas na porta, depois de ouvir a garota confessar que tinha pavor do escuro, ou o porquê, quando tinha oito anos, de ela ter tirado o bebê dos vizinhos do gramado onde ele brincava com seu Trenzinho Thomas e colocá-lo no meio da rua.

"Eu só estava *curiosa*", ela dizia, abrindo bem os olhos, como se bastasse olhar para eles para ficar convencido da sua inocência. E, na maior parte das vezes, era isso que acontecia. Apenas olhar para ela e ver que nada de mal seria capaz de viver naqueles lindos lagos azuis.

Como olhei para eles naquela manhã de domingo há duas semanas. Como olhei para ela.

Minha irmã gêmea, morta há anos, abrindo seus lábios muito carnudos para falar em uma voz que só eu podia ouvir.

O tempo acabou, Danny.

CAPÍTULO 11

Eu precisava tirá-los da casa. Uma passada pelo lava a jato, um passeio para olhar as vitrines na Newbury Street, não fazia diferença. Qualquer desculpa para escapar do aposento onde Ash havia estado, deixando um vago movimento trêmulo no ar, antes que este parasse novamente, como a tampa de uma panela de água fervendo.

Um piquenique! Foi o que acabei sugerindo. Peguei a bola de futebol de Eddie, disse a Willa que arrumaríamos algo para comer no caminho e conduzi os dois porta afora.

Tomamos o bonde, ainda que fosse apenas para o ponto seguinte, e subimos a praça Harvard, comprando coisas para comer no caminho para o parque Cambridge Common. Assim que passamos o Memorial da Guerra Civil, sob o abrigo das árvores, a luz do sol já havia secado o orvalho do gramado, e escolhemos um lugar. Estava talvez um ou dois graus mais frios que o ideal, porém, quando nós três estendemos a toalha no chão e olhamos para o parque, vendo ao longe as torres e chaminés da velha universidade, a claridade do ar mais do que compensava a temperatura.

Antes que eu me desse conta, Eddie havia tirado a bola de futebol da minha bolsa de náilon e estava treinando dribles à nossa volta. Fiquei olhando Willa enquanto ela colocava a comida na toalha e servia o suco nos copos de plástico. Pensei em atacá-la com mil beijos, mas, antes que eu começasse, Eddie me chamou, jogando a bola na minha direção, e fui atrás dele.

Tentei algo acima da minha capacidade — um chute para cima, para depois equilibrar a bola nas coxas e no fim cabecear — e funcionou. Fiquei surpreso. Eddie também.

"Papai!", gritou ele, comemorando.

Foi o que ouvi, com quase toda a certeza. Não Danny. *Papai.*

Quando olhei para ele para saber se eu estava certo, o menino apenas retribuiu meu olhar; seu rosto não revelava qualquer gradação especial, nada de excepcional. Talvez o erro se devesse a um desejo de satisfação da minha parte. Talvez eu fosse Danny para sempre, na esperança de algo mais.

O cheiro me fez dar um passo para trás.

Uma onda de açúcar rançoso. Perfume que não conseguia disfarçar o aroma de carne podre. Tão denso que me cercava como um cobertor, pesado e úmido. Encharcado com a doçura pútrida dos mortos.

Olhei por toda a minha volta, tentando encontrá-la. Mas o parque tinha a mesma população de antes: uma passeadora de cães com seu celular, Willa sentada na toalha, mordendo um biscoito.

E Eddie. Que chutou a bola um segundo antes de sua atenção ser captada por alguma coisa — alguma coisa que ele encarou por sobre meu ombro.

A bola passou por mim. Ela foi diminuindo a velocidade na grama amassada quando passou, até parar a quatro metros dali.

Minha cabeça girou. A bola estava bem ali, ao lado do grosso tronco de um bordo.

Eu me mexi para pegá-la — a fim de prosseguir com o jogo, de manter longe a presença sufocante ao fingir que ela não estava ali — e tive de lutar contra o peso nas minhas pernas, inconstantes e desajeitadas. Pareceu levar quase um minuto inteiro, mas eu cheguei lá. Quase cheguei lá.

Um par de braços se esticou por detrás da árvore. Agarrou a bola, puxando-a para trás.

Braços nus. Os pelos claros, os dedos longos, finos como ossos. Membros que poderiam ser chamados de elegantes. Exceto pelo fato de serem brancos *demais*, de modo que estavam à beira do desagradável, do grotesco.

Eu não conseguia mais ver a bola ou quem a segurava, ambos escondidos atrás da árvore. Para isso, teria de dar mais uma meia dúzia de passos à frente.

...três... quatro... cinco...

Contando como uma criança que brinca de esconde-esconde.

Danny! Olhe!

Ela estava ali. Segurando a bola.

Eu teria dito para Ash ir embora, insistido em que ela não podia ficar, mas nenhum ar conseguiu passar pela minha garganta fechada.

Ash sorria.

Olhei para Eddie. Ele havia se afastado um pouco da toalha de piquenique para melhorar seu ângulo em relação à minha posição e poder ver Ash por trás da árvore, assim como eu. E agora ele havia parado. Sabendo exatamente o que estava ali. Que a moça bonita segurando a bola não era uma moça. Que não estava viva.

Fiz um movimento na direção dele, mas fui interrompido por um ataque de dor. Uma queimação que começava nas solas dos pés e subia até o meu peito, inchado e duro.

Era Ash. Seus dedos apertavam a bola de futebol com tanta força que, de redonda, passara a oval. Os nós dos dedos saltando sob sua pele.

Era o meu coração que ela segurava. Espremendo a vida dele. Até a última gota de sangue.

Eu estava no chão antes mesmo de me dar conta de que estava caindo.

Um lado do meu rosto enterrado na grama, um olho olhando para cima, para ela. A bola inchada, prestes a se romper nas mãos de Ash. Seu rosto mostrando a curiosidade fria ao testemunhar o terror de seu irmão e sua luta convulsiva para respirar.

Ouvi o que, de início, tomei por um grito da minha própria garganta. Seguido de um tranquilo pensamento lógico: *Não é você. Você não consegue nem respirar. Então como poderia ser você?*

À medida que essa ideia se tornou mais clara, reconheci a voz. Eddie. Um grito que se estilhaçou pelo parque, fazendo voar nuvens de pardais das árvores.

Ash largou a bola, que quicou na minha direção, rolando na grama, crescendo no meu campo de visão, até ser a única coisa que eu podia ver. Tentei estender a mão para segurá-la, mas minhas mãos não se mexiam. Nada se mexia.

Você está morto.

Isso chegou até mim de uma maneira clara e indiscutível. Não disparou nenhuma avaliação, nada da vida passando em minha mente. Uma voz monótona, inerte, que reconheci como sendo da minha irmã.

A bola continuou rolando, mais do que deveria, como se cutucada por algo invisível.

"Danny!", ouvi Eddie chamando de muito, muito longe. Não papai. Ainda que ele estivesse correndo na minha direção, desesperado para me ajudar, para fazer a garota morta desaparecer.

A bola tocou meu nariz. Um beijo de couro.

Você está morto.

E então eu estava.

De novo.

CAPÍTULO 12

Desta vez, não estou descendo de carro a Woodward Avenue. Não é o Paraíso. Mesmo com meus olhos fechados, sei disso por causa do cheiro.

Não é o fedor de Ash, nada abertamente *ruim*, mas indesejável da mesma forma. O sufocante odor de chulé que se agarra aos lençóis, de roupas de ginástica jogadas no fundo do armário, de ar que não teve o refresco de uma janela aberta durante toda a infância: cheiro de menino. O quarto onde cresci.

Meus olhos abertos me informaram que eu estava certo.

Lá estava o pôster de *Duna* colado atrás da porta, seus cantos rasgados de tanto ter sido arrancado (por vergonha), para depois ser recolocado (por arrependimento). Lá estavam as medalhas do Clube de Xadrez do Dondero High — uma de prata, outra de ouro — com correntes, penduradas no canto do espelho de parede. Lá estava o primeiro e único retrato de família que havíamos encomendado a um profissional, que conseguiu tirar de nós sorrisos mais ou menos convincentes, mas que não conseguiu nos persuadir a pôr a mão nos ombros, ou encostar nas pernas uns dos outros, de modo que ficamos separados, como desconhecidos.

Estou em casa.

Estou morto.

E então outra conclusão, ainda mais arrepiante que estas.

Mesmo quando eu estava vivo, eu me sentia do mesmo jeito que agora.

Ergui-me, apoiado nos cotovelos, e respirei fundo. O ar cheirava a torrada queimada (pai) e também a limpador de carpete, periodicamente borrifado pela casa, que nunca via um aspirador (mãe). Nada de Ash. Pelo menos, nada perceptível aqui. Pensando bem, ela raramente entrava neste quarto. Ela dizia que era nojento, "deprimente demais para colocar em palavras", um Antro Nerd. E, apesar de concordar com ela em todas as acusações, o que mais me chamou a atenção foi que, por um gesto mínimo de cortesia, ela permitiu que ele fosse meu. Um santuário para eu lamber as feridas.

As cortinas estavam hermeticamente fechadas, mas a luz fraca que passava pelas bordas sugeria que era dia lá fora. De manhã cedo, ou no fim da tarde. A luz de Royal Oak nas tardes de domingo.

Somente quando coloquei as pernas para fora da cama e ouvi o ranger das molas do colchão é que me dei conta de que este era o primeiro som que escutava. Isso me manteve parado junto à cama, tentando ouvir o que quer que pudesse estar do outro lado da porta, respirando no mesmo ritmo que eu. À espera.

Não era nada que eu pudesse ouvir. Mas havia *alguma coisa*.

A coisa que você imagina quando acorda no meio da noite, desperto pelo que pode ter sido o ruído de passos no andar de baixo. Aquilo que você não levanta para procurar porque prefere tentar se convencer de que não está lá. Só que *está*. Você pode sentir no silêncio. O silêncio excessivo de uma criatura que consegue prender a respiração por mais tempo que você.

Eu me arrastei até a janela e espiei pelas cortinas.

De início, parecia a mesma vista que meu quarto sempre teve. A esquina da Fairnum e da Fairgrove através dos galhos do carvalho que ficava em nosso jardim lateral, o asfalto molhado pela chuva, que lembrava mais uma camada de verniz. As rachaduras na calçada sob a minha janela em um desenho semelhante a raios. A alguns quarteirões dali, os andares mais altos dos edifícios comerciais da Main Street, visíveis por sobre o telhado da casa dos Quinlan.

Tudo isso borrado por uma cerração. Algo estranho na Detroit viva. Como se uma nuvem tivesse descido para o nível do chão e absorvido toda a cor do mundo, deixando apenas uma paleta de cinza e marrom, pedra e areia. Uma névoa que ficava mais espessa ou mais fina enquanto eu observava. Respirando.

Quando a neblina se ergueu de novo, eu vi o que não estava lá.

Nenhum carro circulava pelas ruas.

Nenhum movimento por trás das janelas do vizinho.

No entanto, o portão para o nosso jardim estava aberto. Balançando ao sabor de uma brisa inexistente. Batendo contra o ferrolho, mas sem travar, e se escancarando de novo, um movimento contínuo.

Fechei as cortinas. Fui instantaneamente envolvido pelo silêncio da casa. Buscando ouvir a coisa que esperava que eu abrisse a porta e abandonasse a proteção do meu quarto.

Se esta era a eternidade, então eu não tinha escolha.

Abri a porta.

O corredor do segundo andar estava apenas vagamente iluminado, já que as demais portas em sua extensão — o banheiro, o quarto dos meus pais, o quarto de Ash — se encontravam fechadas. Ainda assim, algo se moveu ali. Senti antes de ver. No primeiro andar, o lustre de bronze oscilou um pouco antes de ficar imóvel.

Vá em frente.

Não uma ordem interna. Nem uma voz exterior a mim.

É assim com os gêmeos.

Dê uma olhada por aí. Pelos velhos tempos.

Comecei pelo quarto dos meus pais.

As cortinas ali também estavam fechadas. No crepúsculo abafado, eu podia distinguir todas as coisas deixadas como eram. A cama feita. A coleção de garrafas de perfume na cômoda, os vidros de Chanel nº 5, Dior e Oscar de la Renta quase cheios, os presentes de aniversário de sempre do meu pai preservados como peças de museu. O espelho grande que engordava qualquer um que parasse na frente dele, que me mostrava um eu em forma de pino de boliche. Trêmulo, de cabelos ensebados e com um ar mais assustado do que realmente me sentia.

Estava prestes a fechar a porta quando percebi um contorno na cama. Uma depressão em forma de corpo por cima das cobertas, do lado mais próximo à porta. Como se alguém houvesse deitado ali não para dormir, mas só para se lembrar de como era a sensação. Seguido por uma tentativa desajeitada de arrumar a colcha.

O tipo de falta de jeito pelo qual eu sou conhecido. Tal pai, tal filho.

O contorno do lado da cama no qual meu pai dormia. Do tamanho dele. A circunferência da cabeça dele. E com isso, um leve cheiro dele permanecia no ar: camiseta lavada com água sanitária e sabonete de corda Brut.

Ele esteve aqui.

O que significava que ainda poderia estar.

A seguir, o banheiro. Uma parte de mim temia a visão do meu pai na privada ou no meio de algum outro ato particular, o espetáculo indesejado dele sem roupas. Mas não havia ninguém ali.

A cortina do chuveiro estava fechada. E podia-se ouvir uma goteira batendo na superfície esmaltada da banheira.

"O jogo do chuveiro?", eu me ouvi dizer, baixinho, ao me aproximar da cortina. "Sério?"

Sério.

Depois de assistirmos a uma maratona de filmes do Hitchcock na TV, quando tínhamos onze ou doze anos, Ash me fez participar desse jogo durante semanas. As regras eram simples: cada vez que eu entrasse no banheiro e ela tivesse deixado a cortina do chuveiro fechada, eu precisava abri-la. Se eu não fizesse isso, perdia. Se eu perdesse, haveria "penalidades".

Algumas vezes ela estava lá, totalmente vestida, para me assustar com um "BUU!". Às vezes, a água quente estava aberta, enchendo o local de vapor. Às vezes, ela estava tomando banho, enxaguando o xampu dos cabelos, e quando eu puxava a cortina ela gritava e recuava contra os azulejos, como se eu a estivesse esfaqueando.

Puxei a cortina, devagar no início. Pensei ter ouvido um rangido de pés molhados e puxei tudo de uma vez.

Nenhuma pele, nenhum corpo, nenhum grito. Apenas o sabonete de corda do meu pai. Girando para um lado, depois para o outro.

Eu estava apavorado. Queria ir para casa.

Você está em casa. E sempre esteve apavorado.

Deixei para olhar o quarto de Ash por último. A porta que eu menos queria abrir. E pela mesma razão de sempre: não tinha autorização.

Sempre que eu dava uma espiada, nas raras ocasiões em que a porta estava aberta, via a mesma coisa. Ash sentada em sua escrivaninha impecavelmente arrumada ou na beirada da cama, os bichinhos de pelúcia da infância dispostos como uma plateia atenta enquanto ela escrevia no diário. Seu objeto mais precioso. Com capa de couro e uma tira que permitia trancá-lo com chave, a fim de impedir que qualquer pessoa além do seu dono o lesse. Um presente. Personalizado com uma inscrição dourada na contracapa (PARA MINHA FILHA, ASHLEIGH — PAPAI) e, por isso, de grande valor. Não "Amor, papai", apenas "Papai", reconhecendo quem ela era, mas, ao mesmo tempo, distanciando-se dela. Ash também percebeu isso, com certeza. Ainda assim, ela guardava ferozmente os poucos presentes que seu pai lhe dava, como se essas lembrancinhas neutras, compradas por obrigação na véspera do aniversário ou no Natal, fossem relíquias sagradas.

Fora isso, eu tinha dificuldade em me lembrar de qualquer detalhe do que ela guardava lá. Havia pôsteres de bandas ou estrelas de cinema? Havia livros? O que Ash lia ou ao que assistia? Do que ela *gostava*? Nada me vinha em resposta a qualquer uma dessas perguntas. Pode ter sido porque, para começar, não havia nada lá. Nenhum "item pessoal", porque não havia qualquer pessoa.

Minha mão segurou a maçaneta de vidro antes que eu a mandasse fazer isso. Estava morna.

"Ash?"

Falei isso como menos que um sussurro. Lábios, secos pelo sono, se abrindo.

Girei a maçaneta, mas ela não foi até o fim. Trancada.

Só que as portas não tinham tranca ali.

Tentei de novo, empurrando a madeira com meu ombro, que não cedeu. Uma barricada por dentro, talvez. Ou presa no lugar por outra coisa que não uma fechadura ou um móvel, porque eu não deveria abri-la. Ainda não. Eu deveria seguir em frente e ver o que mais ela quisesse.

Desci a escada, o carpete silenciando cada passada. O lustre na entrada (ele sempre foi assim torto? Sem cor? Horroroso?) balançando de novo. Então eu senti: uma brisa de ar vinda de fora, fresca e cheirando a palha molhada. Só que a porta da frente e as janelas da sala de estar e da sala de jantar estavam todas fechadas. Dessa forma, restava apenas a cozinha. No fim do saguão principal.

Nada sobre os balcões ou dentro da pia, as superfícies limpas como se preparadas para a visita de um potencial comprador. Parei em frente à geladeira. Estava com fome? Há comida do outro lado, ou bebida, ou necessidade de ambos? Não importava a resposta, só a ideia de mastigar ou engolir algo deixava meu estômago revirado.

Abri a porta da geladeira. A única coisa lá dentro era uma caixinha de suco Five Alive. Eu mais ou menos vivi daquilo quando era garoto, virando glucose líquida no café da manhã e mantendo uma caneca de plástico do Darth Vader colecionável à mão para enxaguar os jantares queimados da minha mãe. Colocada lá como uma piada. Mas havia algo naquele líquido laranja-brilhante, a única cor na geladeira branca, que o impedia de ser engraçado. Um mimo do qual eu não poderia desfrutar, nunca mais.

Ao fechar a porta da geladeira, consegui escutar.

...Crec-IIH... Crec-IIH... Crec-IIH...

Lá fora. Uma repetição ritmada que, de início, pensei que se tratava do portão batendo, mas que era regular demais para ser algo movido pelo vento.

Eu me virei, e vi que a porta de correr de vidro do quintal estava aberta. Estivera fechada um minuto antes.

...Crec-IIH... Crec-IIH...

Eu me enfiei no quintal. Tentei ser silencioso, apesar de a coisa que havia aberto a porta saber que eu estava lá. Sabia que eu estava seguindo a trilha de miolo de pão que ela havia deixado para mim.

O som vinha de detrás da casa. Só mais alguns passos, e eu poderia virar e ver o que estava lá. E, ainda que não parecesse um sonho, havia a mesma impossibilidade de parar, um não querer fazer algo, mas fazê-lo mesmo assim.

...Crec-IIH...

Ela estava sentada no balanço feito de pneu, o qual eu nunca a vira tocar enquanto estava viva, quanto mais enfiar as pernas nele e se balançar. Ash dava impulso para ir além do que o balanço fora feito para ir, de forma que o galho no qual as cordas estavam amarradas se curvava toda vez que o pneu ia para trás, quase encostando no barracão das ferramentas, a saia enrolada no seu quadril.

"Quer dar uma volta?"

Meu rosto deve ter mostrado que eu estava em busca do que dizer, porque Ash riu antes que eu pudesse formular uma resposta. Ocorreu-me que talvez eu não conseguisse falar ali. Talvez eu estivesse mudo.

Mas era apenas o enjoo de estar perto dela de novo. De ouvir sua voz não na minha cabeça, mas em pleno ar.

Ela continuou se balançando. Olhos fixos em mim. Parecia satisfeita. Não uma de suas máscaras, mas realmente satisfeita, seu sorriso um reflexo trazido pelo alívio. Ela se balançava e sorria, se balançava e sorria, e antes que me desse conta, eu estava sorrindo também.

"Você sabe o que é se sentir solitário, Danny?", perguntou.

Eu ia tentar uma resposta, mas ela me cortou.

"Desculpe! *Claro* que sabe."

Por sua causa, eu quis dizer, mas não consegui.

"Mas não nos sentiremos solitários agora. Vou mostrar a você. Irmão e irmã. Soa bem, não?"

Soava. Soava tão bem quanto *família*, *segurança* ou *amor*. Um som pelo qual me deixei levar milhares de vezes, apenas para no final aprender a diferença, de novo e de novo, entre a ideia de algo e esse algo em si.

Ash arrastou os pés no gramado, parando o balanço. Ela desceu e caminhou até o portão aberto, onde duas bicicletas — aquelas que usávamos na adolescência; a minha, uma Raleigh de segunda mão, a dela, uma luxuosa Schwinn, a mesma que usava no último aniversário da sua vida — estavam apoiadas na cerca baixa de madeira. Ela pegou a bicicleta e caminhou um pouco, pronta para ir.

"Vamos, Danny *boy*", ela disse, olhando para mim com aquele seu velho sorriso. O sorriso-máscara. "Vamos dar um passeio."

Descemos na direção da Main Street. Passamos em frente às mesmas lojas que existiam na nossa época de colégio, ainda que nenhuma delas parecesse estar aberta, apesar da luz no interior e das placas do lado de fora, na calçada, anunciando o especial do dia ou voos baratos para a Flórida. Os sinais de trânsito piscavam em vermelho, como costuma acontecer depois de um blecaute, ainda que não houvesse trânsito para controlar. Ninguém caminhava pelas ruas, ninguém esperava o ônibus, ninguém à vista nos apartamentos sobre o Zúmba Mexican Grille ou o Mr. B's Pub, preparando-se para ir trabalhar ou fazer o jantar, ou o que quer que costumassem fazer àquela hora, fosse ela qual fosse.

Aquele era o dia de nossa morte.

O filme em cartaz no Main Art Theatre — *Sociedade dos Poetas Mortos* — foi o que me revelou isso. A primeira página do *Detroit News*, em uma caixinha na esquina, lamentava o último vexame de um terrível verão para o beisebol (TIGERS PERDEM PARA BLUE JAYS DE 8-3: SEM LIMITE À VISTA PARA A QUEDA). Mas foi a disposição meticulosa desses detalhes, que espelhavam um dia já vivido, que me deu a certeza de que era 9 de julho de 1989. Nosso aniversário.

Ash ia na frente, e eu a seguia. Como estava ainda mais alto do que quando tinha dezesseis anos, meus joelhos raspavam no meu peito a cada pedalada, minhas costas ficavam curvadas sobre o guidom. Umas duas vezes vi meu reflexo em uma vitrine, titubeante e cômico como um urso de circo. Teria sido engraçado se eu conseguisse me lembrar de como era uma risada.

Seria a qualidade do ar, aquela estranha névoa devoradora de cores? Um elemento detectável que alguma parte de mim registra, mas que minha mente não sabe nomear, me informou que aquilo era o pós-vida? Teria eu percebido um bug no software que fazia com que aquele lugar se *parecesse* com Royal Oak, Michigan, algo que o revelasse como "Royal Oak, Michigan"? Não uma imitação, mas uma criação secundária, uma sombra? Era Royal Oak despida de vida, de sua textura, de sua luz interior. Parecia ser um lugar para os vivos, mas, exatamente por isso, era um mundo espelhado para os mortos.

Ela não se virou para ver se eu continuava atrás dela, por saber que eu estaria. Ergui-me do selim para ganhar velocidade sobre a linha férrea que cruza a Main Street antes de esta se unir à Woodward Avenue, e deixamos Royal Oak para trás.

Olhei para a direita, para além do trevo junto à entrada do Zoológico de Detroit. Pela primeira vez naquela manhã — fim de tarde? Quase crepúsculo? —, percebi algo explicitamente *errado*. Por trás da cerca que delimitava seu espaço, uma coluna cinza de fumaça subia da área do zoológico, e a caixa d'água púrpura estava inclinado para um lado.

E então a caixa d'água desabou.

Foi como se ela estivesse à espera para que meus olhos testemunhassem. De que meus ouvidos escutassem o guincho dos pilares de aço se dobrando.

"Ash!"

Minha voz funcionou.

Ainda que eu tivesse me ouvido perfeitamente, ela não se virou. Continuou pedalando pela curva do viaduto e entrou na Woodward, apontando a bicicleta na direção sul.

Foi quando vi o homem sentado no meio-fio.

Uma capa de feltro sobre os ombros, presa no lugar com um laço em torno do pescoço. Luvas que um dia foram brancas, agora escurecidas e rasgadas. Uma cartola preta, alta como a chaminé de um navio a vapor. Um balão que dizia FELIZ ANIVERSÁRIO! preso por um barbante entre as suas pernas. Ele soltou o balão, e este desabou no asfalto, como um saco de areia.

Eu o reconheci. Era o mágico que entretia as crianças nas festas de aniversário de Royal Oak, tirando moedinhas de dentro das orelhas dos meninos, em quintais, salões alugados ou, no meu caso, no zoológico.

Ele se levantou sem olhar para mim. Estendeu as bordas da capa, abrindo-as como asas, em uma apresentação teatral.

Ele ergueu o queixo, revelando seu rosto. Maquiagem espessa como cera de vela que terminava na linha do seu queixo, o que fazia com que, pelo contraste, a pele de sua garganta tivesse a cor de linguiça crua. Um sorriso de dentes amarelos mostrava o tendão de uma carne rasgada presa entre eles.

Eu deveria ter me afastado dele ou pedalado com mais força para aumentar minhas chances de ficar fora do seu alcance. Em vez disso, simplesmente parei de pedalar. Cheguei mais perto dele devido a uma roda traseira empenada, que rangia contra o quadro a cada pedalada.

O mágico ergueu seus braços. Para me alcançar.

Ele bateu palmas com suas mãos enluvadas no instante em que passei. Um truque que fez surgir um pássaro morto — uma pomba — que ele segurava por uma asa. Ele o sacudiu na minha direção, como se estivesse dando adeus com um lenço, perto o bastante para que o minúsculo bico arranhasse meu rosto.

E aí ele ficou atrás de mim.

O mágico poderia estar correndo no meu encalço, mas não olhei para trás. Eu o ouvi, porém. Sua risada horrível, uma risadinha efeminada, que vinha tanto da frente como de detrás de mim.

No quarteirão seguinte, alcancei Ash, que mostrou um sorrisinho irônico, achando graça, como se ela tivesse testemunhado algo mais extraordinário, como eu cuspindo uma vespa que havia entrado voando na minha boca aberta.

Pedalamos sem nos falar, sem necessidade de água, comida ou repouso. As nuvens cinzentas ficavam cada vez mais escuras, ameaçando uma chuva que, de alguma forma, eu sabia que nunca cairia.

Pensei em Willa e Eddie. Ou tentei. Contudo, não importa o quanto eu me concentrasse neles, os dois permaneciam em cantos recônditos da minha mente. Seus rostos, até mesmo seus nomes, escapavam de mim, e era mais e mais difícil agarrá-los de volta. Eu os queria comigo — pela vida que eles levavam, a prova do que eu brevemente consegui ser —, mas, depois de algum tempo, a presença deles me trazia mais angústia que consolo. Então, a fim de poder prosseguir, eu os deixei partir por completo.

Logo estávamos atravessando o trecho de oitocentos metros com o cemitério Woodlawn à direita e o pavilhão State Fairgrounds à esquerda, ambos cheios de mato e vazios. Mas, no instante em que essa palavra entrava na minha mente — *vazios* —, senti um movimento à direita.

Vultos de pé ou caminhando em torno de lápides. Sombras humanas projetadas na parede do crematório. Talvez uma dezena de pessoas olhando para o céu, para seus próprios pés, para nós, como que tentando se reorientar, da mesma maneira que alguém que acorda de um sono povoado de sonhos enigmáticos.

Segundos depois, havia mais deles.

Duas dúzias. Três. E, entre aqueles que vestiam as roupas com que haviam sido enterrados — ternos e blusas escuros, vestidos de batizado —, havia um punhado de homens de macacões verdes, trabalhando a terra, fazendo pilhas e calcando a pá com as botas na primeira escavada. Coveiros. Trabalhando em covas onde já havia lápides. Não cavando para novos caixões, mas providenciando uma saída para mortos antigos.

Nossa mãe havia sido enterrada ali. Nosso pai.

Minha irmã.

Voltei meus olhos para a estrada à frente. Obriguei-me a não desviá-los dali.

Não olhe, não olhe, não olhe...

À medida que avançávamos na cidade, afora a ausência de tráfego, tudo o mais estava da mesma maneira que quando tínhamos dezesseis anos e passávamos pelas fábricas e escolas abandonadas com uma espécie de reverência. Ainda que não fosse isso o que eu sentia naquele momento — não a vertigem de um garoto imaginando ver rostos nas janelas escuras. Era algo mais estranho e, ao mesmo tempo, mais real. Não estávamos em um passeio. Estávamos tomando uma decisão. Quanto mais perto das torres negras do Ren Center, mas frio se tornava o ar, como que rígido e com gosto de cobre quando passava pela minha língua.

E aí eu *realmente* vi rostos nas janelas.

Olhando para nós com a raiva manifesta dos proprietários que veem invasores em suas terras. Uma mulher em um quarto no segundo andar do motel Lafayette gargalhou ao me ver. Uma gargalhada que não pude ouvir, apenas ver, apesar da ausência de vidro na janela onde ela estava. Suas mãos, que acenavam, tinham linhas de sangue seco.

As torres do centro se assomavam do outro lado da fortificada Fisher Freeway. A maior parte delas estava às escuras, ainda que as luzes vermelhas de alerta para aeronaves sobre o Ren Center e a estrela no topo da torre do Fox Theatre estivessem acesas, sinais solitários que exprimiam o oposto de boas-vindas. Estávamos perto o bastante para ver os dentes pontudos dos enormes tigres de concreto que rondavam pelos muros do estádio de beisebol Comerica Park.

Gritei para ela, pela primeira vez no que pareceram horas.

"Aonde você está me levando?"

Ash parou. Apoiou o pé no meio-fio e esperou que eu parasse ao seu lado.

"Quero *mostrar* uma coisa para você."

No instante em que ela disse isso, percebi onde estávamos. Aquele lugar — aquela Detroit — era somente uma passagem. De Royal Oak para o rio. Do meu Depois para o de Ash.

A Woodward Avenue pela qual íamos aos solavancos era uma ponte que levava tanto ao lugar bom quanto ao ruim, dependendo de para que lado você ia e das razões que o haviam levado até lá. Eu estava morto. Aquilo era a morte incorporada como uma versão da minha cidade natal. Porém, dali, era possível tomar caminhos diferentes.

Quando morri aos dezesseis e desci a Woodward com meu pai, era um lugar de satisfação e luz. O melhor dia que eu vivera até então. Mas, apesar de estar no mesmo lugar agora, na mesma rua, desta vez era diferente. E eu sabia aonde iria parar, com Ash conduzindo.

"Onde estou?"

Alguma coisa passou pelo rosto dela. Uma expressão que durou só um segundo e deixou clara que ela havia resolvido não mentir — "Você está em Detroit" ou "Isto é apenas um sonho" —, bem como não revelar a dura verdade: "Você está *morto*, Danny. Isto é a *morte*".

"Você está comigo", ela respondeu.

Ash continuou a pedalar, e suas palavras azedaram na minha mente. O que poderia ter sido gentileza, para me assegurar de que eu estava com alguém que conhecia e amava, soou, em vez disso, como uma declaração de que eu havia caído em uma cilada, sem possibilidade de escapar.

Você está comigo.

Pensei novamente em Willa e Eddie. *Lar.* Os entes queridos mantidos a uma distância impossível, sempre injusta, sempre fugaz, da mesma maneira que ocorre com os mortos, até para os mais devotados sobreviventes.

Com o retorno do nome, eu vi Willa. Seu corpo e seu rosto remontados, como um quebra-cabeça cuja solução eu havia decidido memorizar. Senti uma pontada de saudade no estômago ao me recordar do seu toque, uma dor à qual tentei me agarrar, mas que, passados alguns instantes, ficou tênue como a imagem de Willa e desapareceu.

Eddie permaneceu por mais tempo. Todas as formas pelas quais o menino sentia falta do pai, sem conseguir expressá-las nem dizer como seria possível consertar o que estava quebrado nele — tudo isso, de alguma maneira, tornou-o mais presente na minha lembrança naquele lugar. Como se o espírito dele pertencesse aos mortos na mesma proporção em que pertencia aos vivos.

Neste momento, Ash saiu da Woodward, e essa mudança de direção apagou Eddie também.

Ainda que eu não visse fogo em lugar algum, engasguei com uma golfada de fumaça. O ar acre de madeira e tinta queimadas. Cabelo e pele.

Segui Ash pela Alfred Street, como se compelido por um feitiço que se sobrepunha ao meu desespero para voltar, pular da bicicleta e sair correndo às cegas pelos campos cobertos de mato que ainda estavam nas áreas onde as mansões antigamente se alinhavam, fachadas de pedra uma ao lado da outra. A rua estava crivada de pedregulhos, de modo que os pneus lutavam sob mim, a Raleigh dando pulinhos como um cavalo assustado.

Ash desceu da bicicleta, deixando-a cair no meio da rua. Ela ficou alguns instantes olhando para a fachada da grande casa em frente à qual havia parado, como se dialogasse silenciosamente com algo que a esperava lá dentro.

Observei enquanto ela subia os degraus que levavam à porta da frente. Ela só se virou para mim depois de girar a maçaneta e abrir a porta alguns centímetros. Seus cabelos esvoaçaram com o ar azedo que soprou de dentro.

Ash esperou que eu me juntasse a ela, parecendo prestes a entrar na casa, mas não o fez. Apenas ficou parada na soleira, com a cabeça erguida e o quadril inclinado de uma adolescente que não sabe esperar.

Porém, havia algo mais na maneira em que Ash estava parada, completamente fora do alcance das sombras no interior da casa. Como se, além de querer que eu entrasse primeiro, ela simplesmente não pudesse entrar lá.

O que quer que fosse a coisa para ser vista lá dentro, não era para ela. Era para mim.

Desci da bicicleta. Meus pés alcançaram o primeiro degrau.

Eu estava prestes a subir quando olhei bem nos olhos da minha irmã. Vi, como se pela primeira vez, o que significava para ela ter um gêmeo. Ela sofria e queria que eu sofresse também.

"Danny!"

Foi a raiva escancarada na voz dela que me informou que eu estava correndo.

Para longe da casa, para longe dela. Um ato de desafio que não esperava de mim mesmo, da qual não me acreditava capaz. Porque eu não era. Não por minha própria vontade, em todo o caso.

Uma voz de garoto. De Eddie.

Corra.

Para os campos atrás da casa, onde a grama crescia, alta como milho, em torno de pilhas de cacos de vidro e tijolos. Fiquei de olho nas luzes em torno da quadra de beisebol à medida que elas se aproximavam, uma torre de cada vez. Isso me permitiu ver que os tigres nos muros do estádio não eram mais estátuas e que estavam se movendo. Vivos. Suas caudas do comprimento de carros, agitadas e serpenteantes.

As luzes também me permitiram ver que um dos tigres, o maior deles, que ficava sobre o portão principal, não estava lá.

"DANNY!"

Em algum ponto atrás de mim, Ash também corria. Tentando me alcançar.

As luzes do estádio eram um halo que pairava no ar. Elas me deixaram cego para o que cortava e machucava aqui embaixo, o que lembrava molas de um colchão e rolos de arame, e que quase me derrubou.

"DANNY! PARE!"

Eu parei.

Não porque Ash havia mandado. Mas porque algo se colocara no meu caminho.

Iluminado por trás pelas luzes do estádio, eu não podia ver o que era, ainda que tivesse a sensação de que era um animal. Uma criatura que existe normalmente no mundo dos vivos ganhava aqui um aspecto deformado e ampliado. Uma obscenidade. Com orelhas triangulares e uma cauda destruidora. Tão grande que era impossível contorná-la.

Silenciosamente, a criatura chegou mais perto, até que a única coisa que eu podia ver era seu contorno. Isso e os olhos. Vermelhos como luzes de freio.

Corra, sussurrou Eddie.

Eu poderia ter tentado, se não fosse o fato de que Ash colocou as mãos nos meus ombros. Para que eu soubesse que ela estava lá, que não havia lugar para onde eu pudesse ir sem ela. Seu frio hálito de protetor labial de cereja soprando contra a minha nuca.

Vi a língua saindo da boca do monstro. As pernas enormes que se encolhiam para um bote.

E então, puxando o ar silenciosamente — uma respiração que podia ser minha, de Ash ou da fera —, a besta saltou.

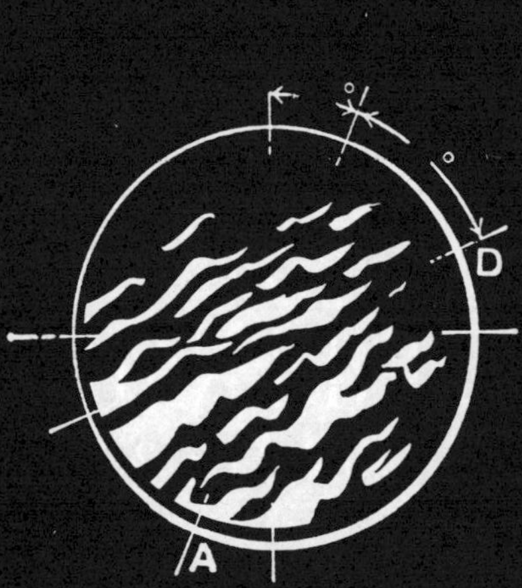

D
A

— OS — CONDENADOS

PARTE 2

ATOS DESTA VIDA

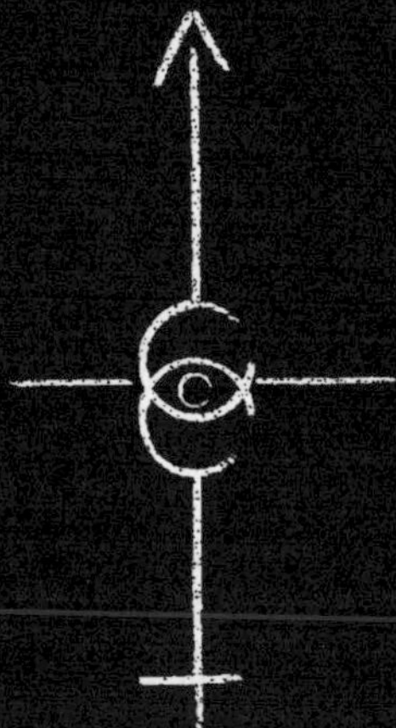

CAPÍTULO 13

Na primeira vez em que me lembro de ter voltado do outro lado, depois do incêndio, eu não tinha certeza se queria retornar. Se o lugar para onde Ash tentava me puxar não era tão terrível, se era algo como andar de carro pela Woodward Avenue com meu pai, eu preferia ficar no Depois, sem pestanejar. Não havia muito que eu pudesse chamar de meu na vida, as expectativas eram baixas. São as pessoas que prendem você ao Paraíso ou ao Inferno, ou seja lá qual for o seu destino. Elas são as âncoras. E isso se aplica ao mundo dos vivos também. As pessoas são a razão para querer ficar ou nem ligar se chegou a hora de partir.

Naquela época, eu não tinha ninguém além do meu pai, que já estava meio morto, de qualquer maneira.

Desta vez, no entanto, era diferente.

Willa e Eddie quase não saíram do meu lado enquanto eu acordava e apagava durante — o quê? Dias? Semanas? O tempo é imensuravelmente esticado quando se está na enfermaria pós-cirúrgica para casos graves. É difícil saber o que é dia e o que é noite quando o andamento das coisas é medido por trocas de roupa e injeções de morfina. Mesmo que eu pedisse que eles fossem para casa, pois eu ficaria bem, a verdade é que era bom vê-los nos períodos, cada vez mais longos, em que estava acordado. Principalmente Eddie. Eddie, cuja voz estava comigo no Depois, ordenando que eu corresse.

Eu me habituei a sentar na cama e ler para ele. *O Leão, a Feiticeira e o Guarda-roupa*. Um presente que eu lhe dera apenas dois dias antes do piquenique. Ele me disse que havia visto o filme, mas que preferia o livro.

Eu sentia prazer em vê-lo apreciando a história. Mas, quando eu erguia os olhos da página, buscava em seu rosto algo além do seu interesse em Nárnia. Procurava alguma admissão de que ele havia estado comigo no Depois para o qual Ash tentara me arrastar. Parte dele, buscando me alcançar.

Teria Eddie realmente visto a garota segurando a bola de futebol, espremendo toda a vida dela, a minha vida? Ele sabia? Ou apenas imaginei isso, como imaginei sua presença no campo atrás da casa na Alfred Street, um elo entre mundos que eu criara?

Eu não tinha certeza.

Porém, às vezes, eu pensava ver uma insinuação de entendimento nos olhos de Eddie, um reconhecimento um tanto confuso. Algo havia mudado para ele desde que sua mãe mencionara meu "problema cardíaco", no sentido de que ele era mais do que um bom menino tentando ser gentil com um cara que não tem muito tempo pela frente. Se eu tivesse de dar um palpite, diria que ele não entendia a situação, apesar de ter estado lá.

E se ele *havia estado* lá, precisava ser protegido. Não do vislumbre que poderia ter tido da vida após a morte, mas de Ash.

Assim que me senti preparado, em uma ocasião em que estávamos só nós dois no quarto, perguntei a Willa o que havia acontecido no parque Cambridge Common.

Ela não havia visto muita coisa. Em um instante eu estava jogando bola com Eddie, no outro estava caído no chão. Ela chamou o serviço de emergência, que chegou quase imediatamente. Não que fizesse muita diferença. A maneira como um paramédico montou em mim na maca, "tentando plantar bananeira" no meu peito enquanto os bombeiros me colocavam na ambulância, as chamadas por rádio para o hospital Mount Auburn com aqueles Código-isso e Emergência Cardíaca-aquilo — nada parecia muito animador. E, realmente, logo após minha chegada, uma médica da emergência irrompeu na sala de espera para dizer a Willa que sentia muito, que eles haviam feito tudo, mas o sr. Orchard morrera.

"Para Eddie, foi um choque. Ele ficou *estranho*", disse Willa. "Meio que desorientado, sabe? Olhando pela janela para o estacionamento, como se estivesse esperando aparecer algum conhecido. Sem dizer uma palavra. Então eu o deixei ficar onde estava."

Comigo, quase falei.

Passaram-se uns quinze minutos. Willa, também aturdida — estávamos fazendo um piquenique há apenas uma hora, um domingo no parque! —, já começando a pensar em qual seria o próximo passo, que formulários teria de assinar e que declarações teria de dar, não entendeu de imediato o que a médica queria dizer quando voltou e falou de "inesperados acontecimentos positivos". O que aconteceu foi que, enquanto ela havia saído para contar a Willa que seu "marido" estava morto, uma equipe da cardiologia havia assumido e aberto o paciente. Colocaram um *stent* em uma válvula severamente obstruída. Aplicaram o desfibrilador com o peito aberto.

"Ele está de volta", disse Eddie, antecipando-se à médica.

"Sim", ela confirmou, com um ar de desapontamento, como se admitisse ter perdido uma aposta. "Parece que é o caso."

Quando pude conversar diretamente com o cirurgião-cardiologista, alguns dias depois, ele não conseguia parar de felicitar a nós dois.

"Bem, nós conseguimos, Danny", disse ele, apertando minha mão. "Caralho, nós *conseguimos*."

Gostei dele, não apenas por ter salvado a minha vida, mas também por ser um tipo de médico que hoje é difícil de encontrar, aqueles que já viram de tudo, mas que ainda se surpreendem com o rumo que as coisas podem tomar.

"O coração humano. Uma máquina incrível, sem dúvida", disse ele, balançando a cabeça. "E a mente humana? Ela é a responsável por desenlaces como o seu! Seu coração? Estava acabado. Era uma latinha amassada. Mas aqui está você."

"Aqui estou eu", falei, o que, pela primeira vez, abriu as portas para lágrimas de agradecimento. O cirurgião também já havia visto isso. Ele balançou a cabeça mais uma vez.

"É bastante incomum. A sua reviravolta. Para mim, uma das minhas dez favoritas. Fico feliz por eu ter decidido ir lá para ver se era possível fazer algo."

"Obrigado, doutor."

"Ei, foi você quem fez o trabalho duro, Danny", ele disse. "Morto por — quanto tempo? — oito, nove minutos. Quer ver seu prontuário? 'Fim.' Mas então conseguimos um batimento. Eu vi defuntos no necrotério com perspectivas melhores que as suas, e de repente — *ta-tum, ta-tum*! Estou falando, alguma coisa deve ter assustado você para valer do outro lado. Porque você voltou correndo."

Entretanto, não havia somente notícias boas. O cirurgião me explicou que eu tinha um defeito cardíaco Tipo IV. Não há o Tipo V.

"É bastante complicado, sinto informar", disse ele, e fiquei mais uma vez surpreso ao ver como a franqueza do médico me confortava.

"Qual é o problema? Em poucas palavras?"

"Sou um especialista. Não usamos poucas palavras, mas vou tentar. O lado esquerdo do seu coração tem um fluxo arterial comprometido — o lado esquerdo afeta o corpo e o cérebro, enquanto o direito afeta a respiração, então podemos agradecer por isso. Baixa potência cardíaca com elevada resistência vascular sistêmica, o que resulta em uma severa disfunção sistólica. Quer que eu desembrulhe esse blá-blá-blá?"

"Mais tarde, talvez. É possível consertar o coração?"

"Você já está tomando todo tipo de medicamento. E, depois que sair daqui, vai tomar mais comprimidos que a Judy Garland."

"E cirurgia?"

"Já passamos por isso. Liberamos um pouco uma válvula obstruída quando você chegou. É como soprar uma bolinha de papel por um canudo. Mas não há mais nada que possamos fazer. Em um caso como o seu, há outras bolinhas circulando por aí, e os canudos em torno do coração são estreitos. Então, considerando-se as abordagens tradicionais, não há muito o que fazer. Espere, *não* é verdade. Há uma coisa ainda."

"O quê?"

"Um transplante."

"Ok. E como..."

"Você já está na lista."

"Isso é bom. Não é?"

"A lista é longa."

"Ah."

"Mas se um doador compatível aparecer, com certeza. Se a operação correr bem. Se o corpo aceitar o novo coração."

"É um bocado de *ses*."

"Minha profissão é cheia de *ses*."

"Acho que esta é a minha deixa. Quais são as minhas chances, doutor?"

"Se eu estivesse no seu lugar? Colocaria meus assuntos em dia", respondeu. "Dizer os devidos 'eu te amo'. Porque transplantes são difíceis de conseguir. E se isso acontecer de novo? Você tem muita sorte de estar aqui hoje, sr. Orchard. Mas, da próxima, não vai voltar."

Afora a dor causada pelo que me parecia ser uma granada que tinha explodido no meu peito, eu me sentia muito bem. Não

tive sintomas relatados por diversos outros pacientes cardíacos após um "evento" semelhante ao meu: vertigem, dificuldade para respirar, uma exaustão paralisante. Em pouco tempo, eu até saía para caminhadas curtas, o desfile humilhante dos recém-operados levando o suporte do soro pelo corredor, pernas arrepiadas à mostra. Eles só me dariam alta se eu mostrasse que podia me movimentar sozinho, fazer com segurança a viagem de ida e volta entre o colchão e o banheiro. Este era o passaporte para a liberdade: convencer as enfermeiras de que eu estava pronto para viver sem a comadre.

Então me esforcei para ser o melhor paciente possível. Porque eu tinha um motivo para sair dali. Dois motivos. Willa e Eddie eram a diferença entre querer *sair* e querer *voltar para casa*.

Mas antes eu precisava da resposta para uma pergunta.

"Vou falar isso apenas uma vez", disse a Willa em uma das tardes em que ela estava sozinha no meu quarto. "Tenho de dizer isso, e você realmente precisa ouvir. E quando responder — quando achar que pode responder —, quero que a resposta seja honesta. Mesmo que doa. Mesmo que possa parecer a pior coisa que você já disse a outra pessoa, certo?"

"Cruzes, Danny. Que coisa horrível. Por que não conversamos sobre o que quer que queira falar quando...?"

"Não pode ser depois. Precisava ser agora."

Ela se sentou em uma das cadeiras desconfortáveis que havia no quarto para as visitas. O móvel deu um pequeno guincho ao aceitar o peso de Willa.

"Sou toda ouvidos", disse ela, colocando as mãos por trás das orelhas e projetando-as para a frente. Isso a deixou parecida com o filho.

"Você não precisa fazer isso. Depois que eu sair daqui. Toda essa coisa de *recuperação*. Todo esse processo de *aguardar até o fim*. Você e Eddie mudaram minha vida em um espaço de tempo muito curto, e é impossível dizer o quanto sou grato. Mas foi exatamente isso — um curto espaço de tempo. Tão curto que não seria possível censurar você — eu não a censuraria, prometo — se sua decisão fosse voltar para Marcellus, ou qualquer outro lugar, e não ter de lidar comigo. Porque é preciso admitir isso — eu sou um problema agora."

"Danny. Escute..."

"O que estou dizendo é que você está livre. Qualquer promessa, qualquer insinuação de compromisso que tenha feito, você está liberada. Estamos quites."

Willa cerrou os lábios. Ergueu as sobrancelhas. Fez uma cara de *Já acabou?*

"Já acabou?", disse.

"Acho que sim."

"Certo. Eu entendo o que está dizendo. Mas é você que não está me entendendo."

Willa levantou da cadeira. Deitou-se ao meu lado na cama, de maneira que poderia sussurrar o que tinha a dizer bem no meu ouvido.

"Eu não fujo das coisas, Danny. E não digo coisas porque elas soam bem em um determinado momento. Digo porque acredito nelas."

"Eu te amo."

"Essa é uma delas, por exemplo."

"Não, é sério, eu te amo."

"Eu também. Então isso é tudo que você precisa ouvir de mim sobre essa sua proposta. Você precisava dizer isso e teve a sua resposta. E nunca mais mencione o assunto, a não ser que você queira sair dele. Fui clara?"

Ela me beijou. E, ainda que meu cheiro devesse estar bem abaixo do considerado sexy, ainda que eu não conseguisse fazer com que meus lábios funcionassem direito, foi um beijo de verdade, não uma gentileza para selar a paz. E quando terminamos e ela começou a se levantar, eu a puxei de volta para mais um.

Além de Lyle Kirk, presidente dos Reviventes de Boston, que foi me ver com um pacote de seis latas da cerveja Rolling

Rock ("Não sei se deixam você tomar isso aqui, mas só se vive uma vez — ou duas, ou quem sabe três vezes — certo?"), as únicas visitas que eu recebia eram de Willa e Eddie. Se não fosse por eles, eu teria ficado completamente sozinho lá com as enfermeiras e os médicos que iam e vinham, colhendo sangue e perguntando como eu estava, de um jeito que deixava claro que a resposta não fazia a menor diferença.

O cirurgião-cardiologista era a única outra visita que eu realmente queria receber. Tive a impressão de que ele não precisava me examinar com tanta frequência quanto fazia. Ele parecia ter um interesse especial naqueles próximos do limite, como eu. Vida e morte. A indiscutível linha traçada na areia. Provavelmente havia sido isso que o levara a escolher aquela profissão.

"Danny Orchard", declarou ele em uma das vezes que entrou no meu quarto. "Por que você não me disse que era famoso?"

"Não sou. Não mesmo. Fama de quinta categoria, na melhor das hipóteses."

"Modéstia! Algumas das enfermeiras me contaram que você esteve na TV, e elas levam isso muito a sério. Até trouxeram seu livro para o hospital, mas têm vergonha de pedir uma dedicatória. Então me ofereci para fazer isso."

Ele retirou três exemplares de *O Depois* de sua maleta. Colocou-as na cama, ao meu lado, atirando uma caneta por cima. "Você se importaria?", perguntou.

Pedi os nomes das enfermeiras e comecei a escrever nas folhas de rosto. Pelo canto do olho, podia ver que o médico me observava com um ar divertido. Uma expressão com a qual me acostumei ao longo dos anos. A curiosidade que acompanhava o fato de estar perto de alguém que pode ter alguma compreensão do Grande Mistério da Vida.

Quando terminei, ele continuou parado ali, olhando para os livros que eu lhe entregara.

"Sou um homem da ciência. Nunca vi um espírito na minha vida, santo ou não", disse ele. "Mas estudei em uma escola católica quando era garoto. Tenho algum conhecimento sobre o que eu *deveria* acreditar que acontece conosco após a morte. E, devido ao meu campo de trabalho, normalmente sou o último a ver as pessoas antes que elas morram. Mas devo dizer que você é algo inédito para mim. Você já voltou *duas vezes*."

"Três vezes, na verdade."

"Veja só! Eu acharia que você é um maluco se o visse na TV dizendo isso."

"Eu provavelmente acharia a mesma coisa."

"O que quero dizer é que conheço você e o considero mais ou menos são. O que me leva a querer perguntar: nesta última ocasião, você tem alguma lembrança do que viu do outro lado?"

"Sim."

"E como era? O Paraíso, digo. Eles redecoraram o lugar desde a última vez em que você esteve lá?"

Não foi para lá que eu fui desta vez. Desta vez, alguém estava tentando me levar para o outro lado.

"Parece muito com Detroit", respondi.

Uma tarde, depois de despertar de uma soneca provocada por remédios, abri meus olhos e vi alguém no quarto. Uma das voluntárias de avental listrado que eu já vira pelos corredores do hospital, empurrando carrinhos cheios de jornais, revistas e bichos de pelúcia. Eles a obrigavam a ficar por aqui em troca da suspensão de alguma sentença, contando as horas que gastavam distribuindo revistas *People* e *Time* de três meses atrás para descontar no reformatório? Ou eram apenas boas garotas, tentando ajudar?

Era o que eu queria perguntar à adolescente que estava ali de pé, de costas para mim, mexendo nos jornais no seu carrinho. Estava pensando em uma maneira educada de fazer a pergunta quando ela falou.

Entrega especial para o sr. Orchard.

Tudo parou. As costas dela, o ondular do seus longos cabelos na bata rosa, as idas e vindas no corredor do outro lado da porta, tudo ficou imóvel.

Não foi fácil encontrar isso, eu garanto. Mas nosso objetivo é agradar.

A garota se virou. Imitou a expressão de terror no meu rosto, arregalando os olhos, a boca aberta em um círculo negro.

Não.

Isso não era uma palavra, não era um grito que ficou preso na minha garganta. Era a recusa desesperada que eu sentia todas as vezes em que ela vinha atrás de mim. O desejo de que ela fosse embora, que não foi concedido nem uma única vez.

Ela atirou o jornal no meu colo.

Eu o reconheci de imediato, ainda que fizesse anos que eu não colocava os olhos nele. O *Detroit Free Press* de 9 de julho de 1989. O jornal que havia sido jogado na entrada da nossa casa em Royal Oak, na manhã seguinte ao incêndio que tirou a minha vida e a de Ash. A manchete no canto inferior da página lido atentamente por meu pai, o jornal colocado sobre a mesa da cozinha mas jamais aberto. TRÁGICO ACIDENTE TIRA UMA VIDA, QUASE DUAS: IRMÃO E IRMÃ GÊMEOS EM INCÊNDIO, DÚVIDAS PERMANECEM.

Ergui os olhos, e ela estava lá. Pairando junto a mim, ao pé da cama.

Ash estendeu a mão e segurou a bolsa do soro intravenoso. Sentiu seu peso, balançou-a para a frente e para trás no gancho. E então apertou os dedos. A bolsa sucumbiu, empurrando o líquido pelo tubo e na minha veia. Eu a senti inchar, depois uma dor lancinante subiu pelo meu braço. Minhas escápulas, meu pescoço, meu peito, tudo em chamas.

Ela abriu a mão.

A bolsa se expandiu, aspirando o conteúdo do tubo. Desta, trouxe sangue junto com a solução salina. Coagulando o líquido transparente, de rosa para escarlate e para algo ainda mais escuro.

Ela apertou a bolsa de novo.

E, com isso, a dor encontrou um lar dentro de mim. Meu coração. Esmagado como se preso entre os dentes de um torno.

Meus olhos se fecharam por completo. Um mapa vermelho por trás das pálpebras, os vasos capilares dilatados e latejantes.

De algum ponto muito próximo, o cheiro de Ash. Seus lábios — a pele rachada pela secura, fria ao toque — roçaram minha orelha.

Sinto sua falta, Danny boy.

Às cegas, tentei acertá-la com o punho, mas a única coisa que minha mão encontrou foi o suporte do soro, que derrubei. Abri os olhos.

A solução salina estava límpida. A dor no meu peito havia sumido, era como se nunca tivesse existido.

Nada de Ash.

Nada de *Detroit Free Press* sobre a cama.

O cheiro, no entanto, continuava lá. Um rastro remanescente de perfume, que me fez correr aos tropeções até o banheiro, onde vomitei no chão, depois de errar a pia.

Sinto sua falta.

— OS —
CONDENADOS
ANDREW PYPER

CAPÍTULO 14

Depois de quase três semanas, visto que não havia mais nada que pudessem fazer por mim até que um coração dentro de um balde de gelo passasse pela porta, eles finalmente me deixaram ir. O cirurgião que eu tanto apreciava foi o último a se despedir de mim. Ele levara uma cópia novinha de *O Depois*. Minha dedicatória: “Por ajudar meu coração partido”.

“Que fofo”, ele disse, fechando o livro de uma maneira tão peremptória que ficou claro que nunca mais o abriria.

“Gostaria de poder fazer mais alguma coisa para agradecer”, falei. “Você joga golfe? Quer entradas para o Red Sox?”

“Desisti de ser sócio do clube de golfe depois de me dar conta de que todos os tacos que eu sempre acabava atirando no riacho iam me levar à falência. E eu já tenho entradas, na linha da primeira base, para a temporada no estádio Fenway. Mas pode acreditar. Seu seguro cobriu meus custos direitinho.”

“Então tudo bem. Até a próxima.”

“Hmm?”

“O transplante?”

"Certo."
"Se aparecer algo..."
"Sim, com certeza. Estamos de dedos cruzados, garanto."
O olhar dele mostrava que o médico acreditava em milagres tanto quanto qualquer outra pessoa.
"Sei que todos já alertaram você para não fazer muito esforço físico", retomou ele, depois de perguntar se podia beber o suco de laranja do meu café da manhã, no qual eu não havia tocado. "Mas você realmente tem de pegar leve. Aguente firme, para que continuemos nosso trabalho por aqui. Nada de muita agitação, ok?"
"Então você está dizendo para eu não exagerar com o sexo na banheira de hidromassagem e com as meias maratonas?"
"Eu certamente deixaria a meia maratona de lado. Isso nem parece divertido. Mas nem no Inferno eu aconselharia alguém a evitar a outra atividade, se a oportunidade surgir."

Uma hora depois, Willa e Eddie caminhavam comigo até o carro, o sol machucando meus olhos. Eddie ficou ao meu lado o tempo todo, segurando meu cotovelo. Eu deveria ter dito que estava bem, que não eram as minhas pernas que estavam ruins, e sim meu coração, mas a necessidade dele de me ajudar era maior que o meu desejo de exibir uma saída bem-sucedida do hospital, então me apoiei um pouco nele.
É uma distância curta entre o hospital e nossa casa junto à praça Porter. Willa decidiu fazer o caminho mais longo, o que me permitiu ver o rio Charles, as torres de Harvard, o tráfego na hora do rush na Massachusetts Avenue. Os rostos das pessoas nos outros carros sugerindo suas histórias: os irritados, os ansiosos, os satisfeitos, os entediados. Nas calçadas, todo mundo levava na mão um enorme copo de café ou um celular, como se uma lei proibisse andar de mãos vazias em público. Cenas do dia a dia que me pareciam, a um só tempo, inéditas, comoventes e engraçadas. Vida demais para digerir de uma só vez.

"Algo errado, querido?", perguntou Willa quando, ao se virar, me viu limpando o rosto com a manga da camisa.

"Está tudo certo. Só me lembrei de como pode ser bom."

"Como o que pode ser bom?"

Fiz um gesto na direção do para-brisa. Mantive minha mão em movimento, apontando o polegar para Eddie, no banco de trás, até roçar o pescoço de Willa.

"Isso", falei.

— OS —
CONDENADOS
ANDREW PYPER

CAPÍTULO 15

A ideia do casamento partiu de Willa.

Foi ela que propôs. Eu perguntei se ela achava que seria uma boa ideia. Willa me mandou calar a boca e responder. Eu disse sim.

Era uma segunda-feira, e não fazia nem uma semana que eu tivera alta do hospital.

Na terça, marcamos uma igreja para a sexta-feira seguinte. Os preparativos não eram grande coisa além de uma lavagem a seco rápida do meu smoking e uma reserva em nosso restaurante predileto na praça para jantar depois da cerimônia. Basta manter o número de convidados pequeno e declarar "A verdade é que só tenho alguns meses de vida pela frente" aqui e ali, e é possível preparar um casamento em poucos dias, sem problemas.

O que não é o mesmo que dizer que eu não tinha dúvidas sobre a história toda. Só porque meu coração não tinha muita milhagem sobrando, isso não significava que eu merecesse uma mulher como Willa, uma mulher que já havia perdido um marido e agora via o segundo se preparar para deixar o palco, tudo isso antes de chegar aos quarenta. Ela me disse, do seu jeito convincente, que não estava fazendo isso por causa do meu estado de saúde, e sim porque ela queria. Porque me amava. Willa me disse a mesma coisa que dissera quando subiu em mim na cama e eu perguntei se ela achava que Eddie estava dormindo, se ele poderia nos ouvir.

"Apenas faça o que lhe faz bem", falou. "Você consegue?"

E eu conseguia. Mesmo depois de uma vida me doutrinando para agir diferente, uma vida com Ash aparecendo para me relembrar de que qualquer coisa desse tipo — o amor de uma mulher, a entrega ao prazer, as promessas — violava as regras, eu podia me sentir bem com tudo isso.

E eu me sentia muitíssimo bem parado ali, em pé, em frente ao altar do campus da Universidade de Boston com Eddie, meu padrinho, ao meu lado, e nós dois nos viramos quando o organista começou a tocar o hino anglicano "All Things Bright and Beautiful", para ver Willa entrando na igreja. Ela estava de tirar o fôlego. Literalmente. Tão linda em seu vestido de seda, o cabelo preso em uma tiara de flores, que esqueci de inspirar enquanto ela caminhava na minha direção, até começarem as palpitações, o coração fazendo *tum-tum-tum*, a gravata-borboleta apertando meu pescoço.

Não morra aqui. Não agora. Deixe-me colocar a aliança antes, deixe-me brindar à noiva, depois sou seu. Mas não agora.

Soava como uma prece, mas, no mesmo momento em que pensava nas palavras, eu me dava conta de que elas não eram para Deus. Estava implorando a Ash por uma misericórdia que ela nunca havia demonstrado.

Havia cerca de uma dúzia de pessoas na igreja, já contando o pastor e nós mesmos. Os outros eram amigos e parentes de Willa. Além de Lyle Kirk, não havia ninguém do meu lado, porque eu não tinha amigos para convidar. O agente que cuidava das minhas palestras? Meu editor? O contador que faz minha declaração de imposto de renda? Ainda que isso não devesse me surpreender, fiquei estupefato ao me dar conta de que há anos eu não conversava com ninguém a quem não pagasse.

Exceto Ash. Mas não que ela precisasse de um convite.

Era por isso que fiquei aliviado quando, ao examinar os bancos da igreja, não a vi sentada no fundo, nem flutuando acima dos tubos do órgão, nem espiando pela porta entreaberta da capela, como eu meio que esperava que fizesse.

Willa subiu os degraus do altar, acabando com todas as minhas preocupações. Ela não era uma mulher alta, minha futura esposa. Ainda assim, era muito mais forte que eu. Era possível perceber isso quando ela pegou minha mão, que parecia uma luva de beisebol, na sua e apoiou a cabeça no meu peito, emprestando-me uma força que me fez corrigir a postura.

Então Eddie me entregou a aliança. A mesma que meu pai uma vez dera à minha mãe. O anel havia passado umas duas décadas em um cofre de banco, e agora brilhava no dedo de Willa.

Precisei me abaixar muito para beijar seus lábios. E, ao chegar lá, não tive pressa.

Agora não. Por favor.

No fim, a magia foi rompida por alguns escassos aplausos. O pastor nos declarara marido e mulher, mas eu não havia escutado. Puxei Eddie para nós, fazendo um círculo. Eu era um homem casado, e aquela era a minha família. Eu podia dizer isso em voz alta, na maior felicidade do mundo, uma vez a cada dois minutos, pelo resto da minha vida.

Descíamos a nave central, em direção à porta, quando eu a ouvi.

Aqui em cima, Danny.

Eu não queria olhar. Nunca quero. Mas sempre olho.

Ela estava de pé no altar, onde eu havia estado um minuto antes. Vestida de branco, como uma noiva, um véu cobrindo o rosto.

"Danny?" Willa seguiu meu olhar. Como não viu nada ali, ela olhou de volta para mim. "Tudo bem com você?"

"Estou ótimo. É só que — pensei que podia ter esquecido alguma coisa lá atrás."

"Esquecido o quê? Tudo de que você precisa está bem aqui", disse ela, colocando minha mão em sua cintura.

Fomos até a porta. Alguns convidados jogaram confete, apesar das placas pedindo para que não fizessem isso. Eu podia sentir alguns dos pequenos círculos de papel colando nos meus cílios e descendo pelas minhas costas. Fazendo cócegas. Eles estavam frios como a neve.

Antes de sair, antes de ser cegado pelo sol brilhante do entardecer, olhei novamente para trás.

Ash não estava mais de pé no altar, e cheguei a pensar que ela havia ido embora, que nunca estivera lá. Mas então eu a vi. Aproximando-se, caminhando atrás dos convidados. Erguendo o véu.

Seu rosto queimado, dilacerado pelo fogo. A pele levantada, o osso branco aparecendo. A carne de sua testa e suas bochechas pendurada por tendões.

Pode beijar a noiva...

Ordenei a mim mesmo para que não corresse. Se eu continuasse minha caminhada para fora da igreja, tentando sorrir para as câmeras, e chegasse até a limusine esperando no meio-fio, tudo estaria bem. Apenas finja que ela não está lá. O mesmo jogo que eu havia jogado a minha vida inteira.

Não que eu tivesse vencido alguma vez.

— OS —
CONDENADOS
ANDREW PYPER

CAPÍTULO 16

Na manhã seguinte ao casamento, como um presente de lua de mel, levei Eddie para tomar café da manhã na praça Porter e deixei Willa dormir até mais tarde. Passamos primeiro na livraria. Eu achava que ele ia querer sair dali assim que eu pegasse o *Boston Globe* que eu fora lá comprar, mas fiquei feliz ao vê-lo entrar na seção infanto-juvenil e começar a tirar livros das prateleiras. Eu pensava que as crianças não liam nada além de modismos passageiros como *Harry Potter* e *Crepúsculo* e que essas séries ainda estariam mais limitadas a garotas. Eu estava lendo C.S. Lewis para ele desde o ataque cardíaco, mas achava que o garoto estava apenas sendo condescendente comigo. No entanto, lá estava Eddie, um menino de poucas palavras, olhando com atenção as lombadas e folheando as páginas dos títulos que escolhia, as capas selecionadas mostrando dragões e elfas peitudas.

"Acabei de me lembrar de que precisamos retomar a leitura de *O Leão, a Feiticeira e o Guarda-roupa*", falei, sentando ao lado dele no chão.

"Eu já acabei."
"Sério?"
"No hospital."
"Uau. Isso é ótimo. Não sabia que você gostava de ler."
"Nem eu."
Examinei alguns dos livros que ele havia separado.
"Então você está pensando em mais fantasia?"
Ele me olhou por trás de um véu de medo verdadeiro. "Mas nada de bruxas. Não gosto de bruxas." Aí seu rosto se iluminou. "Batalhas, dragões e coisas assim, essas são legais."
Olhamos as prateleiras mais um pouco, até que eu lhe mostrei uma caixa com a edição especial de *O Senhor dos Anéis*.
"Eu adorava isso quando era garoto. Digo, *amava*", falei. "E não há uma só bruxa em toda a história. Mas acho que você já viu os filmes, não?"
"Minha mãe não deixa."
"Sério? Bem, podemos contornar isso lendo."
Ele segurou os livros nas mãos, como se julgasse o mérito pelo peso deles.
"Tem mágica neles?", perguntou.
"Muita."
"Você gosta de mágica?"
"Acho que, sem ela, eu não estaria aqui."
Em seus olhos, procurei por algum sinal de que o menino percebia que eu estava me referindo a ele. De que havia sido sua presença, sua mágica, que me libertara daquele campo noturno atrás da casa na Alfred Street, trazendo-me até este café da manhã, esta sossegada manhã de domingo.
"Está bem", ele anunciou por fim, entregando-me o livro. "Vamos ler este."
"Revezando a leitura, eu e você?"
"Não, como no livro de Nárnia. Você lendo para mim. Só que, desta vez, vamos até o final."
"É um livro grande. *Três* livros grandes."
"Nós temos tempo, não é?"

Depois de uma falsa ida à seção de Dicionários, para poder disfarçar as lágrimas de gratidão, pagamos o jornal e os livros e fomos até o Café Zing para croissants de queijo e bebidas, um *smoothie* de manga para Eddie e um café puro para mim. Encontramos uma mesa mais para os fundos, planejando bisbilhotar uma ou duas páginas de *A Sociedade do Anel*, aí Eddie disse que antes precisava ir ao banheiro.

"Estarei aqui."

Ele me lançou um olhar de "não seja bobo". "Eu sei", disse.

Assim que vi a porta do banheiro masculino se fechar, peguei o celular e mandei uma mensagem para Willa.

Estou com saudade, sra. Orchard.

Ela respondeu quase imediatamente.

Você saiu há apenas 45 min!! (Mas é fofo — adoro ser sua sra.!)

Estava pensando no que responder, sorrindo o sorriso idiota de um homem não habituado a escrever mensagens românticas, mas desfrutando disso de uma maneira incontrolável, quando percebi que alguém se aproximava da mesa. Não passando perto, a caminho do saguão, mas parando, como se lesse por cima do meu ombro. Alguém que agora estava sentado na cadeira do outro lado da mesinha. A cadeira de Eddie.

"Você não demorou nada..."

Ergui os olhos. Não era Eddie.

Escrevendo para a sua namorada?

Será que as pessoas em volta a ouviam? Será que viam a garota belafeia se inclinar na minha direção, fazendo com que eu recuasse na cadeira? Uma espiada em torno confirmou que ninguém olhava para a gente. Ninguém havia escutado Ash falar naquela voz que parecia vir de dentro da minha cabeça.

Ela examinou o salão, como eu havia feito. Isso pareceu lhe lembrar que não podia ficar por muito tempo, porque algo mudou no rosto dela. A triunfante crueldade escapuliu, ficando a ansiedade.

Preciso da sua ajuda, Danny.

"Ajuda?"

Chegou a hora.

"Me deixe em paz."

Você não tem ideia do que não é ter paz.

"Você não pode mais me machucar."

Só que isso...

O rosto dela mudou de novo. Um vazio. Seu verdadeiro eu.

...não é verdade.

Ash ergueu a mão, deixando-a pairar sobre a mesa. De início, achei que ela se preparava para contar os segundos com os dedos, ou talvez levar o croissant de Eddie até seus lábios rachados. Só que a mão se moveu para a frente, na minha direção. Lenta como uma aranha, com a qual se parecia agora, estendendo os longos dedos, os nós a me observarem como olhos vazios. Mas ela não me tocou. A mão parou sobre minha xícara de café, cheia e ainda fumegante. Apanhou-a, certificando-se de que eu estava prestando a mais completa atenção. Derramou-a na minha mão.

No instante em que o café pelando queimava minha pele, um pensamento surgiu claro na minha mente, algo mais perturbador que a ideia do que ela pudesse fazer a seguir ou que a tensão no meu coração já acelerado.

Ela pegou a xícara.

Foi isso que gritei tão alto na minha mente que cheguei a ter certeza de que todo mundo à minha volta havia escutado. Tanta certeza que, quando vi seus rostos, fiquei espantado em ver que havia apenas a curiosidade de quem testemunhava um acidente muito feio.

Ela pegou a minha xícara, mas deveria estar morta.

Levantei, quase virando a mesa com os joelhos. Esta bateu em Ash, empurrando-a para trás na cadeira, a estrutura de metal caindo no chão. Porém, quando ajeitei a mesa, ela não estava mais lá. Só a cadeira, que rolou no chão antes de se acomodar em uma poça de café.

Um segundo depois, Eddie me encontrou junto à mesa dos temperos dizendo ao atendente que não era preciso chamar uma ambulância e embrulhando minha mão com guardanapos. Tentava esconder do menino as bolhas que já se formavam.

"O que aconteceu?"

"Nada. Derramei café em mim mesmo, só isso."

"Doeu?"

"Um pouco."

Ele não acreditou em mim. Não apenas na história de doer só um pouco, mas também sobre eu ter derramado café em mim mesmo. Eu percebia isso na maneira em que suas narinas se abriam, como se detectassem um cheiro familiar, na maneira pela qual ele vasculhou o salão com os olhos, atrás de um vislumbre de alguma coisa que havia estado ali um minuto antes.

"Danny? Você...?"

"Vamos para casa, assim eu posso fazer um curativo nessa coisa. Certo?"

Eddie assentiu com a cabeça. Deixou que eu tomasse a dianteira até a porta do café, enquanto o menino ia na retaguarda, de olho no local, como se pronto para um ataque.

Depois que cheguei em casa, com a mão em uma tigela de água gelada, pensei em como as últimas visitas de Ash eram diferentes de qualquer uma que ocorrera antes.

Ela nunca havia feito nada tão *físico* como derramar um líquido fervente sobre minha mão nua. Ela nunca na vida havia feito isso comigo nem com qualquer outra pessoa desde que morrera. Mas, naquela manhã, ela fizera algo se mover em tempo real, uma alteração do mundo enquanto estava presente. Não um fantasma, não um poltergeist ou uma projeção, ou seja lá como for que se chamava a sombra que me perseguia há vinte e quatro anos. Ela estava *lá*. No momento em que estendeu a mão e fez algo acontecer, ela era real.

O que Ash fizera na capela também era inédito. O rosto queimado que ela mostrara ao levantar o véu de noiva era uma máscara diferente, um truque inédito. Podia usar fantasias agora. Ela podia se mostrar não apenas como era em vida, mas como havia ficado quando as chamas lamberam a sua pele.

E outra coisa.

Nunca antes tínhamos tido uma conversa como aquela no café. Ela falava comigo, entregava mensagens diretamente na minha cabeça, deixava bilhetes de algum tipo. Mas Ash falara por cima da mesa e, quando respondi, ela ouviu. A barreira que tornava nossa comunicação um jogo de telefone sem fio fora removida, e ela estava presente, sua voz era clara e enjoativamente doce como havia sido em vida.

O que mudara?

Eu tinha morrido.

Ash havia me matado e me levado para Detroit, aquela que fora designada para ela, aquela que ela havia tentado me mostrar dentro da casa na Alfred Street. Se eu tivesse ido até o fim, subido aqueles degraus e passado por aquela porta, eu nunca teria voltado. Porque eu passaria a pertencer a ela.

A boa notícia é que isso não aconteceu, porque consegui voltar da morte.

A má notícia é que eu a trouxera comigo.

— OS —
CONDENADOS
ANDREW PYPER

CAPÍTULO 17

Naquela noite, depois de ler para Eddie as primeiras páginas do novo livro dele, eu e Willa ficamos acordados até tarde, bebendo o champanhe que uma de suas amigas havia deixado como presente de casamento. Isso me ajudou a colocar de lado a imagem de Ash na minha frente no Café Zing, bem como a imagem pior ainda de ela caminhando pela nave da capela. As suaves bolhas do champanhe, olhar apenas para Willa, sentir a promessa da mão dela na minha perna. Isso quase manteve Ash longe.

"*Tim-tim*", disse Willa, erguendo a taça.

"Já brindamos."

"Não se pode brindar duas vezes?"

"Eu poderia passar a noite brindando com você."

"Adoro quando você fala sacanagem."

O amor é tolo. Eu não sabia disso antes. Também é sério e capaz de reajustar o que está dentro de você, de maneiras nem sempre agradáveis. Mas, naquele momento, meio bêbado com minha amada, o sentimento despertou o menino dentro de mim, o bobo. O garoto bobo que eu nunca tive a chance de ser.

Por que não?

Porque foi assim que aconteceu.

A felicidade com Willa e Eddie me fez lembrar de quão pouca felicidade eu havia tido na vida. A isso se segue a pergunta: por quê?

E daí a resposta.

A mão dela virando a xícara de café na minha mão. A mão dela erguendo o véu branco.

"Willa?"

"Sim."

"Eu te amo", falei, mudando o assunto.

Há somente um número muito pequeno de pessoas que poderiam acreditar se eu lhes contasse que minha irmã, morta há muito tempo, é uma passageira clandestina da vida após a morte. E pensei que haveria uma grande chance de Willa estar entre essas pessoas. No entanto, não lhe diria nada.

Eu queria protegê-la. E proteger Eddie também. De saber o que eu vejo, os ferimentos que estou pronto a suportar secretamente. Este era o motivo no topo da lista. Eu faria o que sempre havia feito: deter Ash no meu próprio mundo, manter em segredo seu mal radiante, de modo que este só se refletisse em mim.

Este era o plano.

Não funcionou antes, falou meu eu mais jovem e menos tolo, de algum lugar sob a efervescência do champanhe. *Por que funcionaria agora?*

"Também te amo", disse Willa, batendo na minha taça pela terceira vez.

Desde o ataque cardíaco, Willa insistia em cuidar sozinha da limpeza da casa, dizendo-me para deixar isso com quem sabia o que estava fazendo. Ela falava como uma brincadeira — a mulher mandona reivindicando seu domínio doméstico —, mas eu sabia que isso encobria um temor real de que eu me esforçasse demais. Mais especificamente, subir e descer as escadas. A casa é estreita e alta, assim como as escadas, uma característica comum das construções da era colonial na velha Cambridge. Subi-las exigia erguer a perna mais que o habitual, e ir da cozinha ou da sala, no piso principal, para o quarto ou o banheiro, no segundo andar, equivalia a um circuito na academia. Era preciso ter muito cuidado, principalmente, no meio do caminho, um minúsculo degrau que fazia uma curva acentuada à direita, o que podia ser complicado quando se carregava um balde ou um aspirador.

Foi onde encontrei Willa. Eu subindo, ela descendo com um cesto de roupa suja nos braços.

"Aonde pensa que vai?", ela disse.

"Eddie está no quarto?"

"Sim. Lendo. Por quê?"

"Queria falar com você."

"Parece ser um assunto sério. E não faz nem uma semana que nós nos casamos."

"Não podemos fazer assim."

"Não podemos fazer *o que* assim?"

"Eu o doente, você a enfermeira, assegurando-se de que eu fique entregue à cama. Me sinto um inútil."

"A utilidade é superestimada."

"Mas não é assim que as pessoas *são*. Pelo menos não as pessoas que gostaria que fôssemos."

Eu esperava mais uma observação sarcástica, mas Willa se comoveu. Fez essa coisa com o nariz, mexendo a ponta, como em *A Feiticeira*, que era um sinal de que o que ela diria depois era para valer.

"Quem você gostaria que fôssemos?"

"Um casal. Uma família", respondi. "Não olhando com cuidado à nossa volta, mas olhando para a frente, como todo mundo. Mas, neste momento, eu ficaria feliz em apenas lavar as malditas roupas."

Ela não gostou, mas podia ver que era algo que tinha de deixar passar. Willa me entregou o cesto.

"Divirta-se", falou.

Alguns minutos depois, fingindo não ter pressa, eu estava dois lances de escada abaixo, no frescor do porão inacabado. A lavanderia fica nos fundos da casa, longe da escada. É apenas um quadrado delimitado por paredes de gesso, porta de compensado, com uma única lâmpada de 100 watts pendendo de uma das vigas do teto. Sempre gostei daquele lugar. Mesmo morando sozinho, eu fechava a porta e, com toda a calma, enchia a máquina, media o sabão em pó, começava o ciclo e ficava por perto para escutar a água entrando, o barulho do tambor.

A secadora também tinha seus encantos. O visor transparente frontal, que permite acompanhar as quedas das roupas no mesmo ritmo reconfortante repetitivo das marés. Quando se olhava por muito tempo, era possível perceber mudanças sutis a cada volta, cada rodada sendo única. Pernas de calças jogadas para cima, como um nadador batendo os pés. Uma meia jogando-se contra o visor, como se implorasse para sair.

Ou aquilo.

Um casaco esportivo que eu não havia percebido durante a lavagem. Branco com listras verdes ao longo das mangas. Um padrão que me trazia alguma lembrança, mas que eu não sabia precisar qual. Um vislumbre das costas em náilon, da gola de algodão. O tipo de coisa retrô que as pessoas usam atualmente, mas não eu. Será que Willa comprava em brechós?

Estava prestes a subir quando alguma outra coisa no secador chamou minha atenção. Algo batendo lá dentro, como uma pilha de moedas que eu pretendia levar ao banco, ou um dos carrinhos de brinquedo de Eddie.

Só que o barulho havia começado no meio do ciclo. No momento em que eu ergui a mão para apagar a luz e sair.

Em vez de apagar a luz, desliguei a secadora. Ela parou com um suspiro, as roupas desabando em uma pilha.

Pela primeira vez, me dei conta de que estava quente ali. O calor da secadora ajudava, a luz de QUENTE do painel ainda vermelha e piscando. Mas havia algo além disso. Saía ar pelos cantos da máquina, como se ela fosse uma coisa viva.

Eu me abaixei e abri a porta. Cedeu um centímetro antes de fechar de novo, como que sugando o ar.

Agarrei a tranca com as duas mãos. Puxei para trás.

O ar saiu tão abrasador e com cheiro de talco que meus olhos arderam, um forno que ficara cozinhando amaciante a 260 graus Celsius.

Então eu vi o casaco se mover.

Poderia ter sido apenas a última coisa a assentar na máquina, o pouso atrasado do seu material escorregadio em meio a tecidos mais firmes. Exceto pelo fato de ter feito isso *sozinho*. Parado ali, em cima das outras roupas, e então, com um visível movimento de erguer e puxar de uma das mangas, aproximou-se da porta aberta.

Uma ilusão cotidiana. O tipo de coisa que você começa a tentar apagar um momento depois de acontecer.

E, então, o casaco se moveu de novo.

A outra manga erguendo-se dos fundos da pilha de roupas e caindo junto à primeira. Dois pares de listras verdes e brancas, lado a lado.

Minhas cores.

Isso saiu do nada, como o nome de um antigo conhecido que há muito tempo você deixou de tentar lembrar.

Minhas cores no colégio.

Estendi a mão e agarrei uma das mangas na altura do pulso. Senti que ela se amassava ao meu toque. Porém, quando a puxei, o casaco separando-se das outras roupas da secadora, ela se expandiu e se solidificou. Alguma coisa se formava no interior da manga, um ombro, preenchendo a frente do casaco. A outra manga também começou a se erguer e se sacudir sozinha. Aprendendo a se mexer de novo.

"Caralho!"

Larguei a manga e dei um salto para trás, batendo com todo o meu peso contra o aquecedor. O barulho do metal amassado ecoou pela tubulação até os andares de cima da casa.

O casaco se contorcia e tremia.

A manga que eu tinha segurado saiu inteira do tambor da secadora. Um silvo de náilon ao se estender por completo. Depois ficou suspensa, sozinha, cerca de trinta centímetros acima do chão. Nada aconteceu por algum tempo. Como se estivesse pensando. Uma cobra esperando que sua presa passasse por ali.

E então se mexeu. Uma saliência arredondada desceu por dentro da manga, como uma coisa sendo engolida.

Algo surgiu do buraco do punho. Ossuda, de unhas cinzentas, mas quase toda preta, molhada em alguns pontos. Fez uma pausa, como para se certificar de que eu estava prestando atenção. Então surgiu por inteiro. Uma mão humana queimada, aparecendo enquanto seus dedos se estalavam.

Eu me espremi contra o aquecedor, e este reclamou, gemendo. Mas não fugi. Estava hipnotizado pela mão. Sua oscilante dança de cabeça de serpente.

Agora a outra manga acompanhava sua gêmea. Ambas fora do secador, dobrando os cotovelos para colocar as mãos chamuscadas no chão. Colocando as garras de fora. O restante do casaco foi totalmente preenchido, ganhou corpo.

A cabeça, inclusive.

Ela deslizou para fora da gola, como uma tartaruga do casco. Um crânio parcialmente exposto, com ossos manchados de sangue e cabelos emaranhados. Antes louros, agora salpicados de preto pelo carvão.

Ela se pôs de pé.

Usando o casaco verde e branco, o zíper totalmente fechado. Sobre o coração, o escudo do Dondero High.

Vai! Oaks! Vai!

O canto da nossa torcida do colégio. Cantado nas arquibancadas em dias de jogo, agora gritado dentro da minha cabeça por Ash, com um fingido entusiasmo de líder de torcida. Ash, que nunca fora líder de torcida, que nunca tomaria parte em algo tão canhestro, tão animado. Mas ela rodava os braços como se segurasse pompons nas mãos. Tão próxima que suas unhas quase raspavam meu rosto.

Vaaaaaaiiii... Oaks!

Ela parou. Fez uma cara desapontada de achei-que-fosse-gostar-de-me-ver. Um rosto com a pele tão frouxa por causa das queimaduras, que pendia do nariz, das bochechas e do queixo como cera derretida.

Vá embora, tentei dizer.

Acabei falando: "Como você veio parar aqui?".

Ash deu de ombros, o casaco subindo tanto que tocaram as vírgulas penduradas que eram seus lóbulos.

Do mesmo jeito de sempre. Só que agora... eu me formei.

As palavras estavam tão próximas que eram mais sentidas que ouvidas. O barulho da areia quando você deita sua cabeça de lado em uma praia.

Antes, você era a minha porta. Se pensasse em mim, sonhasse comigo, eu poderia passar, ela disse, deslizando um dos seus pés mais para perto de mim. *Mas agora uma parte de mim está aqui — tenho o pé na porta — e posso ir e vir. Falar, andar, empurrar, puxar e morder. Meu velho eu!*

Os dois pés deram um passo à frente. As solas descalças e semiputrefatas fazendo um ruído molhado ao bater no piso de concreto.

"Você não era assim antes", falei.

Assim como?

"Queimada."

É o que acontece quando você é deixada para trás em um incêndio.

"Eu não deixei você para trás."

Deixou sim. Você me deixou no porão daquela casa para morrer.

"Foi por isso que tentou me levar de volta para lá? Por que acha que fiz algo errado?

É um erro que precisa ser corrigido.

Ela ergueu uma das mãos, e meu corpo ficou rígido, na expectativa do toque dela.

Você estar vivo é um puta erro, Danny.

Sua mão se afastou de mim, indo na direção do interruptor na parede.

Mas você pode começar a corrigir isso. Pode me ajudar...

Ela apagou a luz.

Na escuridão, eu conseguia ouvi-la respirar.

Outra coisa da qual não me lembrava. Antes, Ash não precisava respirar. Mas agora ela estava praticando uma habilidade esquecida, o ar para dentro e para fora. O morno fedor das suas vísceras.

"Por quê?"

É a mesma pergunta, expressa na mesma voz estropiada, que eu lhe fazia repetidamente quando éramos crianças. Duas palavras que representavam as demais, não ditas.

Por que você está fazendo isso comigo?

E ela respondia na voz dos mortos. Clara e sem hesitação, mas também oca. Uma gravação de palavras já ditas em outro lugar, outra época, e agora superintensificadas para compensar sua ausência.

Ainda somos gêmeos, Danny. Sempre seremos. E gêmeos cuidam um do outro.

Ela pressionou seu corpo contra o meu no escuro.

Gêmeos nunca esquecem.

O casaco ficou amarfanhado, amassado contra meu peito. Através do tecido, eu sentia suas costelas e sua clavícula deslizarem para fora do lugar, desengonçadas. Ela se ergueu na ponta dos pés para colocar a mão no meu rosto. A carne áspera como uma escova.

"Não. *Por favor...*"

O indicador encontrou meus lábios e deslizou entre eles, um sabor bilioso e azedo.

Depois o dedo médio. O mindinho. Empurrou minha língua, como se quisesse deslizar seu punho, seu braço, ela inteira dentro de mim, assim como ela havia deslizado pela manga do casaco.

Então fiquei cego.

Uma súbita luz amarela. Coisas demais ao mesmo tempo para poder distinguir o que estava lá.

"Danny?", disse Eddie.

Foquei minha vista nele. Deixei que seus olhos me assegurassem de que Ash não estava mais lá.

"Vamos subir", falei.

"Precisamos chamar um médico ou coisa assim?"

"Não. Só acho que deveríamos ir. Agora."

"Está bem."

Ele ficou ao meu lado enquanto nos dirigíamos para a escada, onde fiz algo que não devia. Pedi-lhe que não contasse nada à mãe dele sobre aquilo. Para fingir que ele havia descido para ver como eu estava, e por coincidência eu estava subindo naquele exato instante, e tudo estava bem. Nenhum problema, nenhum Danny apavorado, encontrado cuspindo no chão da lavanderia, com as luzes apagadas.

"Isso só a deixaria preocupada, sabe?", falei, colocando-me de lado para que Eddie subisse a escada primeiro.

"Certo."

"Está tudo bem, então?"

"Tudo ótimo."

Estava prestes a seguir atrás de Eddie quando, no segundo degrau, ele se virou. O rosto do menino se contorceu de preocupação. E suor. Uma linha prateada logo abaixo dos cachos em sua testa.

"Quem era aquela?", perguntou.

"Desculpe?"

Ele olhou para o alto da escada, a fim de se assegurar de que não havia ninguém ali.

"Eu sei que você não quer falar sobre isso. Todas as vezes em que está prestes a abrir a boca, sua cara fica toda *não faça isso*. Mas acho que não dá mais para continuar assim."

"Está bem. *Está bem.* Então, sobre o que mesmo estamos falando agora?"

"Da bruxa", respondeu Eddie.

CAPÍTULO 18

Por que eu nunca havia pensado nela assim antes? Só naquele momento me dei conta de que, por décadas, sempre que via a figura de uma mulher voando em uma vassoura, pregada em uma janela de escola no Dia das Bruxas, sempre que eu levantava e deixava a sala se alguém estivesse assistindo a *O Mágico de Oz* na cena em que a casa de Dorothy está rodopiando no tornado e a mulher malvada que queria destruir Totó passa voando, eu via Ash, de rosto verde e risada cacarejante.

"Aquela que pegou minha bola no parque quando você... quando você caiu", prosseguiu Eddie, ainda dois degraus à minha frente na escada do porão. "Aquela que estava na lavanderia agora mesmo."

Eu quase vomitei alguns momentos antes, quando Ash havia ficado grudada em mim, mas tive de fazer um esforço ainda maior para não vomitar naquele instante. O pior era a expressão estampada no rosto dele. Uma explosão de pânico que tirou anos do menino, jogando-o de volta à infância mais obscura, confuso e exposto. A revelação que ele havia empurrado o medo para o mais fundo de si todo esse tempo, para resguardar a mim e à mãe dele, mas que ele não podia mais carregar sozinho.

Ele se parecia comigo quando eu tinha aquela idade.

"Ela era minha irmã", falei.

Eddie respirou fundo, e achei que o garoto fosse chorar de gratidão. Com essas quatro palavras, ele não estava mais sozinho no seu medo. Ocorreu-me, e então foi minha vez de sentir gratidão, que eu também não estava.

"Ela era minha irmã gêmea", expliquei. "Mas agora é outra coisa."

"Ela está morta, não está?"

"Sim. Mas há pessoas que, por alguma razão, não permanecem completamente mortas."

Eddie assentiu com a cabeça, como se isso fosse tudo o que ele precisava escutar e agora terminaria de subir a escada. Mas o menino só estava se preparando para o que iria dizer.

"Ela vai matar você."

"Eddie. Espere. Veja bem..."

"Foi *ela* quem disse isso para mim!"

Estiquei o braço, em busca de algo em que me segurar. Por pura sorte, minha mão encontrou o corrimão.

"Ela falou com você?"

"Algumas vezes."

"Pessoalmente? Quero dizer, ela *tocou* em você?"

"Não, nos meus sonhos", falou, buscando as palavras certas. "Quer dizer, parecem sonhos, mas não são. Foi como começou, mas agora eles estão ficando, não sei explicar, *sólidos* ou coisa parecida."

"O que ela disse?"

"É difícil pensar nessas coisas. Se ela não está na sua frente, fica embaçada. Como se tentasse apagar os rastros que deixa em sua mente."

"Conte-me do que você se lembra."

Desta vez, foi ele quem esticou o braço e se amparou no corrimão. A pele do seu rosto pálida e transparente como papel.

"De como ela não vai parar até que..."

"Está tudo bem. Não precisamos..."

" ...até que ela arraste você para debaixo do gelo."

Por alguns instantes, nenhum de nós falou. E, nessa pausa, eu me dei conta de que ainda estávamos no porão, a máquina de lavar começando o ciclo da centrifugação, chocalhando e batendo. Parte de mim desejava se virar e olhar para a porta da lavanderia, mas não queria que Eddie percebesse o quão apavorado eu estava.

Ao olhar de novo para o alto da escada, achando que tinha ouvido passos na cozinha, fui atingido em cheio pelas lembranças. Era precisamente naquela posição que minha irmã estava na casa da Alfred Street quando foi envolvida pelo fogo. Lá embaixo, no porão, olhando para cima. Seu medo de ficar sozinha ainda maior que o medo de ser queimada viva.

Não me deixe aqui! Danny!

Com a lembrança do grito, veio uma aragem de fumaça.

"Está sentindo esse cheiro?", perguntei.

Eddie respirou fundo.

"É ensopado em fogo baixo", respondeu. "E *ela*. Desodorante de menina, ou algo parecido?"

Aquela era a conversa mais longa que havíamos tido. E era sobre Ash. Nunca tinha me sentido tão próximo do garoto, e era ela o que tínhamos em comum.

"Ela já tentou matar você, não tentou?", disse ele. "Ela *já* matou você."

"Sim."

Alguma coisa mudou dentro do menino. Ele ficou ereto, ergueu o queixo.

"O que podemos fazer para que ela vá embora?"

"Não sei. Nunca houve nada que pudéssemos realmente fazer com relação a Ash. Nada em que eu consiga pensar.

E estou falando de quando ela estava viva. Agora? Não faço ideia. Realmente não sei."

Eddie ficou matutando. Pensei que ele estivesse em busca de uma solução, botando a cabeça para pensar no impossível. Mas sua mente havia sido fisgada por um detalhe.

"Ash", ele disse, como se a palavra pertencesse a outra língua. "Esse é o nome dela?"

"Ashleigh. Mas ela o detestava."

"Ashleigh Orchard", repetiu ele, testando a modulação do nome na boca. "*Ash-leigh Or-chard.*"

Então ele fez algo que me surpreendeu por completo. Eddie olhou por cima de mim, para a lavanderia, e gritou na escuridão do porão:

"Vá se *foder*, Ashleigh Orchard!"

Passou pela minha mente que eu deveria lhe dizer que aquele não era um termo adequado para um garoto de dez anos. Mas eu concordava com ele. Era exatamente isso que, muitas vezes, eu mesmo queria gritar na escuridão.

"Temos de contar para a mamãe."

"Eu sei."

"Você quer fazer isso?"

"Somos uma família agora, certo? Faremos isso juntos."

Eddie começou a subir os degraus, e fui atrás. Mas não sem antes dar uma última olhada na direção da lavanderia, agora silenciosa e escura, depois de a máquina ter acabado de centrifugar. Poderia haver qualquer coisa ali dentro, e jamais saberíamos.

CAPÍTULO 19

Na sala, contamos a Willa sobre o que Eddie e eu havíamos conversado no porão.

Mais tarde, no nosso quarto, eu lhe contei todo o resto.

Falei de como Ash e eu havíamos nascido mortos e de como alguma coisa nesse acontecimento levara uma parte dela. De como ela havia morrido no fogo, e eu também, ao tentar ajudá-la, de como nunca soube o motivo de ela ter ido até a casa na Alfred Street, mas que poderia ter sido contra a sua vontade. De como ela havia pegado uma carona comigo quando voltei do meu colapso no parque Cambridge Common. De como agora ela estava mais forte. Não mais um espírito endemoniado, mas um ser corpóreo, adquirindo novas habilidades, descobrindo tudo o que podia fazer.

Willa me olhou, sem piscar, pelo tempo que leva para inspirar uma grande golfada de ar.

"Ok", ela disse. "Vamos cair fora daqui."

Tentei explicar que não faria a menor diferença, que não era a casa nem os quartos que eram assombrados, e sim eu, que Ash era capaz de nos seguir para onde quer que fôssemos, mas Willa insistiu que nos mudássemos para um hotel qualquer e que, mesmo que eu estivesse certo, pelo menos "ela bagunçaria o maldito Holiday Inn em vez da minha casa". Willa disse isso como uma piada. Porém, eu podia perceber o quanto estava assustada.

Pegamos Eddie na escola à tarde e, dizendo que partiríamos "em uma aventura", reservamos uma suíte no Commander, as janelas do quarto dando para o Cambridge Common, de modo que era possível ver o lugar onde eu havia apagado, a árvore atrás da qual Ash havia se escondido.

Fechei as cortinas. Deixei Eddie ver um filme atrás do outro na TV. Para o jantar, pedimos hambúrgueres, asinhas de frango e cerveja.

Nós quase nos divertimos o suficiente, para que eu pensasse que estava enganado. Talvez tivéssemos nos livrado dela. Eu até fiz as contas, mentalmente, de por quanto tempo, caso eu vendesse a casa na praça Porter e resgatasse todas as minhas aplicações, poderíamos ficar ali, vivendo em roupões macios e pedindo serviço de quarto todas as noites. Uns dois anos, pelo menos.

Até que chegou o ponto em que nenhum de nós conseguia mais se manter acordado. Minutos depois de Willa apagar a luz da mesinha de cabeceira entre a nossa cama e a de Eddie, começou.

No início, coisas pequenas. A torneira da pia se abriu (talvez Eddie se esquecera de fechá-la depois de escovar os dentes?), a TV ligou de novo, com o volume à toda (talvez Willa tivesse deitado em cima do controle remoto?). Levantei e silenciei a torneira e a TV. Voltei para a cama dando de ombros, uma tentativa frustrada de mostrar a Willa que talvez parasse por aí.

A porta do quarto se abriu.

A borracha da borda inferior roçou silenciosamente o carpete. A coluna de luz vinda do corredor se ampliando sobre as cortinas, nossas roupas empilhadas em uma cadeira. A porta ficou aberta por alguns segundos para depois fechar com um sólido estrondo do trinco.

Estava tudo em silêncio. O fraco ruído do tráfego que vinha da praça Harvard, audível há um segundo, não podia mais ser ouvido. Consegui sentir que Willa estava acordada ao meu lado, a cabeça erguida do travesseiro, examinando a escuridão. Eddie, a dois metros, prendendo a respiração.

Talvez só eu tivesse escutado.

Apenas um sussurro, ao mesmo tempo perto demais do meu ouvido e longe o bastante para supor que alguém desacostumado ao som não fosse detectá-lo. Mas, para mim, era muito nítido. A voz dela, clara e sem vida, anunciando sua disposição para um novo jogo.

Acorda-acorda!

As torneiras do banheiro, o chuveiro, a TV, a ventilação, todas as luzes do quarto. Tudo ao mesmo tempo. Um segundo depois, o grito de Willa se juntou à cacofonia.

Corri pelo quarto, desligando tudo. Enquanto ia de um lado para o outro, Ash me seguia. Tão perto que eu quase podia sentir seu queixo em meu ombro.

Logo depois, o quarto retornou ao silêncio. A única coisa que podíamos ouvir era a porta abrindo e fechando do outro lado do corredor, o "Merda!" sibilado do cara que havia saído da cama para ver que diabos estava acontecendo no Quarto 614.

Ao sair do banheiro, vi Willa abraçando Eddie, os dois de pé junto à cama dele.

"Nós ouvimos, Danny", ela disse. "Nós dois ouvimos."

"É claro que ouviram. Estava alto para..."

"Não a TV e o resto. A voz."

Eddie deixou os braços da mãe e se colocou entre nós dois.

"Acorda-acorda", falou.

CAPÍTULO 20

Ao voltarmos para casa, Willa levou Eddie para o nosso quarto e assegurou-lhe que eles dormiriam juntos pelo que ainda restava da noite. Eu disse que ficaria bem no sofá.

Além disso, eu precisava dar alguns telefonemas.

Eu havia pensado nela antes daquela noite. Violet Grieg. A mulher idosa que esteve no Inferno e trouxera o pai de volta com ela.

Um bom homem.

Ela era a única Revivente que eu havia encontrado cuja experiência era semelhante à nossa. A EQM que resultara não em consolo ou sabedoria, mas em uma maldição.

Aonde eu vou, ele me segue.

Eram quatro da manhã, mas, mesmo assim, liguei para a casa de Lyle Kirk.

"Caralho, quem é?"

"Aqui é Danny Orchard, Lyle."

"Danny? Meu *Deus*, cara."

"Desculpe ligar a esta hora, mas estou com um probleminha."

Passou-se um instante, durante o qual pude ouvir Lyle se levantando do futon ou do chão no qual estava deitado.

"Claro", disse ele. "É com isso que lidamos."

"Você se lembra da última reunião à qual fui? A mulher que desmaiou depois de contar sobre o pai dela?"

"Dona Deprê. Sim, com certeza, lembro."

"O nome dela era..."

"Violet Grieg."

"Isso. Você tem algum contato dela?"

"Não, não tenho. E mesmo que tivesse, ela não ia poder falar com você, Danny."

"Por que não?"

"Ela morreu."

Eu estava de pé. Mas sentei.

"Como você soube?"

"Eu crio alertas do Google para todas as pessoas que vão às reuniões", explicou Lyle. "Você entende, para ficar informado sobre qualquer notícia dos membros, coisas assim. O nome dela apareceu há alguns dias."

"Como ela morreu?"

"Suicídio. Deu tudo certo na segunda tentativa."

Olhei para trás. A sensação de estar sendo observado. Uma sensação que tive, em maior ou menor grau, durante a minha vida inteira.

"Por que diabos você quer saber dela, Danny?"

"Muito obrigado, Lyle. Vou deixar você voltar a dormir", falei, desligando.

Violet Grieg podia ter partido, mas, segundo a lista telefônica na internet, sua irmã Sylvie ainda estava entre nós. Eu não a avisei que estava indo a Gloucester para vê-la e acabei me dando conta, quando peguei a saída da estrada 128 e passei pelas lojas de equipamento de pescaria e barracas de MEXILHÕES FRITOS! junto ao porto, de que isso não havia sido uma boa ideia. Era uma viagem longa demais para acabar com alguém batendo a porta na minha cara.

A porta em questão pertencia a uma casa caiada de dois andares na esquina da Prospect com a Main Street, em frente ao Posto Flannagan, o ar mostrando uma competição rançosa entre gasolina e mar. Estacionei na rua perpendicular e saí. O portão de aramado guinchou ao ser aberto. Eu tentava não pensar no que iria dizer, no que eu tinha ido lá para descobrir, mas não havia tempo para isso. A cada vez que eu fazia uma pausa, a cada vez que eu começava a pensar se teria acabado, se Ash teria ido embora — era nesses momentos que ela aparecia. Eu tinha de continuar em movimento. Subi os degraus de cimento e bati na porta de tela, que estava trancada.

Quando uma mulher apareceu e me olhou de esguelha do outro lado, demorou um pouco para eu me tocar de que quem precisava começar a conversa era eu.

"Sylvie Grieg? Meu nome é Danny Orchard."

Ela não retrucou. Podia até nem ter me escutado. Então, quando falei de novo, eu me inclinei, pressionando o nariz contra tela.

"Não estou vendendo nada. Só queria..."

"Em primeiro lugar, eu *consigo* ouvir você. E certamente os vizinhos na outra quadra também."

"Perdão. É só que..."

"E, em segundo lugar, sei quem você é."

"Sabe?"

"Mais alto do que eu esperava. Mais cabelos brancos do que na foto da revista, mas acho que eu também estou mais grisalha desde que li seu livro."

Achei que ela abriria a porta, mas não o fez. Continuou parada ali, olhando para mim como se observa um acidente na rua antes de voltar para terminar o café.

"Posso entrar?", perguntei.

"Não sei para quê."

"Eu preciso de ajuda, para ser franco."

"Ajuda? Isso poderia significar quase qualquer coisa."

"No meu caso, é..."

Ela abriu a porta.

"Você continua *gritando*", ela disse.

Eu lhe contei sobre Ash.

Tudo o que havia ficado de fora de *O Depois*. Eu lhe contei sobre como o fato de ter me apaixonado e ver uma chance de ajudar a criar um garoto parecia ter dado a ela uma nova força, o suficiente para parar meu coração dentro do peito. Eu lhe contei sobre Ash tentando me arrastar para o Inferno, mas que, em vez disso, eu havia voltado e carregado ela comigo. Uma série de frases que soavam como murmúrios de alguém internado em um hospício, até mesmo para os meus ouvidos. Sylvie, no entanto, não mostrava qualquer tipo de reação. Ela parecia tão disposta a chamar a polícia quanto a me dar um abraço.

"Alguém lhe contou sobre Violet", ela falou quando terminei. Estávamos na sua cozinha escura, nos fundos da sua casa escura, sentados um de frente ao outro. De vez em quando se ouvia o estalar das tábuas do piso no andar de cima, mas ninguém desceu. "Alguém lhe contou uma história."

"Ela procurou o grupo dos Reviventes em Boston."

"Grupo dos Reviventes! Parece nome de companhia de seguros. Grande droga de ajuda são essas festinhas de venha-para-a-luz de vocês."

Ela bateu com a palma da mão na mesa de fórmica, pousando-a depois de novo no colo, como se nada tivesse acontecido.

"Ninguém sabia o que fazer no caso da sua irmã", expliquei. "E não posso fazer de conta que eu sabia. Mas acreditei nela. Pelo menos com relação ao que escutei."

"E de que vai lhe adiantar acreditar nela?"

Sylvie estava em algum ponto dos oitenta anos, mas parecia ser mais velha, ainda que isso pudesse ser um efeito do ambiente daquela casa, com seu cheiro de coisa fechada, suas cortinas enegrecidas por cigarros e Vick VapoRub. Uma mulher enérgica, de punhos firmes, que teria sido ótima em uma briga, os músculos prontos para dar golpes rápidos e imprevisíveis.

"Talvez ouvir o que você sabe da história possa me ajudar", falei. "É por isso que estou aqui. Para saber se há uma maneira de impedir que minha irmã tire a minha vida, para que eu tenha a chance de aproveitá-la mais um pouco."

Ela procurou, em cima da mesa, um drinque que não estava lá. No andar de cima, alguém andou pelo corredor e parou. Era difícil imaginar aquela mulher vivendo com um marido, com qualquer pessoa, mas havia alguém na casa com ela.

"Ele começou comigo quando entrei na adolescência. Mas eu era um tipo de garota diferente de Violet — não apenas dois anos mais velha, mas *diferente* —, e ele sabia disso", ela falou. "Eu contaria. Eu lutaria. Mas, no fim, fugi na primeira chance que tive, largando minha irmã com ele. Você pode imaginar que eu falei a mim mesma, de todas as maneiras possíveis, que essa era a única coisa que eu podia fazer, que não tive escolha. Tudo mentira. Porque ela precisava de mim para protegê-la. Violet estava *sozinha*. E durante todo o tempo em que fingi estar sendo forte, fui apenas a pior espécie de covarde, porque a vida dela estava pagando pela minha."

As lágrimas foram breves e vieram acompanhadas de um sacudir da cabeça que fez duas linhas correrem pelas suas faces. Mas foi só isso. No minuto seguinte, ela estava firme como se tivesse apenas espirrado.

"Minha irmã tentou se matar", disse ela. "Isso foi anos depois que nosso pai havia morrido, depois de ela estar livre das mãos dele, mas não do que aquele homem havia feito com minha irmã. Ela fez o que pôde para se isolar, mas eu sabia o quanto sofria. Violet não conseguia se recuperar, não conseguia se livrar dele."

Ela esfregou o nariz com a manga da blusa e depois analisou o tecido, como se este revelasse os resultados há muito esperados de um exame médico. Quando voltou a falar, ainda olhava para a roupa, entristecida com as notícias que esta lhe dera.

"Violet tentou da maneira mais fácil. Levou um copo de vinho e uma lâmina de barbear para a banheira, fazendo uma bagunça horrível. Mas ela começou cedo demais. Antes mesmo de conseguir fechar as torneiras, estava apagando na banheira, então a água derramou no chão e escorreu para a casa do casal que vivia no andar debaixo, pingando nas cabeças deles enquanto assistiam à TV. Eles acharam que salvaram a vida dela, porque minha irmã ficou morta por algum tempo naquela banheira antes da chegada dos paramédicos. E foi nesse momento que ela encontrou com o nosso querido papai. Dr. Bondade. Era assim que o chamavam na nossa cidade. Maldito Dr. Bondade."

"Que retornou com ela."

"Ele nunca a largou! Era o que Violet sempre dizia. 'Sylvie, papai nunca vai me deixar em paz.'"

De novo o ruído de passos lá em cima, no teto bem acima de nós. Sem querer, olhei para cima, mas a mulher não acompanhou meu olhar.

"As coisas pioraram para ela depois disso. 'Papai está caminhando comigo', dizia. 'Ele segura minha mão como se estivesse me levando para a escola, mas quando fala algo no meu ouvido, é o pior dos segredos que me fez guardar.' Coisas com as quais ela não conseguia viver. Com as quais ninguém conseguiria viver."

"Então ela tentou se matar de novo."

"E dessa vez fez tudo certo. Colocou o rifle de caça de papai na boca e puxou o gatilho com o dedão do pé. Da mesma maneira que ele fez. Com a mesma arma."

"Meu Deus. Sinto muito."

"Sabe onde ela arrumou o rifle? Ele deixou para minha irmã em testamento! Como se fosse uma brincadeira."

"Ou uma ordem", falei, sem conseguir me conter.

Ela me olhou como se eu tivesse acabado de estourar uma enorme bola de chiclete. "Como assim?"

"Foi a maneira pela qual ele partiu, então seu pai estava dizendo que ela deveria segui-lo. Seria algo que minha irmã faria."

"Ah, é? E as pessoas achavam que ela era uma boa menina?"

"Achavam que ela era um anjo."

A velha mulher concordou com a cabeça. Isso pareceu ajudá-la a tomar alguma decisão internamente.

"Então você veio aqui para isso", disse ela. "Quer saber se há alguma maneira de fazer sua irmã parar."

"Você tem alguma ideia?"

"A única pessoa que poderia ter era Violet, e ela não está mais aqui. Mas eu sei que ela tentou. O padre da paróquia, esses seus amigos Reviventes, um sacerdote New Age ou outro vodu qualquer em Massachusetts. Ela bateu em todas as portas possíveis. Não serviu para nada. Assim como acho que nada disso vai servir para você."

"Por que tem tanta certeza disso?"

"Porque a sua irmã está *morta*. Um pé do outro lado do rio, e o outro na sua garganta. Você não pode *empurrá-la* de volta para onde ela deveria estar, não de onde você está. Ela só pode ser *puxada*."

Sylvie enrubesceu. Uma onda de calor a invadiu tão subitamente que a idosa buscou apoio nas costas da cadeira, bufando por ar. Peguei um copo no armário e dei-lhe um pouco d'água. Ele bebeu um gole e estremeceu como se tivesse engolido algo muito mais forte que água.

"Desejo-lhe sorte, sr. Orchard", ela conseguiu dizer. "Mas, neste momento, acho que preciso me deitar um pouco."

Sylvie se levantou, com passos incertos, e deixou que eu segurasse seu braço. Começou a arrastar os pés na direção da porta, comigo espremido junto a ela no corredor estreito, meu ombro roçando os porta-retratos pendurados na parede enquanto caminhávamos. Acertei um deles de jeito: ele saiu do prego e tive de pegá-lo com a mão livre antes que caísse no chão. Quando o recoloquei no lugar, vi que era uma foto de Sylvie, com onze ou doze anos, em pé, de roupa de banho, na ponta de um píer, junto a uma menina mais nova que supus ser Violet. As duas haviam acabado de sair da água, os longos cabelos grudados nos pescoços. Um enquadramento clássico para uma foto de férias.

Ainda assim, algo chamou minha atenção. Algo errado.

Ao olhar com cuidado, era possível ver que os sorrisos das meninas eram forçados, o fato de estarem coladas uma na outra era mais um instinto mútuo de proteção que a necessidade de se aquecer depois de sair da água gelada. Isso me permitiu saber quem segurava a câmera. Como a lente e o homem que focava nelas captavam não apenas a imagem das meninas como seus eus frágeis e trêmulos.

Fomos até a porta, e Sylvie retirou seu braço do meu. Havia recuperado o equilíbrio.

"Obrigado", falei, e ela murmurou algo que não consegui compreender, ainda que o objetivo fosse claro.

Apenas vá embora.

Antes de abrir a porta de tela, eu me virei para olhar a escada que levava ao segundo andar.

Havia um homem no topo dos degraus, olhando para mim.

Seu cabelo estava meticulosamente penteado, cheio de brilhantina, a camisa e as calças fora de moda, mas passadas com esmero. Seu sorriso era o de alguém que cuidava dos outros, alguém que segurava a mão dos enfermos, gentil e inteligente, alguém que inspira confiança. Ele parecia um médico do interior dos anos 1960. Um bom homem.

Virei-me para Sylvie, que voltou o olhar na direção em que eu estivera olhando há pouco, mas que não pareceu registrar a presença de ninguém.

"Se não for indiscrição minha perguntar, você vive sozinha aqui?"

"Desde que meu marido morreu. Há dezesseis anos", ela respondeu. "Por quê, está procurando um lugar para ficar?"

"Não, não. Era só uma pergunta."

Saí. O dia estava inacreditavelmente claro. Meu carro junto ao meio-fio, pronto para me levar para longe do ar marinho e dos vapores de gasolina do posto e da casa atrás de mim, coisas que eu tentaria esquecer, mas que, com certeza, não conseguiria.

Porém, antes de deixar que a porta de tela se fechasse, lancei a Sylvie um último adeus e, ao fazê-lo, vi que o pai dela continuava parado no topo da escada. Sua expressão bondosa não havia mudado, mas algo se passou entre nós. Em seus olhos. Eles escureceram, deixando apenas um círculo de laser vermelho no centro, apontando diretamente para mim. Olhos que me prendiam, que queriam me dizer algo. O tipo de segredo horrível que Ash gostava de compartilhar comigo.

E o que seus olhos diziam era que ele *sabia*.

Sabia que tenho o dom de ver quem está aqui mas não deveria, que sei quem ele é, o que ele fez, e que ele não se importa com isso. Por ele, está tudo bem.

Quando retomei a estrada 128 para descer na direção de Boston, a tarde havia se tornado abafada e sem vento. Mesmo assim, eu dirigia com os vidros abertos em vez de com o ar-condicionado ligado, apenas para sentir ar de verdade à minha volta. Tentando espantar todas as vozes da minha cabeça.

Ajudou, mas não impediu que as palavras de Sylvie Grieg ficassem martelando repetidamente. Palavras que pareciam abrir uma porta, ou fechá-la para sempre.

Você não pode empurrá-la de volta. Ela só pode ser puxada.

O pai de Violet quis arrebatá-la na morte, assim como havia feito em vida. E agora ele esperava que Sylvie se juntasse aos dois, para forçá-la a ficar com ele, mesmo que ela pertencesse a outro lugar, assim como Ash havia tentado me forçar a ficar com ela na casa da Alfred Street.

O que minha irmã quer?

A velha pergunta, mais uma vez. Talvez haja uma resposta diferente agora que, ao longo dos anos, ela apenas me vigiou como uma nuvem ameaçadora. Talvez ela queira de mim o que queria de Lisa Goodale, Michelle Wynn e Winona Quinlan, as garotas que tentou conduzir de bicicleta até o centro.

Ash queria que elas *vissem*.

Fechei as janelas. Coloquei o ar-condicionado no máximo. Porém, antes que o barulho abafasse tudo, percebi meu celular vibrando no assento do carona. Acreditando ser uma mensagem Quando você volta? de Willa, cliquei na tela, descobrindo então que não se tratava de uma mensagem de texto, e sim de uma chamada. Um número que eu não conhecia.

Havia grandes chances de ser uma ligação de telemarketing, ou meu agente de palestras perguntando se determinada data era boa para eu voar até Denver ou Biloxi, ou Lyle Kirk querendo saber se tudo havia corrido bem na minha busca pela irmã de Violet Grieg. No entanto, algo me dizia que não era nada disso.

Eu ia encostar na próxima saída, mas, segundos depois, percebi que não conseguiria.

Uma estocada no meu coração tão súbita que meu braço esquerdo caiu do volante e acabei desviando para o acostamento rápido demais, rabeando no asfalto, pisando no freio até que, por fim, consegui parar o carro na diagonal.

Senti uma distensão excruciante na base do pescoço, impossível de aliviar me inclinando para a frente ou para o lado. Não sabia dizer se era um sinal de alerta decorrente do estresse daquela manhã ou simplesmente um inevitável novo bloqueio de uma válvula, que seria o fim de tudo, é assim que vou partir, sentado em um Ford Focus em algum ponto entre Manchester-by-the-Sea e Beverly.

Depois de algum tempo, a estocada se reduziu a uma palpitação, e pude erguer o celular. Ouvi a mensagem pelo viva-voz.

"Sr. Daniel Orchard? Aqui é Marion Cross, do Departamento de Polícia de Cambridge", disse a voz. O tom grave de alguém que traz más notícias. "Você poderia retornar a ligação assim que possível? Meu número é..."

Desligei. Pressionei RETORNAR.

A cada toque, a dor voltava. Fui obrigado a respirar pelos dentes cerrados. Meus dois punhos batiam no volante.

"Marion Cross", disse a voz ao atender. Ela parecia saber que era eu assim como eu parecia saber o que ela diria a seguir.

"Aqui é Danny Orchard."

"Obrigada por retornar minha ligação, sr. Orchard. Gostaria de saber se há alguma possibilidade de o senhor vir..."

"Qual é o problema?

"Seria melhor..."

"O que *aconteceu*?"

Passaram-se alguns décimos de segundo de silêncio antes que ela respondesse. Alguns décimos de segundo de simpatia, que mostravam que ela era um ser humano.

"Um acidente."

CAPÍTULO 21

O resto da viagem de volta foi um borrão de velocidade e chuva. Um aguaceiro que desabou assim que entrei nos limites da cidade de Boston e que havia piorado no momento em que estacionei no Hospital Geral de Massachusetts e entrei correndo, ensopado, pelas portas da emergência.

Era aqui que Marion Cross, a voz ao telefone, dissera que eu encontraria Willa e Eddie.

Ela falou outras coisas, mas só ouvi metade, talvez nem isso. Apenas joguei o celular no chão do carro, perto do banco do carona, e saí dirigindo, costurando todo mundo à minha frente. Eu havia escutado *veículo*, *eles estão fazendo todo o possível* e *mergulhadores*. Mas não precisava saber de mais nada depois de *Um acidente* e o nome do hospital.

Estava gritando com o cara sonolento atrás do vidro, na mesa de triagem, querendo saber onde eles estavam, quando senti uma mão no meu ombro.

"Sr. Orchard?"

Eu me virei, dando de cara com uma mulher de meia-idade em um uniforme da polícia de Cambridge. Em sua camisa, CROSS.

"Eles estão vivos?"

Não era a pergunta que eu pretendia fazer, mas foi a primeira a sair.

"Eles passaram por maus bocados hoje, mas sim. Ambos estão indo bastante bem, eu diria."

"Você mencionou mergulhadores. No telefone."

"Vamos sentar ali, Daniel."

"*Danny*. Por que havia mergulhadores?"

"Apenas venha comigo, Danny. Está bem?"

O cara atrás do vidro exibiu um sorriso idiota ao ver a policial me conduzir a um canto vazio da sala de espera. Eu me enganara. Ele não estava com sono. Era apenas um babaca que se divertia ao ver pessoas enfrentando os piores momentos das suas vidas.

"Ainda estamos investigando as causas", começou Marion Cross, ajustando a arma no cinto para que esta não a incomodasse ao sentar. "Mas nenhum outro veículo estava envolvido."

"No que eles bateram?"

Ela semicerrou os olhos, o que a deixou dez anos mais velha. "Você não ouviu o que falei no telefone?"

"Tudo, não."

"Água", ela disse. "Sua mulher entrou com o carro no rio Charles, com o seu filho no banco do carona, no final da manhã de hoje."

Fui atingido por duas coisas ao mesmo tempo, ambas com o mesmo impacto.

Entrou com o carro no rio Charles foi uma.

Seu filho foi a outra.

"Mas eles conseguiram sair?"

"Nossa unidade marítima estava patrulhando o local naquele momento, o que foi uma sorte. Eles conseguiram chegar lá rapidamente e enviaram uma dupla de mergulhadores para tirar os dois da água."

"Eles se machucaram?"

"Os médicos ainda estão avaliando os dois. Mas parece que os ferimentos da sua esposa são superficiais."

"E os de Eddie?"

"Ele sofreu uma forte pancada na cabeça com o impacto. Recuperou a consciência ao chegar aqui, o que é um bom sinal. Porém, acho que o menino vai ficar no hospital algum tempo, para termos certeza de que não há danos mais sérios, esse tipo de coisa."

Se há um momento eu tinha milhares de perguntas na cabeça, todas se evaporaram ao mesmo tempo. Restou só uma.

"Posso vê-los?"

Willa estava sentada e parecia razoavelmente calma quando entrei no quarto. Então ela viu que era eu. E desabou.

Eu a abracei da melhor forma que pude e deixei que ela chorasse na minha camisa.

"Foi culpa minha", disse Willa assim que conseguiu falar. "Fui *eu*, Danny. Mas não sei como aconteceu."

"Não precisamos entender isso agora."

"Precisamos, sim, porra."

"O importante é que vocês melhorem. Vocês dois estão vivos. O resto é secundário."

Willa balançou a cabeça — e não parava de balançar. Não porque concordasse comigo, mas por causa do que ia dizer.

"Estava tão escuro lá embaixo", começou, e, com essas palavras, seus olhos também se escureceram. "Não sei qual era a profundidade, podem ter sido quilômetros, acho que nem alcançamos o fundo. Uma escuridão *da porra*. Uma água escura que entrava por qualquer fresta, pelas janelas, pelas grades de ventilação. No início era devagar, então achei que tínhamos algum tempo. Se o vidro aguentasse, poderíamos ficar ali até o ar acabar, e quanto tempo seria? Algumas horas? E aí começou a encher. Rápido. Soltei o cinto de segurança de Eddie — ele não estava consciente, havia muito sangue saindo nem sei de onde — e o puxei para mim, garantindo que sua cabeça ficasse o mais elevada possível. Assim teríamos tempo."

Ela se calou e respirou profunda e intensamente. Como se estivesse de novo no carro, sob a superfície do rio Charles, e aquele fosse o último ar que ela provaria na vida.

"Você o salvou, Willa."

"Eu entrei com o carro no rio sem qualquer motivo", ela disse, soltando o ar. "Não parecia estar fazendo aquilo, mas aconteceu. Eu não o *salvei*. Eu quase o *matei*."

Eddie estava azul.

As mãos repousavam sobre o lençol, os olhos fechados, os lábios, todo ele apresentava diferentes tonalidades de machucados. No entanto, o mais difícil de olhar era a linha negra que atravessava o alto da sua cabeça, um arame farpado de pontos.

Peguei uma das mãos dele e a aqueci entre as minhas.

Eu havia morrido três vezes, mas nada se comparava àquilo. Eu teria feito tudo de novo, mais três vezes, e até continuado morto, se isso pudesse fazer o sofrimento dele parar. Fazer com que fosse comigo, em vez de com ele.

Ainda que eu observasse seu rosto, não vi os olhos se abrirem. Em um instante, ele estava adormecido; no seguinte, ele olhava para mim, tentando entender quem eu era, onde estava, o que o havia levado até lá.

Eddie segurou meu braço com as duas mãos, e achei que ele iria me usar como apoio para se erguer na cama, mas, em vez disso, ele me puxou para perto.

"Eu vi a mulher", disse ele.

"Onde?"

"No carro. Imediatamente antes de cairmos na água. Olhei para o banco de trás e ela estava lá. Sorrindo para mim."

"Eddie..."

"*Foi ela*. Ela se esticou entre os bancos e agarrou o volante", disse ele, apertando meu braço com tanta força que achei que nunca o largaria. "Ela tentou *nos matar*, Danny."

— OS —
CONDENADOS
ANDREW PYPER

CAPÍTULO 22

O hospital deu alta para Willa no dia seguinte, mas manteve Eddie internado pelo que um dos médicos, optando por uma fórmula filosófica, chamou de “futuro indeterminado”. Ele havia tido uma fratura no crânio, o que em si já era bastante sério. Contudo, eles estavam preocupados com o dano que poderia resultar da concussão, o que significava exames, ressonâncias magnéticas e pessoas perguntando se ele se lembrava do seu aniversário (acertou na primeira vez, confundiu com o Natal na segunda) e do nome do seu primeiro animal de estimação (Charlie, um peixinho dourado, acertou nas duas vezes).

Nos primeiros dias, os policiais apareceram para perguntar como um Buick Regal com a manutenção em dia poderia sair da Memorial Drive para cair no rio Charles em plena luz do dia, visto que não havia sinal de álcool no sangue da motorista nem qualquer indício de que ela estivesse em alta velocidade. Willa disse a eles que deve ter cochilado por alguns segundos. Eddie falou que não se lembrava de nada. Eles fizeram as mesmas perguntas uma segunda vez e receberam as mesmas respostas. Por fim, não tiveram outra escolha a não ser aceitar aquelas versões da história, mesmo que não acreditassem nelas.

Willa não ficou feliz, mas teve de mentir.

Eu contei a ela o que Eddie havia sussurrado para mim. Sua reação foi a de que uma forte suspeita sua fora confirmada. Ainda que não houvesse visto Ash no carro, ela tivera a *sensação* de que o volante saiu do seu controle, um movimento que, ela tinha certeza, não se devia a uma falha mecânica, mas a "algo proposital, algo realmente forte *pra caralho*". Willa não havia falado nada no início porque pensara que não era possível, que seu subconsciente deveria estar pirando com uma ideia maluca.

"Mas então me lembrei das coisas que você contou sobre a sua irmã", disse ela. "De como ela não tinha nada *além* de ideias malucas."

Era difícil afastar Willa da cabeceira do filho, até mesmo para comer algo ou caminhar pelo corredor para esticar as pernas. Não me restava outra alternativa senão contrabandear comida decente e ir e voltar da praça Porter em busca de produtos de higiene e roupas limpas, além do exemplar de *A Sociedade do Anel* que eu e Eddie havíamos comprado juntos, pois ele me pedira para continuar lendo para ele mesmo se parecesse que ele estava dormindo, porque "é bom ouvir você pronunciar as palavras".

Dessa forma, continuei pronunciando as palavras. Na verdade, li em voz alta a segunda noite inteira, na esperança de proteger os sonhos tanto de Willa quanto de Eddie com mágica. Eu me mantive acordado graças à fantasia de que os estava ajudando.

Tentei fazer o mesmo na terceira noite, mas, em algum momento enquanto os hobbits fugiam dos Nazgûl, os espectros do Anel, em uma floresta escura, o sono me arrastou.

No que me pareceu menos de um minuto depois, acordei na mesma cadeira na qual havia adormecido. Eddie estava na cama, de olhos fechados. Willa, do outro lado do quarto, na outra cadeira, também dormia. O quarto igual em todos os detalhes, exceto o silêncio. Nenhum ruído de enfermeiras andando apressadas pelo corredor, nenhum ranger de sapatos no assoalho polido, nenhum chamado pelo alto-falante para o dr. Isso ou o dr. Aquilo. Como se todo o hospital estivesse envolto em algodão.

Levantei da cadeira e olhei para o corredor.

Tudo escuro. Todas as lâmpadas fluorescentes do teto estavam apagadas, restando acesas apenas as duas luminárias de mesa do balcão das enfermeiras, a cerca de dez metros. À direita, uma névoa amarela cujo brilho era reduzido a nada antes de alcançar a porta seguinte.

Comecei a voltar para o quarto. Talvez não tivessem me notado. Talvez o batente da nossa porta ficasse invisível na escuridão, e nós três conseguiríamos ficar escondidos ali até de manhã, quando a luz traria de volta o bater dos jalecos, as rodas rangentes dos carrinhos e o murmúrio dos telefones.

Mas alguma coisa havia me visto.

Um único movimento de inspiração. Como um arfar, mas em um tom mais baixo. A sucção do ar que arrasta consigo matéria sólida. Cabelo molhado, comida meio mastigada ou areia.

Vindo da direita. Da escuridão que, quanto mais eu olhava, mais revelava seus detalhes.

Uma paciente.

De avental hospitalar e descalça, oscilando como um barquinho em um vendaval. Os passos curtos e hesitantes de quem não está bem. Uma mulher que precisava ser levada de volta para a cama.

Ela deslizou seus pés azulados mais para perto de mim, e pude ver que não havia sido de uma cama que ela levantara.

Quem...

De novo o arfar-que-não-era-arfar. Sibilando para dentro e para fora da boca. Ou de onde a boca costumava ficar.

O avental hospitalar não era um avental hospitalar, e sim pele. Pendurada e queimada.

Minha irmã fez duas coisas ao mesmo tempo.

Ela se aproximou, mostrando-se no limite do alcance da luz das luminárias na mesa das enfermeiras.

E ergueu os braços à sua frente, como se me convidasse para me juntar a ela em uma dança.

Quem... Quem...

Não fui até ela. Mas também não me afastei. Nada disso era possível se ela não quisesse.

As mãos se ergueram até o rosto dela. O que restava dele. As garras se enganchando. Arrancando.

Quem?

Ash puxou a pele do rosto para mostrar o tecido macio que havia por baixo, as rígidas cordas de ligamentos e os músculos. Continuou a arrancar, até que não havia nada além de osso. Até que seu corpo não era mais visível, e ela, nada além de uma caveira branca flutuando na escuridão do corredor.

Quem, Danny? Quem?

— OS —
CONDENADOS
ANDREW PYPER

CAPÍTULO 23

Manhã.

Barulho e o aroma de um café sofrível e de mingau de aveia. Eddie sentado na cama, olhando enquanto eu lutava para escapar da cadeira na qual havia dormido.

"Pesadelos?", falou, para logo depois balançar a cabeça. "Nem precisa responder."

Eu tinha que conversar com Willa. A oportunidade veio logo, quando uma das enfermeiras apareceu e nos expulsou, para que ela trocasse os curativos de Eddie. Estava prestes a tentar convencer Willa de ir lá fora para cinco minutos de ar fresco quando ela me chamou antes.

Atravessamos a ponte para pedestres sobre a rodovia Storrow e encontramos uma sombra junto a um conjunto de árvores na orla do parque Lederman, enquanto se desenrolava um jogo de beisebol infantil em um dos campos. De vez em quando se ouvia o ruído de um bastão batendo na bola, os gritos da torcida quando um dos jogadores corria pelas bases.

O que normalmente seriam sons tranquilizadores acabavam pontuando nossa conversa sussurrada como tiros.

"Estou apavorada, Danny."

Isso soou como uma acusação. Uma declaração de que a paciência se esgotara.

"Eu também."

"Mas é diferente agora. Quero dizer, pensei que tínhamos algo com que lidar antes disso. Uma presença, ou algo parecido. O fantasma de uma vagabunda nojenta nos seguindo. Achei que seria capaz de lidar com isso, porque eu posso ser bastante desagradável quando quero. Mas *isso*. Isso é *foda*."

Willa caminhava um pouco à minha frente, de modo que suas palavras voavam na minha direção, leves porém cortantes, como papéis jogados da janela de um dos carros que passavam correndo bem ali.

"Você tem razão", falei. "Preciso partir. Deixar vocês dois sozinhos. Deixar que Ash venha atrás só de mim."

"Não é isso que quero. Nenhum de nós quer."

"Eu quero ver vocês a salvo."

"Fugir não vai resolver o problema."

Willa parou e esperou que eu a alcançasse. Ficamos próximos o bastante para nos tocarmos, mas não o fizemos.

"Nós somos parte disso agora porque somos parte de você", ela disse.

Que isso era, basicamente, a mesma coisa que eu havia pensado quando Eddie contou ter visto Ash tomar o volante do carro não deveria ter me surpreendido. A resposta de Willa para a pergunta *Por que nós?* simplesmente a conduziu ao mesmo lugar aonde havia me conduzido.

"Ela se interessou por nós, Danny", prosseguiu, fazendo uma pausa para permitir que os aplausos para o que pareceu ser uma jogada espetacular acabassem. "Esteja você aqui ou a mil quilômetros de distância, ela vai continuar interessada na gente."

Coloquei a mão no ombro dela. Em vez de a atrair para perto de mim, isso fez com que Willa começasse a tremer.

"Tudo vai ficar..."

"Não diga que tudo vai ficar bem, Danny! *Não diga!*"

Tirei minha mão, mas minha esposa continuou tremendo. Seus lábios estavam pálidos, apesar de a brisa que eu havia sentido um pouco antes ter parado totalmente, como se uma porta houvesse batido.

"Ainda estamos vivos", falei. "E não acho que seja apenas por sorte. Acho que é para estarmos vivos."

"O que quer dizer?"

"Os ataques que minha irmã me fez, jogar seu carro no rio — foram atentados contra nossas vidas, mas não foram completos. Se Ash quisesse apenas nossa morte, você não acha que ela daria um jeito nisso?"

"Ela chegou bem perto anteontem."

"Mas você ainda está aqui."

"Por quê?"

"Porque ela quer que eu faça alguma coisa por ela. Algo que ela não pode fazer por si própria."

Quem, Danny? QUEM?

O árbitro declarou um strike, e um punhado de vaias se fez ouvir por entre as árvores, acomodando-se nos galhos como pássaros.

"Quando estive com ela pela última vez, do outro lado, o lado *dela*, Ash disse que queria que eu visse algo", expliquei. "Achei que era alguma coisa da qual ela já sabia e que ela estava apenas me conduzindo, uma cilada. Mas agora penso que estava enganado. Acho que era algo que ela *desconhece*."

Willa descruzou os braços, deixando-os pender ao lado do corpo.

"Você acha que ela foi assassinada", falou.

"Sim. Ela foi assassinada e não sabe quem fez isso."

De início, parecia que Willa não havia me escutado. Ela tinha as pálpebras quase cerradas e uma ligeira oscilação de quem está prestes a desmaiar, de modo que estendi os braços para ampará-la caso ela caísse. Mas Willa conseguiu se manter estendida, colocando um dos pés à frente. Não caindo. Afastando-se de mim.

"Eddie deve estar pronto agora", falou, a voz sobre seus ombros enquanto eu a seguia.

"Ash quer que eu vá."

Isso fez com que ela se virasse.

"Você acha que deveria fazer o que *Ash* quer? Pelo que sei, isso significa ver nós três mortos."

"Talvez você tenha razão. Mas ela quer uma coisa antes."

"Como assim?"

Foi aí que expressei em voz alta, pela primeira vez, o pensamento que, aos poucos, vinha ganhando forma desde aquela tarde na lavanderia de casa. Um pensamento que ganhou uma aura de verdade assim que foi dito.

"Acho que ela quer que eu descubra quem começou o fogo."

Willa se aproximou, e passei o braço em volta dela. Puxei-a para mais perto.

"Gostaria de ser alguém que pudesse dizer com sinceridade que não acredita em nada disso, mas não sou essa pessoa", ela disse. "Então o que vamos fazer?"

"Você, não. Eu. Vou para Detroit."

"Hoje?"

"Não podemos esperar", falei. "Ash não vai esperar."

"O que vai fazer depois que estiver lá? Você acha que pode descobrir algo que vinte anos e um bando de policiais da divisão de homicídios não descobriram?"

"Francamente, não sei. Mas se há alguma coisa por lá que pode fazer com que ela desapareça, tenho de tentar descobrir, não acha?"

"Por que *você*?", ela perguntou, voltando-se para mostrar novos círculos negros sob seus olhos. "Não podemos contratar um detetive particular ou algo assim? Você *não está bem*, Danny. Os médicos disseram para não..."

"Ninguém mais pode fazer isso. Todas as pistas estão aqui", falei, cutucando minha cabeça com dois dedos.

"Diga apenas uma."

"Não é esse tipo de pista."

Willa veio até mim, baixou a cabeça e me deu um soco no estômago. Um golpe forte o bastante que fez com que eu me curvasse.

"Desculpa", ela disse. "Antes você que uma parede."

"Quer socar alguma coisa? Estarei sempre aqui com você."

Ela ergueu o olhar. "Estará mesmo?"

Willa fez o gesto que era o sinal para que eu me abaixasse para um beijo — um aceno de *Venha aqui*, com três dedos — e deu um beijo de leve, seco e fresco, na minha bochecha.

"Vou explicar para ele", falou. "Porque, se vamos fazer isso, então vamos fazer agora."

Logo ela estava caminhando de volta pela ponte de pedestres, em direção ao hospital, o tráfego rugindo debaixo dela.

Fiquei olhando o máximo possível. Guardando na memória sua silhueta, mantendo sua voz na minha cabeça, respirando o que restava do seu cheiro no ar. Na esperança de que tudo isso voltasse ao menos uma vez antes de partir para sempre.

CAPÍTULO 24

O funcionário comendo um taco atrás do balcão da locadora de carros no aeroporto, que me entregou as chaves do Chevy Impala, perguntou se eu já tinha visitado Detroit.

"Eu morei aqui", respondi. "Há um milhão de anos."

"Ah, é?"

"Aposto que mudou um bocado desde então."

Ele me olhou completamente incrédulo. "Aposto que não", falou.

Lá fora, enquanto levava minha mala de mão para o carro, a noite estava no auge e não havia estrelas, como se o próprio espaço houvesse se retirado da Terra.

Há algum lugar mais solitário que o estacionamento de carros de aluguel depois que o último voo doméstico da noite aterrissou e ninguém além de você assume o volante?

Sim, há: esse estacionamento pode ser em Detroit.

Fui do hospital para a praça Porter, joguei algumas camisas e calças jeans em uma bolsa de viagem e fui direto para Logan, olhei para o quadro de partidas e encontrei o próximo voo. O rugido dos motores foi como uma canção de ninar, e mesmo antes de o avião levantar voo eu já havia caído em um sono tão profundo que a aeromoça teve de me acordar após a abertura da porta no terminal, pois eu era o único passageiro que restava.

Ao dirigir para a cidade, nada me pareceu familiar, nada que me dissesse que aquele era um lugar importante para mim. A propaganda barata de beira de estrada, de advogados de porta de cadeia. A terra que não é nem agrícola nem residencial, e sim uma sequência de ferros-velhos e terrenos de contêineres de depósito e pequenas fábricas, todas fechadas, com caminhonetes estacionadas junto aos portões, não como se esperassem um carregamento, mas para proteger alguma coisa lá dentro.

Então peguei a curva de uma rampa que ligava a interestadual à via expressa que percorria a margem sul da cidade. E ali estavam elas.

As torres se erguiam no horizonte, o vidro escuro espelhando o azul da noite. O logotipo da GM no topo da torre mais alta flutuava, tão distante de todo o resto que parecia um monograma bordado na noite.

Eu sabia que precisava encontrar um quarto em algum lugar, mas continuei dirigindo. Pelas ruas quase desertas do centro, para onde a Woodward Avenue começava sua longa e monótona reta se afastando do rio. A espinha dorsal de Detroit.

O horizonte ali continuava a ser algo de outro mundo — um ambiente vivenciado pelo ponto de vista de um animal, completamente alerta para rotas de fuga e ameaças —, assim como eu a experimentara do outro lado. O que aumentava a estranheza era que, ao fazer esse caminho vivo, eu me sentia como se estivesse morto. Aquilo, no entanto, poderia ser apenas o que a volta para casa depois de um longo tempo parece para a maioria das pessoas.

Ao chegar ao outro lado do viaduto e deixar o centro para trás, me dei conta de que a Alfred Street ficava a poucas quadras dali. Eu poderia virar à direita e, em dois minutos, estacionar em frente à casa (ou ao terreno vazio, ou a qualquer coisa que tivesse sido construída sobre suas cinzas).

Mas não fiz isso.

Parei o Impala no meio da pista. Dei meia-volta e então pisei no acelerador.

Um segundo depois, senti um formigamento de alerta, correndo ao longo do meu braço esquerdo.

Com a mão sobre o coração, como se estivesse prestes a fazer o juramento à bandeira, deslizei para a garagem nos fundos do Greektown Cassino Hotel, depois fui até a recepção para pedir um quarto. Minha aparência não devia estar boa. Mas eles estavam acostumados a gente como eu, que viajava sozinha e estava com uma aparência péssima.

No décimo oitavo andar, minha janela enquadrava o coração da cidade. Grandes prédios com fachada de pedra, do estilo que não se faz mais há cinquenta anos. A elevada pista de concreto do monotrilho fazendo a curva no centro de Detroit, uma notável solução fracassada na história das soluções fracassadas da cidade. Pessoas aqui e ali pelas ruas. Sombras paradas nas esquinas, nenhuma delas se movendo quando o sinal fechava.

Meu Inferno.

— OS —
CONDENADOS
ANDREW PYPER

CAPÍTULO 25

O amanhecer chegou em meio a nuvens rubras. Da cama, vi a cidade assumindo tons de Marte antes de clarear para laranja, depois rosa, como se o dia tentasse decidir entre uma paleta de opções alienígenas antes de acabar escolhendo o sol amarelo da Terra.

Eu deveria estar dormindo. No entanto, cada vez que fechava os olhos, eles exigiam ser abertos de novo, para confirmar que eu realmente estava lá.

Detroit.

Canadenses que cruzavam a fronteira para comprar coisas baratas pronunciavam o nome em três sílabas (De-*troi*-it), nós do subúrbio comíamos o *e* (D-*troit*), enquanto as pessoas que viviam na cidade esticavam a vogal (*Dee*-troit). Não havia uma maneira correta de falar, mas todo mundo fazia piada sobre como os outros erravam a pronúncia.

Experimentei pronunciar cada uma dessas versões em voz alta enquanto observava a noite sumir do horizonte, como um lençol. Os carros da polícia que passavam por algumas ruas e ignoravam outras, os edifícios comerciais que já haviam visto dias melhores, o rio que brilhava, negro, por entre os prédios — não era possível fingir que eu estava em outro lugar, ainda que fosse exatamente isso que eu estivesse tentando fazer há uma hora. Desejava estar em casa, ou em qualquer uma das cidades anônimas onde eu dera uma palestra e precisava recordar que lugar era aquele.

Nem mesmo para um evento dos Reviventes, eu nunca havia aceitado um convite para Detroit.

O telefone da mesinha de cabeceira tocou.

Será que pedi que me acordassem, quando fiz o check-in? Estando no meio de uma minitrombose coronariana na ocasião, minha lembrança da conversa não era lá muito clara.

Eu ia deixar tocar até parar, mas então pensei que poderia ser Willa. Willa, que queria ser a primeira a me dar bom-dia e contar que Eddie estava bem — talvez ele mesmo quisesse dar um alô —, e então os dois diriam que já sentiam minha falta e que era para eu por favor tomar cuidado, muito cuidado.

O fone já estava na minha orelha quando me dei conta de que Willa não sabia em que hotel eu estava.

Acorda-acorda...

Bati o telefone com força. Fui direto para o chuveiro. Abri a água quente até o fim, como se quisesse lavar a voz de Ash da minha pele.

O café da manhã do hotel era um bufê do tipo coma o quanto quiser, uma oferta levada a sério pelos demais hóspedes, que retornaram várias vezes para mais waffles e rolinhos de bacon, um prêmio de consolação por, pelo que denunciavam seus olhos inchados, mais uma noite de dinheiro perdido no cassino.

Coloquei meu celular na mesa e verifiquei se o aplicativo que eu baixara antes de partir estava funcionando. Uma conexão com o sistema de segurança que instalei na casa da praça Porter há alguns anos, depois de uma série de invasões na vizinhança. Clicando no aplicativo, eu podia ver o que as microcâmeras instaladas no teto nos pontos de entrada da casa viam: a porta dos fundos, as janelas do andar térreo, a porta da frente. O objetivo era que, no caso de um invasor ou qualquer pessoa que entrasse sem desativar o alarme, o celular me mostrasse automaticamente o que estava acontecendo, ligando-se à câmera onde a invasão ocorria.

Com alguns cliques, confirmei o funcionamento do aplicativo. Chequei todas as câmeras, na esperança de vislumbrar Willa chegando ou saindo para o hospital, mas nada se movia.

Quando saí do aplicativo de segurança, havia uma nova mensagem dela à minha espera.

tudo bem?

Durante cinco minutos, tentei pensar em algo doce, sedutor ou encorajador — um pouco da conversa que havíamos tido tão facilmente alguns dias antes —, mas tudo me parecia falso quando eu digitava na tela. No fim, achei melhor nem tentar.

Aqui tudo bem. Aviso assim que tiver novidade.

Fiquei esperando por um bjs ou te amo, um emoticon equivalente a um beijo no rosto, mas nada veio.

Entrei no carro porque não sabia mais o que fazer.

De novo na Woodward, afastando-me do centro e, desta vez, passando pela Alfred Street e seguindo para os prédios do Centro Médico, a Biblioteca Pública de Detroit e para o Instituto das Artes, depois para os infindáveis quarteirões residenciais arruinados, onde ninguém morava, as milhares de casas condenadas que cartazes ofereciam com os dizeres UMA NOVA VIDA POR US$ 10.000... OU *MENOS*!!

Assim que atravessei a 8 Mile Road, as coisas começaram a mudar. Ao deixar para trás a cidade de Detroit, as lojas não eram mais chiques, mas ao menos metade delas estava aberta. Alguns pátios de revendedoras mostravam carros novos ao lado dos usados. Aqui as igrejas não tinham janelas quebradas e anunciavam, em cartazes, o tema do sermão dominical (JESUS ABRE A PORTA... MAS SÓ SE VOCÊ BATER).

Na bifurcação da avenida, no início da Main Street, virei à direita e segui os trilhos do trem para Royal Oak.

Não havia mudado muito. O que pode ser considerado uma vitória, já que a cidade havia sofrido muitas mudanças nas duas últimas décadas, a maior parte para pior. Mas Royal parecia estar se aguentando, driblando a realidade. Aqui uma Starbucks, ali uma livraria Barnes & Noble. Uma loja de artigos de cozinha, com panelas de cobre e taças de vinho na vitrine. Pessoas nas ruas caminhando objetivamente de um lugar para o outro, estudantes andando de skate, mães com carrinhos de bebê e homens de gravata. Em contraste com a Woodward ao sul da 8 Mile, tudo parecia arrumado, um catálogo de classe média.

Dirigindo sozinho pela Main Street. Sem saber para onde ir, para quem ligar, como escapar dali.

Eu me senti um garoto de novo.

E, como o adolescente que perambulava pela cidade depois da morte de Ash, ou, mais tarde, como o cara que largara a faculdade e não fazia nada além de preparar um livro sobre estar morto, eu me vi indo na direção do Café Caribou, pedindo uma caneca de café e me escondendo em um canto. Tentando encontrar uma resposta. Tanto antes quanto agora, sem saber muito bem qual era a pergunta que precisava ser respondida.

Se Ash havia sido assassinada, a única coisa que se sabia era que isso aconteceu no nosso aniversário. E, ao menos pelo que se tornara público, as últimas pessoas que a viram viva foram as três garotas que pedalaram parte da Woodward Avenue com ela, antes de darem meia-volta.

Lisa Goodale.

Michelle Wynn.
Winona Quinlan.

Lisa, de camisa decotada e olhar sedutor, foi a primeira a vir à minha lembrança. Ela poderia ficar com qualquer cara da escola que quisesse, e *ficava* — a não ser que Ash quisesse o cara também. Eu me lembro de, em uma festinha no porão, ver Lisa sentada junto a Nathan Pohl. Nathan era dois anos mais velho, seu pai o deixava dirigir o BMW conversível, e ele fazia alguns trabalhos de modelo para propagandas locais — ele era o mais próximo que tínhamos de uma estrela de cinema em Royal Oak. E o rapaz havia tomado a mão de Lisa, dizendo que os dois podiam "dar um rolé", quando Ash desceu as escadas.

Em menos de um segundo, ela percebeu o que estava acontecendo, a maneira como Lisa transbordava de orgulho, e olhou bem nos olhos de Nathan.

"Posso dar uma palavrinha com você?", ela perguntou.

E foi isso. Nathan largou Lisa e seguiu Ash escada acima. Foi minha irmã que ele acabou levando para um passeio, minha irmã que não dava a mínima para Nathan Pohl até o momento em que percebeu o quanto *Lisa* o queria, o quão feliz *Lisa* estava.

Quanto a Michelle Wynn, era um mistério o porquê de a terem deixado entrar no círculo de Ash. Michelle era o que hoje se chama de obesa, mas naquela época chamávamos de gorda, propensa à acne e com uma respiração barulhenta, não tendo inteligência ou charme especiais. Invisível quando olhada pelas lentes da adolescência. Ainda assim, era a que passava mais tempo com Ash. Talvez porque Michelle fosse a todas as peças em que Ash trabalhava, colasse qualquer reportagem do jornal da escola com Ashleigh Orchard no título na porta do seu armário, tirasse centenas de fotos de Ash para uma colagem que estava preparando para um projeto de Belas Artes. Mesmo para a minha irmã, tal devoção era irresistível.

Onde estavam elas agora? Quem diabos sabia?

Mas Ash queria que eu fosse até lá. Que eu *visse*.

Os Quinlan viviam em uma casa bem em frente à nossa. Então parti em direção da Farnum com a Fairgrove. Um lugar aonde eu sabia chegar.

Winona Quinlan tinha lábios finos, que tentava engrossar traçando uma linha fora da boca com o batom, e cabelos vermelhos cortados para deixá-la parecida com Molly Ringwald. No nível acadêmico, ela era equivalente a Ash. Minha irmã fingia não se incomodar nas raras ocasiões em que a medalha de ouro pela nota máxima em Inglês ou Química ia para Winona e não para ela, mas era mentira. Ash sabia que nossa vizinha não conseguiria a bolsa da qual precisava para ir para a universidade se não fosse a primeira da turma, e isso era o bastante para inspirar Ash a empurrá-la para o segundo lugar, negando a Winona a realização do seu sonho de fuga.

Ela também tinha algo mais específico em mente.

Uma prima de Winona havia se formado em Princeton e lhe dera um moletom com o emblema da universidade quando ela estava no sexto ano. Foi o bastante. Ela lia o programa anual de estudos de Princeton como as outras garotas liam revistas de fofocas. Seu trabalho de História Norte-americana no nono ano foi sobre todos os presidentes que haviam estudado em Princeton, seu projeto de Geografia no ano seguinte foi sobre as características excepcionais da paisagem do *campus* de Princeton, seu discurso de oratória (com o qual ela foi até as finais estaduais) era intitulado, retoricamente, "Por que Princeton?".

Winona podia explicar por quê. Princeton significava *cair fora*. Fugir da casa que ela dividia com o irmão mais velho, um traficante de drogas, e seus pais, os quais, do outro lado da rua, ouvíamos berrando promessas de divórcio no meio da noite, mas que, de dia, retornavam aos seus empregos e acenavam para nós quando tiravam as compras do carro ou cortavam a grama do jardim. Winona não tinha namorados. Ela considerava Ash sua melhor amiga, o que era o mesmo que não ter ninguém. Tudo o que ela tinha era Princeton.

Era uma caminhada curta até o meu antigo bairro. As ruas estavam da mesma maneira de como eu me lembrava, ainda que as árvores estivessem mais altas, uma cobertura que ensombrecia as fachadas das casas. Nossa casa era mais amortalhada que as outras. A copa do carvalho do jardim lateral cobria mais da metade do quarteirão, alguns dos galhos encostados no que costumava ser a janela do meu quarto. No quintal, atrás da cerca, escuto uma dupla de crianças brincando. No jardim, o balanço de pneu continuava no mesmo lugar. A corda esfiapada e puída, o galho ao qual o balanço estava amarrado, desgastado pelos anos suportando aquele peso.

Eu me virei e andei em direção à casa dos Quinlan. Necessitando de uma pintura, com peças de automóveis e ferramentas esparramadas pelo chão da garagem, cujo portão estava aberto. Ainda assim, quem quer que morasse ali agora poderia saber quem tinha sido o proprietário há vinte anos. Onde estaria a filha deles, destinada à Ivy League.

Foi essa vaga esperança que me fez andar até a porta de vidro externa e tocar a campainha. Lá dentro, parecia que havia duas televisões ligadas, além de um rádio em um programa de humor, tudo no volume máximo. Estava prestes a tocar de novo quando uma mulher surgiu das trevas e abriu a porta, enquanto seus lábios finos, sem batom, sumiam por completo na boca.

"Danny?"

Era Winona. E alguma coisa nela — *tudo* — me dizia que ela nunca havia conseguido chegar a Princeton.

"Que bom ver você, Winona. Deve fazer... nem quero saber quantos anos..."

"O que você está fazendo aqui?"

Ela disse isso de maneira ríspida, como se eu já tivesse feito algo que a irritara. Ou como se ela não quisesse nem ser vista ali falando comigo.

"Posso entrar?"

Ela olhou por sobre meu ombro, para a rua em frente. "Acho melhor não."

"É só por um minuto."

"Você precisa ir embora."

"Ela voltou."

"Quem?"

"Minha irmã."

O rosto dela piscou. Não apenas os olhos, mas todo o seu rosto, que se apertou por um instante e relaxou.

"Dê a volta até os fundos", ela falou.

Winona bateu a porta interna e me deixou ali, para que eu fosse furtivamente até a lateral da garagem e abrisse o portão da cerca e chegar ao quintal.

Velharias espalhadas por toda parte. Ferramentas em caixas abertas em mesinhas dobráveis, velhas serras elétricas largadas no chão, a grama tão alta que era preciso ter cuidado para não pisar nas coisas. O quintal do faz-tudo mais desleixado do planeta.

"Quem é você?"

Eu me virei e dei de cara com um adolescente parado no pequeno pátio junto à porta. Cercado por todos os lados de caixas vazias de cerveja Miller Genuine Draft.

"Meu nome é Danny Orchard. Sou um velho amigo da sua... de Winona."

Ele deu a mesma "piscada de rosto" de sua mãe. "*Amigo* dela?"

"De muito tempo atrás."

"Vá para dentro, Henry", disse Winona quando apareceu na porta atrás dele. Mas o garoto não se mexeu. "Estou falando *sério*. Já pra dentro, *porra*."

Ele acabou indo. Ficamos ali apenas eu, Winona e meu sorriso idiota.

"Henry. Um clássico."

"Henry Ford", ela disse, apontando com o queixo todo o lixo enferrujado no quintal. "Aqui ainda é Detroit."

Eu esperava que ela descesse do pátio ou me dissesse para sentar em uma das cadeiras dobráveis espalhadas por ali, mas Winona continuou de pé no mesmo lugar. Nós dois avaliamos os efeitos da passagem do tempo no outro, assim como fazem aqueles que, chegando aos quarenta, automaticamente analisam os estragos nas pessoas com a mesma idade. Eu só podia imaginar o que ela estava analisando em mim, mas nela era possível ver que um ser humano havia ficado para trás.

O peso era apenas uma parte disso, as bochechas e os braços inchados que apontavam uma doença. Mas não era essa a principal mudança nela, e sim uma desconfiança selvagem, a tensão de alguém que está em alerta para um potencial ataque, de qualquer canto, a qualquer momento. Uma garota de palavras e pensamentos que havia se tornado uma mulher de instinto animal. Drogas. Era o que tudo mostrava. Quando ela cruzou os braços e as mangas se ergueram, as marcas confirmaram.

"Você morou nessa casa esse tempo todo?", perguntei. "Não me lembro de ver você por aqui quando eu estava morando do outro lado, enquanto tomava conta do meu pai."

"Eu fui embora. Só que aí meus pais morreram", ela respondeu, como se falasse que havia perdido um par de sapatos.

"Henry é seu único filho?"

"Três garotos."

"E o pai deles?"

"O que é isso, a porra de uma reunião de escola em dupla?"

"Não. Eu queria perguntar uma coisa."

"Ah, é?"

"Sobre o dia em que Ash morreu. O passeio de bicicleta que vocês fizeram com ela."

Eu estava certo de que Winona ia me mandar cair fora. Em vez disso, ela desceu a escada. Olhou sobre a cerca para o quintal dos vizinhos, como que para se certificar de que não havia ninguém por ali para nos ouvir. Ficou perto o suficiente para que eu sentisse o cheiro de fumaça de cigarro e de pele suja.

"Eu contei tudo à polícia", ela falou. "Todas nós."

"Estava apenas pensando se alguma coisa pode ter sido esquecida. Porque eu acho que Ash quer que eu descubra o que aconteceu com ela. Quem começou o fogo."

"*Ela* quer isso? Ash está morta, pelo que sei."

"Sim. É meio louco."

"Nisso você tem razão."

"Mas estou perguntando, de qualquer maneira."

"Por quê?"

"Porque você conhecia Ash. E tenho a esperança de que, se eu encontrar uma resposta, ela deixe minha família em paz."

"Como assim?"

"Minha irmã tentou machucá-los. E vai tentar de novo, a não ser que eu a ajude."

Winona olhou para a esquerda, depois para a direita. A dor surgiu no rosto dela, como se sua mão estivesse sobre uma chama.

"Eles falaram, na época, que quem quer que tenha matado sua irmã provavelmente também matou Meg."

"Você tem alguma ideia de quem poderia ser?"

"Alguém que levaria duas garotas para uma casa vazia no centro de Detroit? Caralho, Danny, a lista é longa. Por que não começa pela lista telefônica?"

Ela estava blefando. Não sou especialista nisso, mas até eu podia perceber como ela olhava em todas as direções, menos para mim.

"E se não tiver sido um estranho que fez isso?", falei. "E se tiver sido alguém daqui, de Royal Oak? Alguém que conhecia as duas?"

Ela relaxou os lábios, que estavam tão firmemente cerrados que fizeram barulho.

"Quer saber o que eu acho?", ela falou, corando. "Acho que você deveria deixar essa merda de lado. *Já era*."

"Não posso."

"Por que tem gente que acha que você é médium ou algo parecido? Por que você é o Sr. Paraíso, é por isso?"

"Não sou médium. E Ash não foi para o Céu."

Ela parecia estar prestando atenção no barulho que vinha de dentro da casa, como se tentasse discernir uma voz em especial no meio da publicidade, dos efeitos sonoros dos desenhos animados e da claque de estúdio.

"Não posso falar com você", ela disse, por fim. "Sinto muito pelo que você está passando, mas sobre o que aconteceu lá atrás — não que eu tenha visto algo — não vou falar."

A mulher parecia furiosa. Mas era esse o destino de todas as suas emoções, ansiedade, tristeza, amor e todo o resto, coaguladas em uma raiva confusa.

"Talvez minha vida não seja exatamente o que eu esperava que seria", Winona recomeçou. "Mas a questão é: estou viva. Preciso continuar assim. Pelos meus filhos. E trazer de volta a sua irmã..."

Ela não terminou a frase.

"E Michelle e Lisa?", perguntei. "Você sabe onde elas estão morando?"

"Michelle morreu. Não sei de Lisa."

"O que aconteceu com Michelle?"

"Ela tentou conversar sobre a sua irmã, foi o que aconteceu com ela. Ligou para mim algumas vezes, *evocando* Ash, tentando *decifrá-la*, assim como você. Então a mãe dela me liga para contar que ela havia se matado. Quer saber? Não fiquei nem um pouco surpresa."

"E Lisa?"

"Da última vez que ouvi algo, ela tinha se mudado. Seattle, Portland ou algum lugar assim. Fotógrafa."

Winona fez algo com a boca que poderia ter sido um sorriso. Fosse o que fosse, era desagradável.

"Você deveria dar uma olhada no trabalho dela. Aposto que vai achar interessante."

Ela começou a se afastar. Andando para trás sem se voltar, como se tivesse medo de que eu fosse atacá-la.

"Por que você acha que ela queria fazer aquele passeio de bicicleta?", falei. "O que Ash queria que vocês vissem?"

"Adeus, Danny."

"Mas você tem uma ideia, não tem? Sabe de alguma coisa que não disse à polícia."

"Você *precisa* ir. Apenas..."

"Por favor!"

Ela bateu a porta com força.

Fiz o caminho de volta até a rua. Do outro lado, havia uma agitação no quintal da nossa velha casa.

As crianças, que antes estavam brincando, berravam. Não o costumeiro berreiro infantil, não a pantomima em torno de um joelho machucado ou o protesto por um brinquedo roubado. Gritos de pavor, sem palavras, puros.

A mãe saiu correndo pela porta dos fundos, tentando controlar o próprio pânico.

"O que aconteceu? Meu Deus! O que aconteceu?"

Não pude ver por causa da cerca, mas um dos garotos, ou ambos, deve ter apontado para o outro lado do jardim, porque foi nessa direção que o olhar da mãe se voltou. O que ela viu foi o pneu balançando o mais alto possível, mais alto do que uma criança do tamanho deles poderia empurrar, indo e voltando, sem diminuir de altura ou de velocidade, espalhando no ar estagnado o odor de um perfume doce demais e de carne podre.

— OS —
CONDENADOS
ANDREW PYPER

CAPÍTULO 26

Eu não ia ao cemitério Woodlawn desde o funeral do meu pai. Sabendo o que eu sei sobre para onde vamos depois de morrer, nunca vi motivo para colocar flores junto a lápides ou falar com a terra. Aquele era apenas o lugar onde os corpos vão parar e logo deixarão de existir. A alma — ou seja lá como você quiser chamar a parte que não pode ser enterrada — não fica rondando esses lugares por muito tempo. Por que ficaria? Não há nada ali para os mortos além dos mortos.

Ainda assim, mesmo naquele terreno relativamente descuidado, em meio a lápides e sepulturas com ervas daninhas, havia flores, laços, bandeiras e ursinhos de pelúcia deixados para trás. Os vivos apareciam por razões pessoais, por seus próprios amores, deveres e fé.

A lápide do meu pai estava um pouco melhor que as outras duas. Era engraçado ver como seus marcos se mostravam na morte da maneira como eles eram em vida: papai, firme e alto; Ash, um mistério (ASHLEIGH ORCHARD — 1973-1989); mamãe, um pouco lascada, no epitáfio um provérbio que ela havia tirado de um livro na época em que eles reservaram os túmulos.

Os atos desta vida formam o destino da próxima.

Quando *O Depois* foi publicado, produtores de TV pediram que eu fosse até lá, para me filmar junto ao túmulo dela, fazendo uma carranca pensativa para a câmera enquanto um narrador explicava que aquele era o túmulo em que a sra. Orchard fora enterrada usando o relógio do pai dele, o relógio que seu filho recebera em sua vida após a morte e que usava até hoje. Eles fariam então um close-up do Omega no meu pulso, a lápide de mamãe ligeiramente desfocada ao fundo. "Doloroso e comovente", diziam os produtores tentando me convencer. Recusei todas as vezes. Não quero comover ninguém, não publicamente, pelo menos. E já sou assombrado pela dor.

Agora, no entanto, sozinho naquele campo plano pontuado por outras lápides, olho para o relógio. O que ele dizia, além da hora? Que havia alguma coisa depois do nosso tempo aqui. *Os atos desta vida*. E que minha mãe me amava. Ela me amava e desejava ter me protegido, mas não teve forças para tal.

Não era assim que eu queria que as coisas terminassem para mim. Não me interessava mandar uma mensagem do além. Eu queria ajudar minha família *daqui*.

E, para fazer isso, eu teria de dizer a Ash quem a havia colocado no chão sob meus pés.

Voltei para o hotel e abri o laptop. A primeira coisa que encontrei sobre Lisa Goodale foi seu site profissional. Na página inicial, um autorretrato da própria Lisa. As feições coquetes da sua juventude haviam dado lugar a linhas mais duras, um melancólico alargamento do seu nariz exagerado pela iluminação rígida da foto, de forma que ela parecia estar se escondendo da câmera, apesar de olhar para esta.

No restante do site, havia um vistoso mostruário do seu trabalho, disposto em várias galerias: casamentos, retrato, corporativo. Era bom. Elegante e contido, com uma forte inclinação para o preto e branco. Mas foram as fotos que encontrei ao clicar em artístico que me deixaram sem fôlego.

Todas as imagens que ela colocara ali tinham uma garota como assunto recorrente. Sempre a mesma modelo, uma loura em plena adolescência, cujos olhos azuis pareciam ter sido, de alguma forma, realçados, de forma que eles brilhavam, destacando-se nas fotos quase sempre monocromáticas, alheios e frios. Uma garota que era iluminada por uma espécie de aura, não importava em que ambiente estivesse, ainda que o efeito resultasse no oposto de angelical, uma luz que poderia queimar se você chegasse muito perto. Olhando diretamente para a câmera no banco de trás de um ônibus. Sentada no teto de um carro, as pernas balançando sobre a porta do motorista. Rindo em meio a um conjunto de espelhos de banheiro, dispostos de forma a replicar seu rosto milhares de vezes, curvando-se dentro deles.

Ela havia batizado a série de *O Depois*.

Os outros resultados que encontrei foram de sites de notícias.

Boletins sobre pessoas desaparecidas. Reportagens sobre como a ilustre fotógrafa de Portland Lisa Goodale, solteira e sem filhos, não era vista desde 12 de agosto de 2013. Dois dias depois do meu ataque cardíaco no parque Cambridge Common.

Eles nunca vão encontrá-la.

Ela não vai mais tirar fotografias que tentam trazer Ash de volta à vida, porque ela *estava* viva.

E Lisa, oficialmente desaparecida, já havia partido.

Quando parei de piscar em frente à tela do laptop, já era noite de novo. Eu não havia comido nada desde o café da manhã, então saí do hotel e procurei um lugar no único quarteirão turístico de restaurantes de Greektown. Depois de fazer o pedido, peguei o celular para mandar uma mensagem para Willa, mas descobri que já havia uma à minha espera.

como está indo, sherlock?

Demorei uma cerveja para pensar em uma resposta.

Acho que estou na pista de algo.

Não era uma mentira completa. De qualquer modo, eu esperava que ela não me questionasse. Então perguntei o que eu realmente queria saber antes que ela tivesse a oportunidade.

Como vocês estão?

Quando a resposta chegou, tive de abafar um lamento, mas este encontrou a porta de saída no momento em que o garçom retornou com o meu prato.

Sentindo sua falta. Nós dois.

Quando acabei de comer, saí e senti a noite ao meu redor, o ar ácido e frio, trazendo a promessa de me ajudar a raciocinar.

Comecei a caminhada, mas me mantive no perímetro dos prédios históricos recuperados que agora abrigavam o cassino, por acreditar que este teria seguranças para manter o local seguro, ainda que, assim que virei a esquina, deixando o quarteirão turístico para trás, as ruas tenham ficado desertas. Um pouco acima, o monotrilho fazia uma curva em direção aos prédios comerciais a algumas quadras dali. Os trens continuavam passando a cada dois ou três minutos — quase vazios durante o dia, completamente desertos agora. A cada ida e vinda, eu olhava para cima em busca de alguém sentado em um dos carros fluorescentes, jogando um jogo comigo mesmo, pelo qual eu só poderia voltar para o hotel depois de ver um passageiro.

Enquanto isso, tentei tirar alguma coisa útil da minha conversa com Winona Quinlan.

Fosse qual fosse o segredo que ela guardava, Winona tinha a ideia de proteger a si própria e aos filhos ao mantê-lo enterrado. E ela talvez tivesse razão. Era impossível negar que ela ainda estava aqui, enquanto Michelle e Lisa não estavam.

Quem mais eu poderia procurar? Sempre restava a possibilidade de desencavar um velho anuário do Dondero High e fuçar os nomes, disparando e-mails e telefonando para todos os números que eu encontrasse. Mas o que dizer se alguém atendesse? *Oi! Aqui é Danny Orchard. O gêmeo de Ash, que trouxe um relógio ao voltar do outro lado da vida, lembra? Só queria perguntar se você por acaso sabe como minha irmã pode ter sido assassinada. Ah, e claro... VAI OAKS!* E como eles poderiam responder? *Sim, claro, agora que você mencionou, Danny, eu tenho o nome do assassino de Meg e Ash bem aqui comigo. Devo ter esquecido de compartilhá-lo com a polícia há vinte e quatro anos!*

No entanto, eu sabia de algo que ignorava antes de vir para cá. Winona me contou, ainda que indiretamente. Suas piscadas de rosto nervosas, mordendo o lábio, seu medo ao mencionar o nome de Ash.

Mesmo que não fosse a própria Winona, alguém sabia pelo menos parte do que havia acontecido na casa da Alfred Street.

Alguém estava lá.

Lá em cima, como uma trovoada, o monotrilho passou de novo. Olhei e vi um rosto na janela. Uma menina branca. Sozinha, perdida.

Bochechuda e de nariz pequeno, cabelo partido ao meio, uma beleza do Meio-Oeste na era das polainas e rinques de patinação. Lisa Goodale, com a aparência que tinha aos dezesseis. Exceto que ela, agora, não sorria. Seus olhos girando para todos os lados em suas órbitas.

Até que eles me encontraram.

O trem gemeu ao entrar na estação de Greektown, logo acima de mim. Ficaria ali por algum tempo, portas abertas, antes de prosseguir. Tempo suficiente para subir as escadas e entrar no vagão onde Lisa estava.

Subir os degraus de dois em dois parecia factível, até que a dor no peito voltou.

É assim que acaba? Na escada vazia de uma estação de monotrilho? Era o tipo de coisa que Ash consideraria engraçada. *Patético*, ela diria. Patética sendo a maneira pela qual ela gostava de julgar o mundo, a maneira pela qual todos, menos ela, tentavam e falhavam, tentavam e falhavam.

E lá estava eu. Tentando.

Seguir as migalhas de pão deixadas pelos mortos. Construir uma muralha em torno de Willa e Eddie. Foi o que me fez continuar subindo as escadas, dizendo a mim mesmo que a dor era apenas indigestão, um churrasquinho grego que não caíra bem no jantar.

Cheguei à plataforma a tempo de ver as portas se fecharem. O trem vazio gemendo ao começar a se mover, suas luzes internas projetando sombras contra as paredes dos prédios próximos aos trilhos.

Não havia Lisa ou qualquer outra pessoa nos vagões, mas havia as silhuetas escuras de centenas de pessoas, desenhadas nos ladrilhos. As cabeças de homens, mulheres e crianças, de barba, boné, cabelos longos, de brincos. Passageiros invisíveis que olhavam para a cidade lá fora, presos em uma baldeação infinita, andando em círculos. O trem vazio, construído apenas para os mortos.

CAPÍTULO 27

Pela manhã, depois de um telefonema para Willa no qual fiquei sabendo que Eddie estava bem e que "não ocorreu nada de assustador desde que você partiu", desliguei pensando se não seria melhor para todos nós se eu permanecesse em Detroit. E eu faria isso feliz — bem, não exatamente *feliz* — se o resultado fosse Ash deixando Willa e Eddie em paz para sempre.

Porém, eis o que eu não mencionara no telefone, apesar de desconfiar que Willa já sabia: *ela não os deixaria em paz*.

O que significava que eu tinha de mostrar que estava chegando perto daquilo que Ash estava procurando. Ou, pelo menos, parecer que estava.

Não havia outro lugar para ir, a não ser retornar para a casa de Winona.

Fui de carro para Royal Oak, cruzei a linha do trem, com o familiar *tum-te-tum* dos pneus sobre os trilhos. Há anos, esse era o sinal de estar em casa. Segurança. Essa era a eterna fantasia desse local. O mal era algo que acontecia em outro lugar. Um feitiço protetor conjurado pela riqueza de classe média e policiais cujos nomes você sabia, e moletons que anunciavam qual universidade as pessoas frequentavam.

Foi por isso, talvez, que fiquei tão surpreso ao ver a fita amarela da polícia atravessando a Fairgrove Avenue. Uma ambulância, carros da polícia. Investigadores de verdade, muito mais convincentes que eu, em suas jaquetas de couro e bigodes graves, conversavam com vizinhos de roupão e calças de ginástica. Uma cena de crime, na qual a casa dos Quinlan parecia ser o centro das atenções.

Estacionei a um quarteirão dali e andei o resto do caminho. Eu me juntei ao grupo de observadores no momento em que os paramédicos saíam da casa com a maca.

Eu tinha certeza de que era Winona, apesar de o corpo estar totalmente coberto por um lençol. Sabia disso pelo olhar no rosto do seu filho, Henry. De pé no gramado, olhando sua mãe ser colocada na ambulância, os lábios do garoto se moviam em busca de palavras. Havia ainda um princípio de raiva. Do tipo sério, que nunca vai encontrar um alívio duradouro, uma vinha que nenhuma poda seria capaz de segurar, até que ela cubra tudo que estiver em seu caminho.

Assim que Winona foi colocada na parte de trás da ambulância, um dos paramédicos fechou as portas, e o outro se instalou ao volante. Todos nós, inclusive os detetives que, agora que eu estava mais perto, conseguia ver, pareciam um pouco detetivescos demais — cansados demais da vida, vaidosamente conscientes demais de sua audiência soturna —, esperamos a ambulância partir para dizer algo, pegar o celular, andar. Então, com as luzes ainda piscando no teto, sirene ligada, ela desceu do meio-fio e entrou à esquerda na Farnum, e o motorista olhou para trás, como se pensasse em gritar para nós uma piada de mau gosto mas irresistível.

A mãe que morava na casa em frente à dos Quinlan, a nossa casa, estava um pouco afastada dos demais. Seus filhos não estavam com ela, então a mulher não tinha nada a fazer com as mãos, exceto esfregar embaixo dos olhos. Quando me aproximei, ela me olhou sem mostrar qualquer sinal de me reconhecer.

"Sabe o que aconteceu?", perguntei.

"Overdose. É o que eu acho."

"Mesmo?"

"O corpo tem seus limites."

"Ela tinha um histórico, imagino."

"Todo mundo tem." Ela afastou as mãos dos olhos. "Você é um repórter ou coisa parecida?"

"Apenas um amigo. De Winona."

"Amigo", ela repetiu. "Não sabia que ela tinha algo assim."

"Na verdade, cresci na casa onde você mora hoje. Há muito tempo."

Ela deu dois longos passos para longe de mim.

"Você é o irmão."

"Danny Orchard", falei, pressupondo que a mulher havia lido meu livro, mas isso não pareceu dizer nada a ela. E então me dei conta de que ela não me conhecia pelo nome, mas por causa do que havia visto na casa. Da garota que seus filhos conheciam.

"Você não se parece com ela", falou.

"Éramos gêmeos."

"Você é... como ela?"

"Não. Não sou nem um pouco como ela."

A mulher moveu a cabeça de um lado para o outro, da maneira como o arremessador rejeita os sinais do receptor em uma partida de beisebol.

"Ela está morta, não está?"

"Sim."

Era visível que isso lhe havia provocado o oposto de alívio. Com um gesto no ar que lembrava um aceno, mas que não era, a mulher se virou e voltou para sua casa assombrada.

Nunca fui muito de beber no meio do dia.

Quando se cresce com o tipo de mãe que eu tive, que começava a se refrescar com drinques de vinho branco e água com gás para passar as camisas do meu pai enquanto assistia o *Good Morning America*, você, ao crescer, ou se torna alguém que bebe o dia inteiro ou mal toca em álcool, especialmente antes das cinco da tarde. Eu pertenço ao segundo grupo.

Mas neste momento, ao retornar à Main Street às quinze para o meio-dia, sinto uma necessidade irresistível de um drinque.

O Tom's Oyster Bar já estava bem movimentado por conta da hora do almoço, mas havia ainda vários bancos vazios junto ao balcão e sentei em um deles, pedi um uísque grande ("Você quer dizer um duplo?") e deixei meus olhos se desfocarem no menu plastificado que o barman deixara para trás. Demorou um segundo — e um gole enorme e abrasador — para que eu percebesse que alguém estava tentando falar comigo. Duas pessoas, aliás.

"Danny!"

"Danny *Orchard*?"

"É você?"

"Aqui!"

Girei no banquinho e vi dois caras da minha idade, em uma mesa redonda no meio do salão, acenando para mim. Eles usavam ternos cinzentos de verão idênticos, o mesmo corte batido de cabelo, ambos abrindo caminho através dos mesmos pratos de camarões. Os gêmeos Wigg.

Os Wigg eram idênticos, o único outro par de gêmeos dos quais eu me lembrava da infância. Eles faziam o jogo do espelho por completo: mesmas roupas usadas nos mesmos dias, as vice-presidências do mesmo clube de xadrez, os mesmos cortes de cabelo em cuia, o mesmo olhar penetrante e presunçoso. Nas fotos de escola, eles usavam roupinhas de marinheiro idênticas, desde o jardim de infância até a pré-adolescência, seus rostos indiferentes ao ridículo, ano após ano. Eles costumavam pedir para sair da aula sempre no mesmo momento, provavelmente para sentar lado a lado no banheiro, na contagem regressiva para disparar seus desjejuns idênticos ao mesmo tempo. Dizia-se que a única maneira de diferenciá-los era por suas ereções: a de um, levemente curva, como uma banana; a do outro, reta como uma régua. Mas nunca soube como foi feita essa comparação — nem se era possível comprovar se estava correta.

"John? Rudy?"

Os dois deram um sorrisinho maroto, como se eu os tivesse identificado corretamente, ainda que eu não conseguisse distinguir entre um e outro, como na época de escola.

"John", confirmou o da direita, apertando minha mão.

"Deixe-me adivinhar. Rudy?", disse eu, apontando para o da esquerda.

"Gêmeos se reconhecem", disse Rudy.

John puxou uma cadeira, e eu desabei nela.

Pensei em abrir a conversa com a notícia sobre Winona Quinlan, mas não havia motivo para ser eu a informá-los do que ocorrera. "Vocês trabalham aqui na cidade?", perguntei.

"Começamos a exercer a profissão juntos", disse John.

"Ortodontistas", falou Rudy.

"Os rendimentos são *fenomenais*", acrescentou John.

Rudy cutucou seus brancos dentes dianteiros. "Não há negócio como um negócio de família."

"Vocês ficaram", falei. "Nunca quiseram cair fora?"

"Fora do quê?", perguntaram os dois ao mesmo tempo.

"Sempre esqueço que nem todo mundo teve uma adolescência fodida que nem a minha."

"Ninguém tinha a irmã que você tinha", disse Rudy, olhando de esguelha para o meu uísque.

Eu estava tentando encontrar uma desculpa educada para sair dali — estar mais uma vez com os Wigg, junto a gêmeos, era praticamente a última coisa da qual eu precisava —, quando John respirou fundo e, contrariando seu bom senso, decidiu me fazer uma confissão.

"Eu a chamei para sair uma vez, sabe", ele disse, fazendo um gesto para afastar Rudy quando este fez aquela cara de tem-certeza-de-que-quer-falar-nisso? "Provavelmente, metade dos caras em nossa turma fez o mesmo. Sério, como *não* chamá-la para sair? Mas eu pensei que, como nós dois éramos gêmeos, ela e eu — talvez eu pudesse entendê-la melhor do que os outros caras."

"Só que ela foi... Como posso dizer?" falou Rudy, mostrando um ar concentrado. "*Má*. Ela foi *má*."

"Ela *riu* de mim! Bem na minha cara!" John tamborilou os dedos sobre o nariz e as bochechas, imitando cusparadas no rosto. "Depois ela fingiu mudar de ideia. 'Talvez um encontro duplo! Gêmeos com gêmeos. Nós quatro! A pergunta é: quem fica com meu irmão e quem fica comigo?'"

"Ela era espetacular, não há dúvida. Lindíssima", disse Rudy, encerrando o assunto. "Mas, Danny? Sua irmã? Sejamos francos. Ela tinha talento como ninguém para fazer você se sentir um merda."

Rudy sugou um terço do seu copo de meio litro de refrigerante pelo canudo, esfregou os lábios com o indicador e aproximou seu rosto do meu sobre a mesa.

"Então, 0o que está fazendo aqui?"

"Estou investigando a morte da minha irmã", disse, como se fosse o tipo de coisa que se fala normalmente em um bar, ao meio-dia. "O assassinato dela."

Os Wigg franziram o nariz exatamente da mesma maneira.

"Sempre tivemos uma teoria sobre isso", falou Rudy.

"O professor", disse John.

Eles pareciam assumir que eu sabia do que estavam falando.

"Que professor?"

"Ela não contou a você?", disse Rudy.

"Ash e eu não éramos de compartilhar coisas..." Eu estava prestes a dizer *da maneira que vocês compartilham*, mas consegui me controlar. "Não éramos assim tão próximos."

John acenou no que parecia ser compaixão de verdade, a ideia de gêmeos não saberem tudo um sobre o outro lhe soava como uma tragédia inimaginável. "Nós vimos os dois uma vez", disse ele.

"Mas não contamos a ninguém", ressaltou Rudy. "Pensamos que você também soubesse."

"O que significa que talvez sejamos os únicos a ter essa teoria."

Uma teoria sobre o QUÊ*, seus malucos?* Era isso que tive de lutar muito para não gritar a plenos pulmões no bar.

"Ainda estou perdido, caras", falei.

"O sr. Malvo", disse John, os dois começando um jogo em que terminavam as falas um do outro.

"O professor de teatro?", disse Rudy. "Que dirigiu a peça daquele ano?"

"*South Pacific*."

"Isso. *South Pacific*. Ash tinha, acho, o papel principal ou coisa parecida."

"*Era* o papel principal. Devo dizer, ela estava realmente excelente. Grande voz."

"Grande tudo. Belos dentes, também."

"Malvo e Ash no carro dele, no estacionamento atrás do Café Caribou."

"Se beijando."

"*Beijando*."

Eu me lembrava do sr. Malvo. No Dondero por apenas um ano, substituindo a sra. Regehr, que estava em licença-maternidade. Um ator. Era o que todo mundo sabia sobre ele, porque era o que ele estava sempre dizendo às pessoas. Ele havia crescido em Sterling Heights, nos subúrbios de Detroit, "que nem vocês", como ele dissera em seu discurso de apresentação na assembleia do colégio, o *que nem vocês* gotejando a condescendência de um palestrante motivacional, como se ele se dirigisse a uma escola de garotos presos à cadeiras de rodas, e apenas ele tivesse aprendido a andar. Depois de se mudar para a costa (nunca "Hollywood", nunca "L.A."), ele participou de alguns programas de TV, fez pontas em uma novela e uma série policial, ambas canceladas. Isso lhe dava uma aura glamorosa inédita para nós. Um homem em seus trinta e poucos, que não usava aliança e lembrava um jovem John Malkovich, se este tivesse um pouco mais de cabelo e fizesse musculação quatro vezes por semana.

No ano seguinte, ele não estava mais lá. A sra. Regehr nunca voltou depois de ter o bebê, então havia uma vaga no departamento de teatro que poderia ter sido dele. Malvo, no entanto, havia partido de Royal Oak em algum ponto do verão, logo após sua montagem triunfante de *South Pacific* com sua "eletrizante" (*Detroit News*) estrela de dezesseis anos — o mesmo verão em que essa estrela queimara até a morte em um casarão abandonado no centro —, e nunca mais se ouviu falar dele.

"Ash transando com o professor de teatro", falei. "Horripilante. Mas não exatamente uma prova do crime."

"Meg Clemens também estava na peça", disse Rudy. "Pense nisso."

"Meg Quatro-Olhos, que acabou no mesmo lugar que Ash", acrescentou John.

"Na época, algumas pessoas disseram ter visto Malvo e Meg juntos, do mesmo jeito que nós o vimos com Ash", disse Rudy.

"Então por que ele não foi considerado um suspeito?"

"Ele estava na lista, pelo que ouvi falar", disse John. "Mas não havia provas físicas, apenas coisas circunstanciais."

"E, francamente, a lista devia ser longa", disse Rudy.

"Mas eu garanto que havia alguma coisa errada com aquele cara", falou John.

"Filho da puta sortudo", acrescentou Rudy.

Perguntei se eles sabiam onde Malvo poderia estar atualmente, ou se alguém teria mais informações sobre o relacionamento do diretor com o elenco, mas eles admitiram não ter como saber, já que não eram exatamente os garotos mais populares do colégio naquela época.

"Éramos nerds", disse John.

"Inteligentes."

"Dá no mesmo."

Sem perceber, ao longo da nossa conversa, eu havia terminado meu uísque. Esse negócio de beber no meio do dia era fácil, desde que você estivesse motivado.

Recusei o convite dos Wigg para almoçar com eles e agradeci pela ajuda. Rudy me desejou boa sorte. John disse para eu voltar se estivesse precisando de um orçamento para um serviço de correção dentária.

Ao sair, paguei a conta deles. Era o mínimo que podia fazer. Nós, os malucos, temos de permanecer unidos.

— OS —
CONDENADOS
ANDREW PYPER

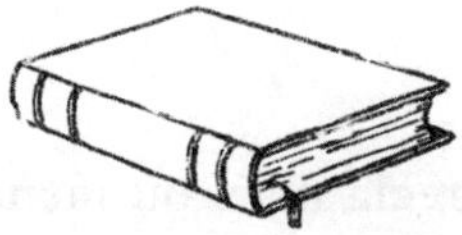

CAPÍTULO 28

Como encontrar o sr. Malvo? Percebi que a minha vantagem era o fato de ele ser um ator. E atores deixam créditos atrás de si como ratos deixam cocô.

Parecia, no entanto, que sua vida nas telas fora interrompida logo antes de ele ir para o Dondero High. Todos os sites de cinema e TV contavam a história da sua atabalhoada carreira: aqui a novela, e eis o seu nome — Dean Malvo, o "Dean" me soando inventado — lá no fim da lista do elenco de alguns filmes de ação vagabundos dos quais eu tinha uma vaga lembrança.

Capanga nº 3.
Garçom na cafeteria (Paris).
Sujeito com uma bomba.

Parecia que ele estava em ascensão, que os capangas se classificariam para dramas independentes nos quais ele conseguiria um personagem com um nome.

De repente, em 1988, tudo para. Um ano antes de ele substituir a sra. Regehr e de ser visto aos amassos com minha irmã adolescente e Meg Clemens. Daquela época até hoje, não havia qualquer traço da existência de Dean Malvo, o famoso Sujeito com uma bomba.

Ele, porém, tinha outra carreira. Professor de teatro. Além de um possível interesse em seduzir garotas em idade ilegal. Tipos de atividade que também podem deixar um rastro atrás de si.

O Dondero High parecia mais ou menos igual, só que não era mais o Dondero High. Uma placa junto à entrada principal explicava que os dois colégios de ensino médio de Royal Oak haviam sido unificados há alguns anos, e que este prédio agora abrigava uma escola de ensino fundamental. Antes de entrar, caminhei pelo local, e as memórias enterradas colocaram as mãos para fora das suas covas: ali estava a arquibancada para baixo da qual Todd Aimes havia me empurrado a fim de esfregar cocô de cachorro embaixo da minha camisa, apenas porque Ash havia mandado ele fazer isso; ali os trilhos do trem, onde Ash fazia os garotos ficarem parados esperando pela locomotiva, só pulando fora no último segundo; ali o estacionamento, onde ela ficava passando de carro em carro, visitando os caras mais velhos com o rádio a todo volume, enfiando a cabeça pela janela de seus Camaros e Mustangs para que eles dessem uma boa olhada, espiassem o que havia embaixo da blusa dela, deixando um leve perfume para trás.

Apenas então, parado no lugar onde isso acontecera, é que me ocorreu pensar se Ash *gostava* de ser agarrada pelo professor. Seria ele algo que ela não conseguia controlar, teria o sr. Malvo feito algo com ela e exigido segredo? Será que minha irmã se machucara?

O peso da compaixão que senti por ela foi tão súbito que tive de sentar no meio-fio do estacionamento e repousar o queixo nos joelhos. Ela era a culpada por minha vida ser a coisa subnutrida que havia sido até surgirem Willa e Eddie. Mas também era minha irmã. Pode ser que, na época, ela tenha precisado de mim, sem dizer nada, da mesma maneira como eu desejava que ela fosse alguém com quem eu pudesse realmente conversar e compreender. Por isso, a ideia de um forasteiro obrigando-a a fazer algo que ela não queria fez com que eu achasse que a culpa era minha. Eu deveria ter visto o que estava acontecendo, interpretado os períodos cada vez mais longos que ela passava fechada no seu quarto como um sinal. Eu deveria tê-la salvado.

Isso é outra coisa que se passa entre gêmeos.

Quando ergui a cabeça, o estacionamento estava lotado de pais saindo de carros, todos olhando para mim, o estranho agachado lutando para se pôr de pé.

O sinal tocou. Crianças saíram aos berros pela porta, para encontrar suas mães, suas babás e seus pais.

E eu entre todos eles. O calor da suspeita ardendo nas minhas costas.

Na recepção da escola, uma secretária vestida com uma camisola de patinhos de borracha e touca de dormir perguntou se podia me ajudar. Como fiquei ali parado em completo silêncio, ela olhou para a própria roupa e fez uma careta.

"Dia do pijama", explicou.

Eu perguntei se a escola mantinha os arquivos dos professores que haviam trabalhado lá nos velhos tempos do Dondero. Mais especificamente, de um professor de teatro chamado Dean Malvo. O nome a deixou pensativa.

"Não guardamos arquivos desse tipo sobre o corpo docente. Não aqui, pelo menos", ela disse. "Talvez você devesse tentar o sindicato."

"Certo, vou ligar para eles."

Parecia ser o fim. Eu estava me preparando para agradecê-la quando ela se inclinou por sobre o balcão, de modo a poder falar baixo.

"Por que está procurando por ele?"

"Acho que o professor pode ter machucado minha irmã."

"Vou fazer um intervalo!" ela gritou para alguém fora da minha vista, em uma salinha no canto, que não respondeu. Depois saiu de trás do balcão e foi andando. Não tive outra alternativa exceto segui-la até uma porta na outra ponta do corredor.

Saímos, e lá fora ela encostou na parede, olhando para todos os lados, menos para mim.

"Ele agora atende por Bob", disse.

"Você pode me dizer onde ele está?"

"Posso dizer onde ele *esteve*. Cumpriu seis anos em Baraga. Saiu há uns dois ou três anos."

"Cumpriu pena pelo quê?"

"O que acha? Você está aqui perguntando por sua irmã. Houve outras irmãs depois da sua. Outras filhas."

Ela tirou um maço de cigarros de um bolso, mas não pegou um.

"Você o conheceu?"

"Ele era um professor substituto, rodava por aí", falou. "Acho que isso era uma vantagem para ele. Mas, sim, ele esteve em algumas escolas nas quais trabalhei tempos atrás. Ele tinha lábia, disso você pode ter certeza. As pessoas o notaram na época. Então, quando a notícia veio à tona, elas notaram outra coisa."

A secretária sabia mais do que estava revelando. Era por isso que estávamos ali fora, ao sol que aparecia quando as nuvens se abriam, um homem atormentado e uma mulher de camisola, sem que um soubesse o nome do outro, nenhum dos dois querendo dizer quem era.

De alguma maneira, ela se importava. Podia ser com Malvo, ou com alguma das garotas que ele havia escolhido, ou consigo mesma. Talvez ela tivesse se apaixonado por ele, apenas para depois descobrir que ele era um monstro. Ela não usava aliança de casada.

No entanto, se ela realmente fosse me contar alguma coisa do tipo, já o teria feito. Era óbvio, pela maneira como ela havia guardado o cigarro e colocado a mão na maçaneta para voltar para dentro, que já havia ido mais longe do que pretendia.

Ainda assim, ficou parada ali. Ela me encarou diretamente pela primeira vez desde que saíramos.

"Você está bem?", falou.

Ela percebeu antes que eu me desse conta. A sensação de tudo desmoronando ao mesmo tempo.

Malvo, um predador.

Winona morta, assim como as outras garotas que haviam feito o passeio pela Woodward.

Eddie em uma cama de hospital.

"Bons sonhos", disse eu antes de desabar, olhos fechados contra o sol.

— OS —
CONDENADOS
ANDREW PYPER

CAPÍTULO 29

Fazia sentido o fato de Malvo ter mudado seu nome para Dean. Era o tipo de nome perfeito para se colocar no pé de uma foto de apresentação de ator, já que Bob não trazia a mesma insinuação de mistério. Também fazia sentido assumir de novo o nome original depois de cair sob suspeita de abuso sexual com garotas menores de idade. Não que isso fosse ajudar.

Bob Malvo fora alvo de duas acusações de conduta sexual criminosa com garotas entre treze e quinze anos, sendo condenado por ambas em 1993. Sua sentença foi de oito anos de prisão (ainda que, como a secretária do Dia do pijama acertadamente observou, ele tivesse obtido a liberdade após seis anos). Seus crimes haviam ocorrido quando ele estava como professor substituto em dois colégios diferentes, ambos localizados no sudoeste do estado de Michigan, sendo ambas as vítimas estudantes do nono ano e alunas em sua turma de teatro.

Tentei procurar por algo que pudesse me informar sobre o que ele vinha fazendo desde que fora libertado, mas nada coincidia com seu nome e perfil. Ele poderia estar em qualquer lugar. As chances de um estuprador condenado permanecer nas mesmas cidades onde havia cometido seus crimes deviam ser pequenas. Trabalhar como professor estaria fora de questão, e oportunidades profissionais como ator para um homem que estaria agora com cinquenta e muitos e que era dono de um histórico sórdido seriam inexistentes. Bob Malvo poderia até conhecer o mistério de como Ash havia morrido no incêndio. Mas ele havia desaparecido.

As notícias de jornal sobre seu julgamento citavam como advogado de defesa William LaMaye, de Farmington Hills, outra área suburbana, a oeste de Royal Oak. Uma pesquisa on-line mostrou que ele ainda trabalhava, ainda estava por aí. Sócio da LaMaye & Durridge, uma firma cujo slogan — "NUNCA É CEDO DEMAIS PARA CONTRATAR O ADVOGADO CERTO" — sugeria que todo mundo em Detroit precisaria de um advogado de defesa mais cedo ou mais tarde, então é melhor garantir um agora.

Fui até um caixa eletrônico e saquei o montante máximo permitido, que guardei em um envelope no bolso da minha calça jeans.

Se eu corresse e o trânsito estivesse bom, chegaria lá antes de o escritório fechar.

William LaMaye, do LaMaye & Durridge, era um homem negro com insônia crônica, de idade indefinível, em um terno originalmente feito sob medida, mas que já não lhe vestia bem, os ombros caídos e o abotoamento frontal deformado nos pontos onde o homem havia se expandido e encolhido. Depois de a recepcionista avisá-lo pelo telefone, ele apareceu para falar comigo antes mesmo que eu pudesse sentar na sala de espera. Seus gestos eram cautelosos mas enérgicos, uma linguagem corporal que costumava ser levada a sério.

"Obrigado por me receber, sr. LaMaye."

Ele apertou minha mão, um aperto breve que me fez entender que estava preparado para escutar qualquer coisa que eu tivesse a dizer — o que não significava que estivesse interessado em engolir qualquer merda.

"Bem, estou aqui *para isso*", falou. "Escritório?"

Eu o segui por um corredor estreito que necessitava de um carpete novo e cheirava a batata frita. Em seu escritório, havia diplomas desbotados nas paredes, da Western Michigan e da Wayne State Law, duas cadeiras e um escrivaninha com uma pilha tão gigantesca de fichários e pastas entupidas de Post-it que ele teve de colocar a mão no topo para impedir que ela desabasse no meu colo.

"Então", ele disse assim que se sentou. "Em que tipo de encrenca você está?"

"Nem queira saber. Mas não estou aqui por minha causa, na verdade."

Ele não gostou do que ouviu e deixou isso claro ao colocar as duas mãos atrás da cabeça. "Não?"

"Bob Malvo foi um cliente seu há alguns anos."

"Malvo."

"Um professor. Condenado por..."

"Sei quem *ele* é. Estou esperando para saber o que você quer de *mim*."

"Estava imaginando se poderia me dizer onde ele está agora."

Ele deixou as mãos escorregarem de volta para a mesa, mas, sem achar um lugar para colocá-las, deixou que elas caíssem em suas coxas.

"Não tenho autorização para fornecer informações desse tipo sobre clientes", afirmou.

"Acredite, não sou um jornalista nem estou em busca de vingança ou qualquer coisa do gênero. Sou apenas da família."

"Família?"

"Sou irmão de Bob."

"Ele nunca disse que tinha um irmão."

"Ele não o faria. Sou do tipo 'perdido há muito tempo'. É por isso que quero encontrá-lo. Pedir perdão pelo que fiz e dizer que o perdoo pelo que ele fez. Recomeçar do zero. Entende?"

"Qual é o seu nome?"

"Nome?"

"Sim, sabe, as palavras no topo da sua habilitação."

"Danny. Danny Malvo."

"Danny e Bob."

Será que ele acreditava em mim? William LaMaye era um homem que ganhava a vida lidando com mentirosos, então acho que não.

"Muito esperto, o seu irmão", falou o advogado depois do que pareceu ser um longo tempo, ou pelo menos o que ele fez sentir ser um longo tempo. "O rei do papo."

"Ele era um ator."

"Ele *agia* como um ator. Entende o que eu digo?"

"Infelizmente, sim."

Se havia um humor cortês no seu tom de voz antes, o que ele disse a seguir não tinha a menor sombra disso.

"Ele ainda me deve parte dos honorários, sabe?"

Entreguei-lhe o envelope que eu havia recheado no caixa eletrônico. Seiscentos dólares. William LaMaye nem piscou para o montante, apenas contou, antes de abrir uma gaveta da escrivaninha e enfiar o dinheiro lá dentro.

Parecia que tudo havia acabado. Eu contribuíra para a conta judicial atrasada de Bob, mas nada viria do outro lado. Nós dois sentados ali, um de frente para o outro, pensando no que dizer a seguir. Havia sido um longo dia para ambos.

De repente, ele abriu uma agenda de capa de couro que estava na mesa. Folheou as páginas e, ao encontrar o que estava procurando, pegou um bloco. Rabiscou alguma coisa e arrancou a página. Jogou-a para mim.

"Isso nunca aconteceu", falou.

Só li o bilhete depois de entrar no carro.

Um endereço. Uma rua em uma área que eu sabia localizar de cabeça, mas que, durante toda a minha vida, nunca havia visitado, mesmo morando a pouco mais de um quilômetro dali.

Bob Malvo morava em Detroit.

CAPÍTULO 30

A zona leste de Detroit é ainda mais desregrada e desocupada que a desregrada e desocupada zona oeste, e McDougall-Hunt é uma área bem no coração da zona leste.

Fora para lá que William LaMaye havia me direcionado, mas não sei se ele fizera isso para que eu encontrasse o seu cliente ou para que perdesse a carteira, ou coisa pior. Não havia razão para eu confiar nele. Saber disso, no entanto, não me impediu de seguir em frente ao chegar à rua indicada, depois de atravessar uma área onde costumava haver outras casas, e encontrar aquela que eu procurava, sozinha no meio do mato, como uma fazendola em uma pradaria em Dakota. Na meia dúzia de construções ainda de pé naquela trecho de calçada arrebentado, era a única com uma luz na entrada. Uma única lâmpada de 40 watts, sob o bombardeio incessante de uma mariposa do tamanho de um saquinho de batatas fritas.

O que eu esperava que acontecesse ali? Bater na porta, perguntar ao sujeito se ele estava disposto a falar sobre a possibilidade de ser um assassino, além de um estuprador? Foi somente naquele lugar, naquele momento, que a loucura da minha expedição foi tristemente exposta, minha aparência ridícula no retrovisor, frustrado e esverdeado pela luz do painel. Foi uma luta para me convencer a estacionar a algumas centenas de metros do local, o único carro à vista, à frente ou atrás. Levei mais dez minutos para me convencer de que era naquela sombria rua-que-não-é-mais-rua que eu encontraria a salvação para a minha família.

Saí do carro e caminhei até a porta da frente. A noite estava quente, sem vento. Apesar dos amplos espaços entre as linhas assimétricas das casas ao longe, eu tinha a sensação de que não estava sozinho, de que meu carro limpo com o selo da locadora no vidro traseiro — que eu, de camisa polo e mocassins, saindo do automóvel — era um espetáculo do qual já haviam se dado conta. Um silêncio que vinha não de pessoas dormindo, mas de pessoas esperando.

A campainha não funcionava. Bater também não adiantou muito. Os nós dos meus dedos na madeira junto ao quadrado de vidro na porta absorviam o som.

Em qualquer outro lugar, seria de imaginar que não havia ninguém em casa. Aqui, uma casa às escuras não significava nada.

Tentei a maçaneta. Trancada por meio de inúmeros ferrolhos presos na parte interna.

Uma caminhada pelo lado externo da propriedade revelou janelas no andar térreo cobertas com jornais. Um quintal tão seco que nada, nem mesmo capim, crescia ali. À distância havia um largo retângulo, onde uma coluna de fumaça subia como um dedo médio erguido.

Olhei para cima. Uma sacada, sobre a porta dos fundos, que levava ao que imaginei ser o quarto do andar superior.

Uma entrada.

Mas apenas se eu conseguisse abrir a porta de correr. Se eu conseguisse subir ali sem quebrar o pescoço. Se mãos, ou dentes caninos, ou um tiro, não me empurrassem para baixo.

Eu já estava agarrado a uma das duas toras de madeira que suportavam a sacada quando vi o martelo.

Um martelo de bola, largado junto a uma lata de tinta enferrujada junto à porta dos fundos. A lata amassada, como se alguém tivesse se dado conta de que havia pego uma ferramenta sem uma ponta para erguer a tampa, mas que ainda tentara abri-la na marra. Quando isso não funcionou, essa pessoa desistiu, abandonando o martelo e a lata.

Peguei o martelo. Joguei-o para cima e tive sorte, pois ele aterrissou na sacada com um som metálico, como se houvesse encontrado um gongo lá em cima.

Lá estava eu de novo, atracado com o pilar, farpas me espetando através da minha camisa. Em determinado momento, balancei o corpo, segurando-me apenas com uma das mãos e a ponta de um pé, e pensei que ia cair de cabeça.

Mas fiquei firme. O movimento me permitiu alcançar o parapeito, e usei o impulso para me jogar por cima dele. Fiz o mesmo som de gongo que o martelo quando meu rosto atingiu uma bacia de aço, deixada ali como se para aparar a chuva.

Estava pronto para usar o martelo na maçaneta da porta da sacada, mas não foi necessário. Ela estava cerca de dois centímetros aberta.

Apesar do gongo, do martelo atirado e da queda do corpo terem sido o bastante para alertar qualquer pessoa acordada lá dentro que havia um intruso, puxei a porta de correr o mais silenciosamente que pude.

Nada saiu do escuro para me atacar. Até que algo me atingiu. Um ar mortiço de cecê, docemente nauseabundo, como um saco de laranjas podres.

Lá dentro fazia mais calor que do lado de fora. Uma quietude que desacelerava a capacidade tanto de se mover quanto de pensar, o que me fez listar uma série de observações sobre o quarto, em uma espécie de apático encadeamento lógico.

Nada de cama ou de móveis
o que significa que ninguém dorme aqui

o que significa que não há nada para ver aqui
o que significa prossiga, Danny

No corredor do segundo andar, três outras portas. Uma para um banheiro vazio. Uma para outro quarto também sem cama e sem objetos, o armário vazio exceto pelo que parecia ser um ninho feito de grama seca, páginas rasgadas de revistas e pedaços de uma fita que dizia É SEU ANIVERSÁRIO! no chão. A última porta se abria para outro quarto onde, pela aparência e pelo cheiro, alguém entrava para dormir.

Todos os quartos eram pequenos, mas aquele era o maior deles, com uma cama de solteiro (sem lençol, sem travesseiro, o colchão todo manchado de mofo) e um gaveteiro. Lá dentro, umas duas calças de moletom com RED WINGS escrito ao longo das pernas. Um solitário par de cuecas samba-canção com o logotipo da Major League Baseball. Três camisetas idênticas: todas GGG, todas com THE ROAR OF '84 — DETROIT TIGERS WORLD SERIES CHAMPIONS escrito na frente. O guarda-roupa de alguém que fez compras no saldão de uma loja de artigos esportivos.

Podia haver mais alguma coisa no armário, mas este estava fechado com cadeado.

Estava pensando em como poderia abri-lo quando senti o martelo nas minhas mãos. Eu o havia levado comigo de quarto em quarto, o tempo inteiro. Se eu o usasse nas travas de metal da moldura da porta, conseguiria arrombar o armário.

Ainda estava raciocinando o suficiente para decidir descer e, antes de qualquer coisa, verificar se havia alguém por ali.

Um corredor de entrada com o piso descolando e cocô de rato. Uma cozinha nos fundos, com uma geladeira desligada, cujas prateleiras não tinham nada além de rolos de papel higiênico. Uma sala de jantar com uma cadeira dobrável e um latão como mesa.

Era na sala de estar que estavam as coisas.

Uma mesa de centro com um cachimbo de vidro para crack, bolinhas de papel-alumínio e dois isqueiros descartáveis.

Um sofá cujas molas rasgavam o tecido. Sacos de comida e papéis de sanduíche — todos amassados, todos do Church's Chicken — atirados pelo chão, formando um arquipélago de papel.

Dois pensamentos me ocorreram enquanto eu respirava com dificuldade no ar quente e adocicado do número 3380 da Arndt Street.

Primeiro, quer aquele lugar pertencesse a Malvo ou a outra pessoa, eu havia acabado de invadir a casa de um estranho que fumava crack.

Segundo, estranhos que fumam crack *não gostam* que suas casas sejam invadidas.

E então seguiu-se a conclusão em câmera lenta: podia não haver ninguém ali, mas essa pessoa logo estaria de volta. Pois sobre a mesa, embrulhada em papel-alumínio, havia uma pedra pálida, ainda não usada. A única coisa de valor em todo aquele local fétido e caindo aos pedaços.

A não ser que houvesse algo no armário trancado a cadeado lá em cima.

Comecei a subir, mas tive de fazer três pausas para que meus batimentos cardíacos se acalmassem. Quanto mais próximo eu estava de desmaiar, o martelo ficava cada vez mais pesado na minha mão.

Estou perto, Ash. Estou tentando ajudá-la. Mas preciso que você me ajude.

No quarto, alinhei o martelo e as travas de metal. Para testar a trajetória, o ponto de contato. Então mandei ver.

Nada ocorreu, exceto a sensação de que meus dois pulsos haviam se quebrado. O que não me impediu de tentar de novo. E de novo.

Na quarta martelada, a madeira arrebentou. Os parafusos das travas saíram pela metade. Mais uma batida, e eles caíram no chão. Assim como o martelo, que joguei para trás a fim de abrir a porta.

Ash.

Recortes de jornais com resenhas sobre o desempenho dela em *South Pacific*. Todas as fotos da minha irmã publicadas no anuário do Dondero de 1989.

Junto com fotos que eu nunca havia visto.

Ash sentada no banco do carona do carro de Dean Malvo, com um sorriso estranhamente nervoso. O rosto dela em close-up, olhos fechados e lábios entreabertos, em uma pose lasciva que traía sua falsidade, como se lhe houvessem mandado fazer aquela cara. Ash nua. Sentada em um chão de terra, sobre uma toalha e olhando por sobre o ombro nu, estendendo as mãos para a pessoa que segurava a câmera, pernas escancaradas. O choque da sua pele. O ângulo malicioso da lente.

Ela não era a única.

Meg Clemens também estava pregada ali, mais para baixo, como se as imagens tivessem sido arrumadas em um formato de árvore, uma linha do tempo na qual Meg era a raiz e Ash, o tronco. Mais para cima, muitas outras garotas, como galhos e folhas. Todas mais ou menos da mesma idade, em poses semelhantes, ainda que mais ativas quanto mais perto do topo estavam, as demandas do fotógrafo ficando mais ousadas com o tempo, até que partes dele podiam ser vistas nas fotos também.

No chão do armário, uma caixa metálica, dessas usadas para guardar dinheiro. Mas não havia dinheiro ali. Bilhetes. A maior parte, folhas de caderno dobradas, mas também de blocos de anotações, fichas catalográficas, o verso de um cartão de melhoras. Alguns mostravam uma correspondência trocada por alguém que assinava "D." e outra pessoa que escrevia com uma letra de menina. Assinando "Ash" com um coraçãozinho em cima do *h*.

A letra dela.

A voz dela. Ou uma das vozes.

Mal posso esperar para ver você! Tocar você também. Só quero fazer você feliz. Você sabe disso, não sabe? Depois da noite passada, como não saber disso?

Você é o meu homem. Meu professor. (Você diz que não gosta quando eu lhe chamo assim, mas sei que gosta. Vou te mostrar amanhã. Vou te mostrar...)

Por favor, diga que esses ensaios estão ACABANDO*! Adoro a peça, mas estou* TÃO *cansada de ver você todo dia e não ser capaz de tocar, ou de beijar você. Vamos ter isso logo, não é? Podemos ter nosso Alfred sempre que quisermos...*

Isso revelava muita coisa. Um código. Um lugar que havia sido transformado tanto em substantivo quanto em verbo.

Quer Alfredar depois da escola?

Vamos nos encontrar para um Alfred.

Esta garota precisa do Alfred dela!

"Vire-se."

Era uma voz que comia um pouco as palavras, chapada mas bastante alerta. De certa forma, sua ordem tanto ameaçava quanto fazia uma concessão, como se ele esperasse há muito tempo por aquele momento e agora precisasse cumprir os atos que lhe eram exigidos.

Quando, de joelhos, fiz um semicírculo, vi que Malvo segurava o martelo. Este roçava contra sua perna. Ele o apertava com tanta força que as falanges estavam brancas.

"Você é um dos pais?", perguntou. "Um tio ou algo parecido? Ou um deles contratou você?"

"Você acha que estou aqui para machucá-lo."

Ele me olhou de cima a baixo, procurando por uma arma. "Um bocado de gente quer fazer isso."

"Eu também quero."

"Mas é você que está de joelhos."

Ele era maior do que eu esperava. De ombros largos e peitorais malhados. Ele usava a quarta camiseta THE ROAR OF

'84 — DETROIT TIGERS WORLD SERIES CHAMPIONS e calças verdes de cirurgião, ambas tão largas que, quando ele se movia, levava um segundo para as roupas irem atrás.

"Como você conseguiu guardar todas essas recordações?", falei, fazendo menção de levantar, mas ele ergueu o martelo e fiquei quieto. "Achei que eles teriam confiscado tudo isso antes de o mandar para a cadeia."

"Depósitos de aluguel. Você tem ideia de como essas merdas são *baratas*?"

"Para que guardar isso?"

"Minha memória não é mais a mesma."

Ele expirou. Soprou o ar pelos lábios, e seu cuspe respingou na minha cara.

"Você vai me deixar ir embora?"

Tentei evitar que isso soasse como uma súplica, mas não consegui. Só que ele nem ouviu. Sua boca se escancarou, revelando dentes podres e gengivas pretas.

"Você é o irmão. O gêmeo", falou. "Ela sempre disse que você ficava com as sobras."

"Você estuprou a minha irmã."

"Isso soa tão *injusto*. E, como mencionei, minha memória anda meio nebulosa em relação aos detalhes. Mas vou lhe dizer uma coisa. Ela me *arruinou*. Depois que a gente prova uma frutinha tão doce, o resto precisa de uma dose extra de açúcar. Entende o que eu digo?"

Nada havia mudado no rosto dele, mas estava claro que, naquele momento, o que Malvo pretendia fazer era esmagar meu crânio com o martelo. Podia acontecer sem aviso. Ele não pensava mais, apenas agia, um conjunto nervoso de impulsos. Como os homens que haviam invadido a casa de Willa e Eddie. Como Ash. O erro era tentar encontrar a humanidade neles, a fronteira entre o que eles poderiam fazer e o que nunca fariam, e, enquanto você estava procurando, eles desciam o martelo na sua cabeça.

"Você as matou?", falei, minhas mãos se agitando diante do meu rosto em um reflexo de defesa.

"Você talvez precise explicar..."

"Você enterrou Meg no porão daquela casa? Você tentou fazer a mesma coisa com Ash, mas algo deu errado e a prendeu lá embaixo, em vez disso? Começou o incêndio? Você matou minha irmã?"

Você me matou?

A figura de Malvo estava sobre mim. Não que hesitasse. Estava recordando.

"Ela era uma atriz extraordinária", falou. "Metade do tempo, eu não sabia nem que papel ela imaginava estar interpretando. Vítima. Chupadora de pau. Louca. Ingênua. Atuações fantásticas, todas elas. Demorei para perceber que *aquela não era para valer! Nem aquela outra! Ou a outra! Nenhuma delas era.*"

Ele distraidamente ergueu o martelo na altura dos ombros. O cabo de borracha escuro de suor. A bola na cabeça do martelo.

"Eu desisti depois daquela garota", ele disse, descendo seu olhar até o meu rosto. "Nunca mais atuei depois de foder a sua irmã. Tudo o que me restou foi foder outras irmãzinhas."

Eu sei que ele disse isso — outras irmãzinhas — porque eu ouvi as palavras. Mas havia outra coisa acontecendo no instante em que ele as pronunciava. Algo que eu estava fazendo. Eu havia me jogado sobre as pernas de Bob Malvo, abraçando suas panturrilhas. Arrancando-o do chão. Gritando quando o martelo atingiu o meio das minhas costas.

Depois foram unhas, punhos e dentes.

Um nauseante guincho animal no momento em que o martelo achou o caminho até a minha orelha. O polegar de Malvo no meu olho, tentando empurrá-lo para o fundo do crânio.

Eu estava ciente de tomar algumas decisões. Morder o queixo não barbeado dele. Pinçando uma artéria, ou tendão, ou alguma outra coisa macia e parecida com uma corda, que o fez arquejar. Ajoelhar sobre o punho dele, fazendo com que os dedos em torno do cabo do martelo se abrissem.

O martelo caiu no carpete.

Definitivamente havia sangue nele. E definitivamente era meu.

O sangue fez com que meus dedos grudassem no cabo. Isso manteve minha mão no lugar certo por tempo suficiente para que eu o balançasse no ar como um pêndulo, acertando a mandíbula de Malvo no caminho.

Em parte por causa do asco que me causou o som que o osso fez ao quebrar — um dos ossos do *rosto* dele —, em parte por causa do meu próprio sangramento, o martelo escapuliu das minhas mãos, dando uma cambalhota antes de aterrissar, com um suspiro, na cama.

Se fosse eu no chão, de mandíbula quebrada e mordido, estaria acabado. Mas parecia que Malvo não sentia nada. Foi como se apenas acordasse.

Ele me derrubou no chão. E me afastou com um tabefe dado com as costas da mão. Com a outra, alcançou o martelo na cama.

Como ele consegue se mover tão rápido?

Um ponto do meu cérebro achou essa pergunta genuinamente interessante. Outro ponto se deu conta de que permanecer onde estava significava dar tempo para que ele pintasse as paredes com o que estava dentro do meu crânio.

Eu estava de joelhos no quarto. E, de repente, me movi.

Para o corredor. Batendo contra uma parede. No quarto vazio pelo qual havia entrado.

Abri a porta de correr da sacada.

Eu me joguei.

E me afastei da casa aos trambolhões. Uma das mãos sobre a barriga, a outra estendida à minha frente. A pose de um jogador de futebol americano dos anos 1950, protegendo a bola enquanto corre para atacar a linha do gol.

Não sabia se Malvo estava atrás de mim ou não. Não olhei para trás.

Escancarei a porta do motorista e enfiei a chave na ignição.

Botei um pé sobre o outro e apertei o acelerador com toda a força que consegui.

CAPÍTULO 31

Dirigi pela noite por ruas das quais eu ouvira falar, mas pelas que nunca havia passado sozinho. Gratiot Avenue. Conant Street. Mound Road. Os sinais de trânsito piscando, todos dizendo *vá, vá, vá*.

Mas não era possível voltar ao hotel e dormir — não depois do que eu havia descoberto. Porque não bastava que eu soubesse. Ash também precisava ver.

E exatamente o que eu sabia?

Que Dean Malvo era um monstro encantador e vazio, que decidiu ser professor substituto pelo acesso que isso lhe dava, e de teatro pelos papéis que ele achava mais úteis. Dean Atencioso. Dean Sexy. Dean Namorado. Dean Paizinho.

E o que mais? Ele fora preso por apenas uma parte do estrago que havia causado. Porque ele tirara duas vidas em Royal Oak. Malvo assassinara Meg e Ash para evitar que elas revelassem o que ele era, queimara uma casa vazia no centro com os ossos de Meg e uma Ash ainda viva lá dentro — a mesma casa para onde ele havia levado as duas, tirado fotos delas, as primeiras peças do que, ao longo dos anos, haviam se transformado em uma imensa coleção de lembranças — e escapara impune.

Isso se encaixava. Fazia sentido.

Mas não respondia a todas as perguntas que eu me fizera vagando pelos campos escuros de Detroit.

Se havia sido Malvo que provocara o incêndio, Ash não saberia disso?

Talvez ela não tivesse visto quem a trancara no porão.

Talvez ela não pensasse que ele era capaz disso.

Talvez ela precisasse de provas.

Talvez soubesse que era ele, mas queria vê-lo pagar por isso.

As fotos, cartas e todo o resto que ele guardava naquela caixa serviriam para isso. Para mostrar que ela não havia sido a única. Isso convenceria tanto Ash quanto a polícia. Certamente seria o bastante para fundamentar as acusações de homicídio e encerrar um caso enervante. Malvo cumprindo pena até o fim da sua vida, e aí então sua verdadeira punição começaria.

O problema era: eu não tinha a caixa.

Em algum momento, depois de centenas de curvas aleatórias, me perdi — e não estava nem um pouco preocupado em me achar. As casas meio tombadas, os carros apoiados em blocos de concreto, as quadras cercadas por muros em ruínas, a inexplicável frequência de barcos, cobertos de lona e enferrujados, em lotes onde não havia mais nada — uma procissão monótona que se dava fora do alcance dos faróis.

Só parei depois de acertar uma gangorra.

Cochilei ao volante e avancei para cima da calçada e pelo que um dia deveria ter sido o quintal de alguém, mas que hoje não estava nem na frente nem nos fundos de nada. E, no meio desse nada, os resquícios de um parquinho. A barra metálica sobre um eixo, um assento vermelho em cada extremidade. Tudo isso desabado na ponta do meu capô amassado.

Voltei para a rua, dei mais algumas voltas e estacionei. Depois me assegurei de que todas as portas estavam trancadas. Deixei meus olhos se fecharem.

Parecia que não haviam se passado nem dois minutos quando ouvi as batidas.

Um metal rígido contra a janela do motorista. Um cano. Uma lâmina. A ponta de uma arma.

Tap, tap, tap.

O objetivo era me acordar. Então fingi que continuava dormindo.

Tap, tap... CRACK.

Abri os olhos ao mesmo tempo em que me afastei da porta. A amedrontada expectativa do fim de tudo, que eu sabia ser apenas o começo de outra coisa.

Lá estava a teia de aranha de rachaduras na janela, prateada e fina. O que eu ouvi tinha peso. Queria entrar.

Não estava mais lá.

Verifiquei todas as janelas. Um horizonte noturno. Nenhum rosto à vista, nenhum vulto. Nenhum veículo, além do meu, estacionado ao longo da rua, que lembrava mais uma estrada rural, ladeada por um mato tão alto que poderia ser a plantação de um fazendeiro, pronta para a colheita.

Houve tempo para que alguém atravessasse a rua correndo e se escondesse em um desses campos? Não. Mas talvez o tempo tivesse sido suficiente para sair da vista. Para se espremer embaixo do carro. E ficar à minha espera.

A coisa mais inteligente a fazer era ligar o carro e partir. Seguir em frente, mesmo que eu atropelasse alguém que estivesse embaixo de mim.

Então, tentei ser inteligente. Mas não ajudou o fato de o motor não pegar.

Liguei quatro vezes, pisando no acelerador, a bateria falhando. Na quinta tentativa, nem houve energia suficiente para que o painel mostrasse a hora.

A hora da morte.

Fazia tanto tempo que eu não ouvia a voz de Ash na minha cabeça que quase agradeci. Só me contive por saber que, se ela estava ali, se ela havia vindo testemunhar o que ia acontecer a seguir, não podia ser algo bom para mim.

Destravei a porta. Abri-a com um pontapé.

Quando, no instante seguinte, ninguém me atacou, atirou em mim ou me apunhalou, saí do carro. Eu me inclinei para olhar embaixo. Dei uma volta e escancarei o porta-malas, para me certificar de que não havia nada escondido ali.

Então me lembrei do celular. Enquanto houvesse barrinhas aparecendo naquela coisa, eu poderia ligar para a polícia e ficar esperando a chegada da cavalaria. Naquele lugar ermo, podia levar algum tempo. Um cara que não sabia onde estava dizendo estar encolhido em um carro estacionado, enquanto alguém tentava quebrar tudo para entrar? Podia levar uns dois dias para eles aparecerem. Ou podiam nem aparecer.

De qualquer maneira, valia a pena tentar. E agora, parado ali fora, o interior do Impala parecia bastante acolhedor.

Entrei. Tranquei a porta.

Ao inspirar, senti o cheiro.

Perfume, terra e carne estragada. Opressivo e próximo.

Por que não me deixa dirigir um pouco, Danny?

A mão dela ao volante. Puxando com força para a direita, assim como havia feito para jogar Willa e Eddie no rio Charles. Para me mostrar que havia sido ela. Como havia agido. E como poderia agir de novo se quisesse.

A mão se deslocou para mim. Os dedos queimados aterrissando úmidos e ossudos no meu queixo. Puxaram minha cabeça para que eu olhasse para ela. A escuridão tão densa que apenas o branco dos seus olhos e o brilho do sangue coagulado eram visíveis.

Ele está esperando...

Dei um tapa no braço dela. E, de repente, desabei para fora do carro, atingindo a rua com a lateral do meu corpo. A mesma orelha que havia recebido um golpe de martelo mais cedo acertou o concreto, o que fez soarem novos clarins de dor.

Quando rolei sobre meu corpo e olhei para o carro, Ash não estava mais lá. A porta do carona estava escancarada, como se ela houvesse saído correndo para o terreno além do meio-fio. Não que eu tivesse a intenção de procurá-la.

Então olhei para o outro lado. Do ponto de vista da calçada, em linha reta com a rua.

E vi que havia voltado para onde tudo começara. Arndt Street. A casa de Malvo a algumas centenas de metros, a lâmpada da entrada ainda com sua luz fraca, ainda um sol para a mariposa em sua órbita.

Depois de rodar pelo leste de Detroit por metade da noite, eu havia estacionado aqui, apagado aqui, fora acordado pela minha gêmea morta aqui.

Por que não me deixa dirigir um pouco, Danny?

Desta vez, ao caminhar para a porta da frente, eu tinha certeza de que ia encontrá-la aberta.

Eu sabia que ninguém estaria sentado no sofá da sala de estar, que a pedra de crack estaria no mesmo lugar, dentro do papel-alumínio, o cachimbo intocado. A cozinha vazia, os rolos de papel higiênico com um brilho verde dentro da geladeira.

Mas havia alguém ali.

No segundo andar. Aonde eu precisava ir.

Para onde eu estava indo. Pensando em Willa e Eddie. Eu me esforçava para torná-los o mais presentes possível, para que eu pudesse subir mais um degrau na escada, e mais outro. Não havia motivo antes para encarar o horror diretamente, apenas o impulso de obedecer. Era por isso que Ash havia me mantido do mesmo jeito por tanto tempo, para que eu me convencesse de que não tinha escolha. Mas sempre há uma escolha. Havia *isso*: entrar nas trevas sabendo que algo estava à minha espera lá. Então, enquanto a ideia deles permanecesse comigo, eu poderia erguer meu pé e encarar as sombras do segundo andar. Eu poderia fazer algo além de me esconder.

Mesmo na escuridão do quarto de Malvo, eu podia ver os respingos de sangue pelo chão. O armário aberto, a caixa no mesmo lugar onde eu a abrira. As fotos fazendo um tabuleiro de xadrez nas paredes do guarda-roupa.

Mas o martelo não estava mais lá.

Procurei nos outros dois quartos. Iguais a como estavam antes. A porta de correr, pela qual eu saíra em disparada, ainda aberta, uma lufada de ar vindo de fora e retrocedendo, como se sentisse nojo do cheiro lá dentro.

Só restava o banheiro.

A porta estava entreaberta. Pude passar sem encostar nela e dar uma espiada na banheira, no canto da privada.

Nada.

Mas havia um som. O murmúrio de algo deslizando no chão.

Girei e vi a porta do banheiro se fechando. O som vinha dos dedões descalços de Bob Malvo, que deixavam uma trilha visível na poeira. A extensão elétrica que ele havia amarrado na maçaneta da porta e no próprio pescoço, deixando sua cabeça na mesma altura da minha, de modo que seu olhos arroxeados pareciam me pedir socorro. Seus lábios estavam inchados. Suas mãos eram luvas de forno enegrecidas, pairando na altura dos seus genitais.

Eu quero mostrar uma coisa.

Tirei as fotos das paredes do armário e enfiei-as na caixa, junto com os recortes de jornal e os bilhetes. Peguei a caixa de metal com as duas mãos, aninhando-a contra meu peito como um bebê que eu estivesse salvando de um incêndio. Desci as escadas, saí, deixando a porta aberta atrás de mim, sem saber se isso era ou não uma boa ideia.

As portas do carro continuavam abertas. Ash poderia ter entrado quando eu estava na casa. Ou qualquer outra pessoa.

Nada disso me impediu de pular no carro, largar a caixa no chão, em frente ao banco do carona, e trancar as portas. Quando girei a chave na ignição, o motor pegou com o rugido habitual. Devagar no acelerador. Um movimento leve em direção à linha rosada da aurora.

Desta vez, ao chegar à Alfred Street, fiz a curva.

— OS —
CONDENADOS
ANDREW PYPER

CAPÍTULO 32

A casa ainda estava de pé.

Os tijolos enegrecidos pelo fogo, o telhado revestido, de maneira improvisada, com placas de compensado, os alicerces escorados por vigas de aço apoiadas em uma parede lateral. Teria sido muito mais fácil deixar tudo desabar, mas alguém havia feito um esforço mínimo para que isso não acontecesse. Uma placa presa à cerca explicava o motivo em parte. INDICADO COMO SÍTIO HISTÓRICO. Mas não informava que história havia ocorrido ali para que valesse a pena manter o local.

Aquela quadra da Alfred Street era apenas uma entre cinco mil quadras residenciais abandonadas em Detroit e, à primeira vista, parecia igual a todas as outras. Os amplos espaços entre o que sobrara das estruturas que lá existiam, os toques surreais de um quadro de Dalí — uma pilha de placas de imobiliárias que silenciosamente gritavam VENDE-SE, um manequim pelado apoiado contra um muro, o braço estendido como em um convite. O que havia de diferente na rua era que as casas eram mansões, ainda mais assustadoras na sua grandeza perdida.

Há menos de cem anos, as pessoas mais ricas do Meio-Oeste moravam aqui, mantinham seus cavalos brilhantes em estábulos nos fundos das residências e estacionaram os primeiros automóveis a serem fabricados junto às suas calçadas.

Elas estão todas mortas agora.

Era facílimo abrir uma brecha na cerca e se espremer por ela. Atravessei o mato, que chegava até a minha cintura, até os degraus do amplo pórtico, onde, mais uma vez, entrar mostrou-se fácil. Alguém, antes de mim, havia trabalhado com um pé de cabra nas tábuas que lacravam a entrada, fazendo desta uma porta com dobradiças que podia ser aberta e fechada, escondendo qualquer prova de invasão.

O que significava que era por ali que eu ia entrar.

O que também significava que poderia haver outras pessoas lá dentro comigo.

Estava escuro, mas havia raios de luz aqui e acolá. Isso me permitiu avançar, arrastando os pés e abrindo caminho por entre latas enferrujadas, jornais molhados e dejetos, tanto de animais como de humanos.

Nada ali me era familiar, ainda que fosse o local onde tudo havia mudado para mim. Exceto o cheiro. O odor acre de carbono, madeira queimada e produtos químicos usados em outros incêndios depois do nosso. Os lugares perto dali foram todos incendiados nas Noites do Demônio, as orgias de incêndios provocados que se espalhavam pela cidade na véspera do Dia das Bruxas. Mas esta casa permanecia de pé. Uma cripta. Uma guardiã de segredos.

Assim como eu. A caixa metálica nas minhas mãos dobrando de peso à medida que eu andava pela casa.

Se era isso o que Ash queria, como eu deveria fazer a entrega? Se era para a polícia que eu deveria entregar a caixa, como fazer isso sem imediatamente me transformar no principal suspeito da morte de Malvo (sem falar na de Ash, visto que meu nome provavelmente ainda estava no topo da lista)? E havia ainda a pergunta que surgia cada vez que voltava à lembrança o rosto inchado e cor de ameixa de Malvo: que diferença isso fazia agora?

O que havia me levado até a casa era a ideia de que, assim como com qualquer detetive que encontrou a resposta à pergunta do cliente, era hora de apresentar minhas descobertas.

Evitei, no último momento, cair em um buraco. Um quadrado negro por cima do qual meu pé pairou antes de eu puxá-lo para trás.

De joelhos, coloquei a caixa junto ao buraco no chão. Simplesmente deixá-la ali não parecia o bastante. Não há uma regra segundo a qual, com fantasmas, é preciso fazer um discurso? Uma invocação? Se era necessário um feitiço para fazer com que a bruxa voltasse para a sepultura, eu precisava das palavras certas para enterrá-la.

Eu queria dizer *Aqui está*, mas, em vez disso, falei: "Sinto muito".

Porque eu sentia. Sentia pelo que havia sido feito a ela, apesar de tudo que ela fizera a seres inocentes. Eu não a perdoava — nunca a perdoaria. Mas sentia muito por seja lá o que fosse que ela houvesse visto do outro lado quando nasceu, assim como sentia muito por não ter conseguido puxá-la para cima, ou mostrar que eu estava pronto para morrer por ela porque ela era minha irmã, sangue do meu sangue.

"Foi o professor", falei para a casa vazia. "Está tudo aqui. Você e todas as outras garotas. E Meg. Foi Malvo. Foi ele."

Fiquei à espera de uma resposta, que não veio. No entanto, havia alguma coisa que respirava no mesmo ritmo que eu. Alguma coisa na casa. Ou a própria casa.

"Agora preciso lhe pedir uma coisa", prossegui. "Você tem de deixá-los em paz."

Silêncio.

Nem a respiração havia mais.

Tive a sensação de que, se olhasse por sobre a borda do buraco para o porão, eu a veria ali. Mas não olhei.

Parei em uma loja de artigos eletrônicos na 7 Mile Road e comprei um celular pré-pago. Liguei para a polícia de Detroit e pedi ao sujeito que atendeu para anotar algumas coisas. Os nomes de Bob Malvo, Meg Clemens e Ashleigh Orchard. O endereço na Arndt, o endereço na Alfred. Instruções sobre onde encontrar uma caixa metálica, em um canto do que costumava ser a sala de estar, uma caixa com provas de que Malvo era o assassino delas, assim como de provavelmente outras garotas desaparecidas em diversas cidades de Michigan nos últimos vinte anos.

Quando acabei, atirei o celular no acostamento da I-94, enquanto dirigia por ela.

Então peguei o meu celular. Liguei para Willa.

"Danny?", ela disse ao atender. "Tenho boas notícias."

"Eu também. Você primeiro."

"Eddie vai voltar para casa. Você acredita? Os médicos dizem que ele está melhor do que esperavam e que pode ser monitorado por mim tão bem quanto por eles — não faço outra coisa no hospital, de qualquer jeito. Ele vai voltar para *casa*, Danny!"

"Isso é ótimo", falei, mas não saiu nada além de um gemido choroso.

"Que foi?"

"Eu disse que isso é maravilhoso para caralho!"

"Ele está louco para ver você, sabe?"

"Eu também."

"E então, qual é a sua novidade?"

"Vou lhe contar pessoalmente esta noite", falei. "Também estou voltando para casa."

No aeroporto, eu me sentei para fazer a primeira refeição propriamente dita desde o café da manhã, há dois dias. Fajitas e cerveja gelada em um restaurante mexicano, tão gostosas que eu pedi outro prato quando ainda estava na metade do primeiro, só para garantir. Minha única preocupação era como encurtar a viagem entre o aeroporto e a praça Porter depois da aterrissagem. Talvez eu pudesse pedir um assento mais perto da porta quando estivesse embarcando. Ou reservar um carro, para que houvesse um veículo à minha espera em vez de enfrentar a fila do táxi.

Enquanto eu comia, tive uma vontade tão súbita de rir que cobri a boca com um guardanapo. Eu havia me lembrado da cara do sujeito da locadora de carros quando ele foi olhar o Impala, o mesmo funcionário que estava no balcão quando eu havia chegado em Detroit. Ele caminhou em torno do carro, observando o capô amassado, a janela do motorista toda espatifada e as calotas ausentes (o que eu não havia visto).

"O seguro foi inventado por uma razão", disse ele, apoiando-se na lateral do carro, e, num timing perfeito, o para-choque dianteiro caiu.

Meu segundo jantar havia chegado. Eu poderia tê-lo atacado, mas estava na hora de ir para o portão de embarque. Mesmo assim, levaria apenas um minuto para ver se eu poderia alugar um carro. Peguei o celular e ia começar a busca por aluguel de automóveis em Logan quando o aparelho vibrou na minha mão.

Não era uma mensagem de voz ou de texto. Era o aplicativo de segurança da casa que eu instalara antes de sair. Preenchendo a tela com a imagem ao vivo do meu corredor de entrada.

De início, parecia ser uma falha ou algo do tipo. Não havia nada para ver. Nenhum alarme com que se preocupar.

Estava prestes a desligá-lo quando a porta se abriu.

Uma faixa estreita de escuridão se infiltrou pela borda da madeira, ampliando-se milímetro a milímetro.

E um alerta passando na parte inferior da tela.

...Entrada não autorizada... Entrada não autorizada... Entrada não autorizada...

Ash entrou. Usando o mesmo avental listrado com que aparecera no hospital. Olhou diretamente para a câmera. Para mim.

E acenou.

— OS —
CONDENADOS
ANDREW PYPER

CAPÍTULO 33

Liguei insistentemente para Willa enquanto corria para o portão de embarque. Deixei duas mensagens na secretária eletrônica do telefone fixo. Dei ok para um chamado de emergência no aplicativo, a fim de denunciar uma invasão a domicílio em andamento. Mandei três SMS nos intervalos.

SAIA AGORA!

Ela está DENTRO DE CASA

estou falando sério.

E então meu voo estava sendo chamado, as portas estavam se fechando, o sistema de som anunciando a última chamada para o *sr. Orchard, sr. Daniel Orchard.* Pensei em ficar ali mesmo, para continuar ligando para ela, tentando fazer algo antes de ser desconectado. Mas eu sabia que a única coisa que podia fazer era tentar eu mesmo deter Ash, e isso não podia ser feito de Detroit, então corri para a porta e me enfiei lá dentro, ocupei minha poltrona sob o olhar curioso dos demais passageiros, todos olhando para mim.

Aquele período de uma hora e quarenta e oito minutos, atravessando a noite entre Detroit e Boston, foi o mais longo da minha vida, e incluo aí minha infância com Ash. Incluo até o próprio Inferno.

Meu coração adicionou uma nova dor ao repertório, um peso esmagador que pressionava as costelas com toda a força. Mais de uma vez pensei que não conseguiria reprimir um grito, achei que começaria a chutar a poltrona da frente ou arrancaria as máscaras de oxigênio do teto, e teríamos de aterrissar em Buffalo ou Albany para que eles me tirassem algemado do avião. Eu precisava ficar calmo até chegar lá. E então precisaria estar preparado para — para quê? Virar a mesa. Estava cheio de ficar imaginando o que Ash queria. Esse foi o único motivo de eu permanecer sentado a viagem inteira. Maquinando sobre todas as maneiras pelas quais eu poderia fazer com que ela, pela primeira vez, sentisse *algo*.

Assim que aterrissamos, peguei de novo o telefone. Várias mensagens surgiram. Ignorei todas e liguei para Willa antes mesmo de pararmos junto ao portão.

Tocou quase uma dezena de vezes antes que ela atendesse. Sua voz estava rouca. Ao fundo, o som de campainhas eletrônicas, um abafado ambiente institucional.

"Ah, *Danny*. Meu Deus. Isso... *Jesus*..."

"Calma, querida. Tudo bem?"

"...caralho, isso *não pode* estar acontecendo..."

"Apenas me diga onde você está."

"No hospital."

"Eddie?"

"Ele estava *bem*. Tudo estava *bem*. Eles não conseguiam acreditar em como ele estava melhorando. Então disseram que poderia ir para casa, e você devia ter *visto*... Eddie ficou tão feliz. E aí voltei para o quarto dele, levando algo para ele comer, e..."

"E o quê?"

"Ele *havia partido*, Danny."

Um uivo. Era a única maneira pela qual eu poderia descrever o som que produzi, alto e inesperado, que interrompi pressionando a boca contra o meu ombro.

"Willa", falei quando fui capaz, a comissária de bordo abrindo a porta do avião e todos levantando e disputando a bagagem no compartimento superior. "Como assim, partido?"

"Estava dormindo, mas sem dormir. Eu tentei. *Tentei*. Mas não consegui acordá-lo!"

"Em coma. É isso?"

"Eles não estão usando essa palavra. Mas é o que parece."

Os passageiros se arrastavam pelo corredor e pela porta. Cada um que passava olhava para mim, o motivo de preocupação na segunda fileira que eles, com muita satisfação, estavam deixando para trás.

"Vi as mensagens que você mandou", disse Willa.

"Foram tarde demais. Me desculpe."

"Como você soube que era ela?"

"A câmera de segurança. Eu a vi. Entrando na casa."

"Foi ela que fez isso com meu filho?"

"Sim."

"Mas você tinha dito que estava tudo bem. Que você havia resolvido tudo..."

"Pensei que sim. Devo ter me enganado. Ou talvez resolvi, e isso não faz a menor diferença."

"Se ela fez isso, o que vai impedir que ela... que ela volte? Que o leve embora? Se ela pôde entrar na nossa casa, também pode entrar no hospital, certo?"

O avental listrado do hospital. Mostrando para onde ela iria a seguir.

"Estarei aí assim que puder."

"Danny, o que nós vamos fazer?"

O avião estava vazio: só sobrara eu. A comissária de bordo me observava, um olhar que dizia que ela estava habituada a malucos que precisavam ser retiradas da lata de sardinhas no fim do dia.

Mas eu já estava me levantando por conta própria. Correndo para o terminal, ultrapassando os outros, em um ímpeto só até a placa de TRANSPORTE TERRESTRE, que acendeu um novo fogo no meu peito, de forma que eu não poderia responder à pergunta de Willa nem se soubesse o que dizer.

Imagina-se que um ataque cardíaco vá doer mais no local exato onde está o seu coração. No entanto, ele pode aparecer em qualquer lugar: ao longo da perna, na nuca, uma pancada por trás dos olhos. Experimentei alarmes nessas três versões enquanto o táxi entrava no túnel Callahan, indo da parte leste de Boston para o centro, as lâmpadas fluorescentes piscando alucinadamente enquanto disparávamos através da terra.

Daí emergimos para a cidade à noite, o motorista costurando pelas ruas antigas, projetadas para carruagens, furando os sinais em busca dos cem dólares extras que eu lhe havia prometido caso chegássemos rapidamente.

Estávamos perto agora. A dor retrocedeu como um rato quando a luz do carro se acendeu.

"Que *tal*?", perguntou o motorista, com um sotaque pesado de Dorchester, quando paramos na porta do hospital.

Dei a ele todo o dinheiro que eu tinha.

Willa não encostou em mim.

Eu não esperava por um abraço, um beijo ou qualquer outra coisa — não sei o que eu estava esperando —, mas a maneira pela qual ela pulou para trás quando me viu, uma aversão instintiva ao portador de uma doença, fez com que eu me afastasse também. Não precisava de um espelho para saber como ela me via: sujo, de olhos vidrados, com a ansiedade de um caso terminal. Condenado.

Ficamos de pé no corredor junto ao quarto de Eddie e levamos alguns minutos para nos recuperarmos. Não como amantes, não como marido e mulher, mas como adultos com um problema. O mínimo de controle, a fim de conseguir falar. Ela me contou que o coma de Eddie havia sido confirmado, que os médicos estavam intrigados sobre como isso acontecera, sendo que um havia dito que parecia que "alguém tinha entrado nele e apagado a luz". Eu lhe contei sobre minhas descobertas em Detroit e sobre como eu deveria ter me enganado ao pensar que encontrar a verdade faria com que Ash parasse, que eu errara ao pensar que era a verdade que ela estava procurando.

Ficamos olhando um para o outro. Eu chegava à conclusão de que era impossível dizer-lhe como lamentava por tudo, enquanto Willa tentava não enfiar a mão na minha cara.

"Posso vê-lo?", disse, por fim. Pedindo permissão. A fantasia de que eu era o pai dele, quase o pai dele, destruída por aquelas palavras.

"Ele amava você, sabia?", disse Willa, levando um pouco mais de tempo do que o necessário para se corrigir. "Ama você."

Eu conduzi Willa. Minha felicidade em forma de mulher, baixinha, provocante e decidida. Ela fora minha por um tempo que eu imaginara breve, mas que agora me parecia não ter existido.

Ele não era meu filho. Era um garoto que eu estava começando a conhecer. Alguém que havia vindo no pacote, nós dois conectados por circunstâncias em comum, expectativas baixas e regras básicas não expressas. Isso, porém, não me impediu de ficar contente ao ver que a porta estava fechada e que não havia ninguém no quarto além dele, deitado na cama, em uma confusão de tubos de oxigênio e eletrodos para monitoramento, e acabei por dar vazão à dor.

Sob o lençol branco estava o mesmo garoto sardento, de orelhas de abano, mas ele não estava lá da maneira que realmente conta. Pode-se *sentir* isso: o vazio da vida mantida artificialmente, seu desejo de estar neste mundo tendo o peso de um facho de luz no meio da neblina.

Seus olhos estavam fechados, mas notava-se um movimento por sob as pálpebras. Tenho certeza de que era apenas algum tipo de piloto automático corporal, não uma indicação de consciência, mas era como se ele soubesse que eu estava ali. A estranha sensação de ser observado por trás, exceto que era por alguém deitado na sua frente.

Segurei a mão dele. Disse que o amava. Que eu não havia sido totalmente honesto ao dizer que não queria substituir o pai dele, porque parte de mim queria isso desde o começo, uma parte que crescia a cada dia que passávamos juntos. Nunca dissera isso a ele porque não queria assustá-lo e porque estava feliz em apenas ficar por perto, aprendendo como a confiança pode ser construída entre dois seres machucados pela desconfiança e pela perda.

Eu lhe disse tudo isso. E então lhe disse algo mais.

"Vou encontrá-la, Eddie. Vou mandá-la de volta, para que nunca mais machuque você ou a sua mãe. Você tem de aguentar firme. Pense apenas nisso. Concentre-se nesse fato."

Ele me ouviu. Não havia nada que indicasse isso, nenhuma pressão reveladora ou tentativa de falar, mas eu sabia que o menino me escutara. Eu havia estado onde ele estava agora. Você pode ver e ouvir um bocado quando está nesse patamar intermediário. Algumas coisas puxam você de volta, outras o empurram para a frente.

Cheguei perto o bastante para que ele, além de ouvir minha voz, pudesse senti-la.

"Seja lá onde for que ela mantém você, vou fazer com que ela o solte."

Depois eu voltei a deixar minha coluna reta, enquanto ainda conseguia. Soltei a mão de Eddie e fui para o corredor.

Willa não estava lá. Talvez na sala de espera ou no banheiro. Fui para o outro lado.

Você não pode empurrá-la de volta para onde ela deveria estar, não daqui.

Desci de elevador até a entrada, e de lá entrei na noite pantanosa que tinha um leve odor de maresia. Respirei fundo. Tentei me lembrar disso também. A simples entrada e saída de ar, negligenciada e miraculosa.

Ela só pode ser puxada.

E isso não poderia ser feito deste lado.

Corri.

Uma arrancada completa, ou o mais perto disso que meus joelhos permitiam. Em disparada pela lotada Cambridge Street, quase atropelado por um carro que pisou no freio com tanta força que nem teve tempo de apelar para a buzina. Pelas ruas estreitas de Beacon Hill, lutando com as ladeiras e paralelepípedos escorregadios, sem pensar em que caminho tomar, porque eu não estava indo para lugar algum. Estava apenas correndo.

À distância, no escuro, eu poderia passar por mais um obcecado por saúde, que aderira tarde ao hábito de fazer exercícios, tentando adiar o inevitável.

Na verdade, eu estava em processo de suicídio.

A noite estava silenciosa, mas havia um afluxo de sangue nos meus ouvidos, uivando pelo que estava sendo obrigado a fazer, por não estar conseguindo chegar aos lugares aonde deveria ir. E logo a dor. De todos os tipos possíveis, além da esmagadora pressão no peito. Sinais que ignorei, assim como os de trânsito, galopando ao longo da praça Louisburg e ao sul da Beacon Street, dando trombadas em um bando de turistas bêbados e atravessando o Jardim Público.

Mesmo naquele momento, no fim, ocorreu o reconhecimento da beleza.

É de se imaginar que surgiriam pensamentos mais sérios quando as pernas finalmente cedessem, a metros do laguinho dos patos, e as estrelas se apagassem, começando pela mais fraca até a mais brilhante, um curto-circuito no céu. Mas quando a minha cabeça bateu no chão, e os salgueiros, os prédios com seus pontos iluminados pela Boylston Street e a lua em forma de foice viraram de lado, o que eu pensei foi *É tão bonito aqui.*

O ar.

É a isso que, no fim, você se apega. Aquela velha necessidade de encher os pulmões. Mais uma vez, com bastante força, para encarar a estrada...

Mas era o fim. A última golfada de ar neste mundo cheirava a grama. Um toque de orvalho.

Tão bonito...

Então, logo antes da escuridão total, outra pessoa acrescentou a própria reflexão.

Não é tão bonito para onde você vai, Danny boy.

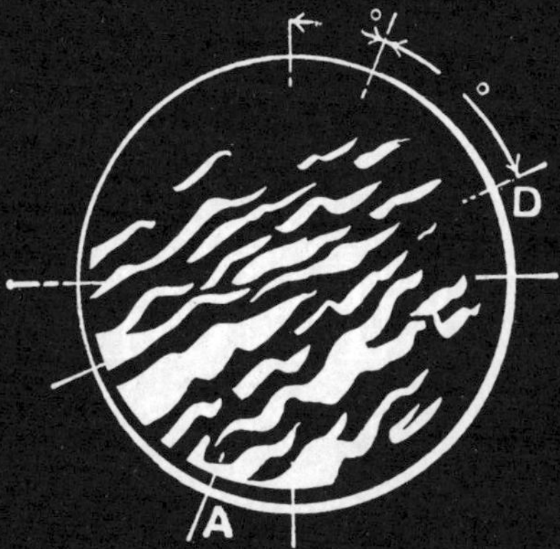
D
A

— OS —
CONDENADOS
PARTE 3

CIDADE DOS MOTORES

— OS —
CONDENADOS
ANDREW PYPER

CAPÍTULO 34

Antes de abrir os olhos, fiz um esforço para me lembrar de tudo o que me trouxe até aqui. Desde que fique no escuro, posso trazer quase tudo de volta, moldar tudo em uma sequência de eventos que quase consigo entender. A memória é uma das primeiras baixas do Depois — eu sei disso muito bem — e, ainda que eu preferisse esquecer boa parte da minha vida, algumas coisas do passado recente são boas, as melhores que já tive, e não quero abrir mão delas.

Tarde demais.

Este é o presente.

Este é o agora.

Nada conta além do *agora*.

Pronto, Danny? É hora de se mexer. Por eles. Então, quando eu contar até três, abra os olhos. *Um...*

O cheiro me diz que estou no mesmo lugar onde estive antes. Mas desta vez é diferente. Estou de volta ao meu quarto. É onde estou agora. Estou em um presente que se estende pela eternidade. Exceto que, desta vez, a eternidade cheira *mal*.

Os lençóis velhos e as roupas de ginástica sujas, a torrada queimada e o limpador de carpete com aroma de violetas, tudo isso aguçado ao ponto em que, quando acordo, tusso como se alguém tivesse colocado sais aromáticos embaixo do meu nariz.

...dois...

Há ainda um novo cheiro. Os resíduos fétidos de mijo e fezes de animal. Não de um cão ou de um gato, mas de algo selvagem, uma criatura nascida em outro continente. Um carnívoro.

...três.

Eu me sento e contabilizo as marcas da sua fúria.

O quarto está destruído, do chão ao teto. Ranhuras nas paredes, provocadas por garras do tamanho de pés de cabra. O pôster de *Duna*, meio esfarrapado, meio pendurado por um canto onde a fita adesiva resistiu. Um caos com roupas sujas de fezes e lascas de madeira com sangue. Tiras espalhadas sobre o que havia sobrado do vidro da janela e da cabeceira da cama. E no chão, virados para cima, os sorrisos forçados da primeira e única foto da família Orchard. Ash olhando para mim, como se dissesse que eu deveria saber que tudo acabaria daquela forma.

Seja lá o que for que estivera no quarto, estava caçando. E quando não encontrou o que procurava, deixou uma amostra do seu poder e tamanho, bem como das coisas terríveis que era capaz de fazer.

Você pode ter medo no Depois. Pode sentir o pavor da morte mesmo na morte.

Levantei e saí pé ante pé pela porta, com cuidado para evitar os pregos revirados e as pontas de arame. Quando vi minhas medalhas do clube de xadrez, quase me abaixei para apanhá-las, então me perguntei por que estava fazendo aquilo e respondi imediatamente: elas são a prova do único jogo em que eu era bom. Minha especialidade era a fuga. Resguardar o rei, à espera de que meu adversário cometesse um deslize. A mesma tática que eu empregava contra Ash.

No xadrez, às vezes, aquilo funcionava.

O corredor também havia sido arranhado, emporcalhado e manchado de sangue, mas menos que o quarto. O animal sabia onde procurar.

Pude confirmar isso no quarto dos meus pais, que, apesar de ter sido visitado — a porta arrancada, mijo no papel de parede para marcar território —, quase não apresentava estragos, além de rasgões ensanguentados nos lençóis onde, da última vez, eu havia visto a marca do corpo do meu pai.

Fui até a escada. Ali fiquei pensando se aquele momento era a oportunidade de cair fora que eu lamentaria perder, se o que eu havia vindo fazer aqui fosse interrompido nos primeiros instantes por garras destruidoras.

O que implicava a pergunta: o que eu tinha vindo fazer aqui?

O que Sylvie Grieg me aconselhara a fazer. *Você não pode empurrá-la de volta. Ela só pode ser puxada.*

Tentar salvar os vivos pela minha morte.

Mas morrer não fazia nada além de me trazer àquele lugar. Isso não salvava ninguém. Tudo o que significava era que eu jamais os veria de novo.

Não. Proibi a mim mesmo de pensar assim. Se eu não me mexer, ficarei preso aqui para sempre. É assim que funciona no Depois. Você para a fim de refletir sobre o passado, e ele prende você naquele lugar.

Então vamos tentar mais uma vez, Danny: o que você veio fazer aqui?

Vim para expulsar Ash do mundo dos vivos e chumbá-la aqui, no Depois. O Inferno dela. E, agora, meu também.

Como fazer isso? Sylvie Grieg não sabia como e nem eu. Mas eu tinha certeza do primeiro passo: preciso encontrar a parte de Ash que ainda está aqui. Usar uma estratégia diferente da que eu costumava adotar no xadrez. Pelo menos desta vez, ser o caçador em vez de ser a presa.

A porta do quarto de Ash é a única que continua intocada.

Minha expectativa é que continue obstruída como antes. Mas, desta vez, a maçaneta gira. A porta sussurra sobre o carpete imaculado com um ligeiro empurrão.

"Ash?"

Recobrei a voz na primeira tentativa. Frágil mas audível. Nenhuma resposta além do cheiro avassalador do quarto. O mesmo de quando éramos vivos, só que mais denso agora, tão forte que agito as mãos para tentar afastá-lo. Balinhas de fruta, alfazema e talco. O perfume industrializado das mocinhas dos anos 1980.

Estava tudo como antes. Um lugar tão limpo, organizado e impessoal — nada de pôsteres, de fotos ou de livros — que parece um set de filmagem. Um roteiro que pedia o Quarto de Uma Garota Boazinha, mas se esquecia de providenciar qualquer detalhe além de diversos certificados de excelência emoldurados e pendurados na parede e prateleiras que só exibiam troféus. Tênis. Olimpíadas de Matemática. Equipe de Natação. Feira de Ciência. Melhor Atriz.

A única coisa na escrivaninha era o diário dela. A tira de couro que o mantinha fechado. Trancado.

Para minha filha, Ashleigh — Papai

Deixado ali para mim. Mas sem a chave à vista.

Eu poderia cortar a tira, mas isso seria trapacear. E eu seria punido por trapacear.

Então começo a procurar embaixo da cama e no chão do armário, de quatro. No fim, jogo tudo no meio do cômodo, quebro o vidro dos certificados de excelência, atiro os troféus contra a parede. Esmago as pequenas jogadoras de tênis e atrizes sob meus pés, até que elas quebrem.

Só encontro a chave ao examinar pela segunda vez a gaveta de roupas íntimas. Enterrada lá embaixo, no meio das calcinhas, de maneira que preciso buscar o toque duro do cobre em meio à maciez do algodão e da seda. Outra piadinha.

Fazendo-me parecer o irmão tarado, pego em flagrante. *Pervertido*, como ela definia, com uma certa aprovação, qualquer garoto que olhasse para ela.

Destranco o diário. Começo pela primeira página. Vou para a seguinte. O meio, o fim.

A mesma coisa em todas as trezentas páginas.

Não estou aqui.
Não estou aqui.
Não estou aqui.
Não estou aqui.
Não estou aqui.

A letra cuidadosa, sem sinal de pressa. Um autorretrato escrito que era o mais próximo da verdadeira Ash que ela conseguiria fazer. Sua autobiografia.

De repente, todos os perfumes do quarto dobraram de intensidade. Tive de fazer força para não vomitar por todo o carpete.

Ao chegar ao banheiro e me ajoelhar em frente à privada, tudo passou. Quando me levanto, escuto um som.

A água pingando da torneira na banheira cheia.

Isso exigirá que eu puxe a cortina para ver o que está ali. O jogo do chuveiro. Dessa vez, não será um sabão de corda girando que vai estar à minha espera.

Não há razão para demorar.

Um corpo submerso na água parada, apenas a cabeça aparecendo. Minha mãe. Nua e bêbada como no dia em que a encontrei ao voltar da escola.

Seus olhos injetados piscam e focam em mim.

"Danny?", ela diz, uma das mãos emergindo para se apoiar na lateral, mas sem a força para se erguer.

"Sou eu, mãe."

"Você também está aqui?"

"Sim."

"Por quê? O que você fez?

"Vim para encontrar Ash."

"É claro", ela diz, balançando a cabeça com tal veemência que entra água no seu nariz, e ela tem de assoá-lo. "É engraçado em como é difícil pensar nos seus filhos — sobre como o tempo deles, assim como o nosso, também chega ao fim. É a última coisa na qual uma mãe quer pensar."

"Ninguém gosta de pensar nisso."

"É claro. Por que gostaria?"

Ela está se esforçando ao máximo, como sempre fez. Os "é claro" e os gestos exagerados, em uma tentativa de serenamente controlar seus pensamentos e suas palavras. Como quando estava viva, ela faz isso mais por mim do que por ela.

Eu me ajoelho no tapete do banheiro e afasto o cabelo molhado de seus olhos. "Posso ajudar você a sair daí?"

"Você poderia?", ela responde. "Eu não sei o que... Devo ter adormecido."

"Isso acontece."

"Que horror! Um filho não deveria ajudar sua mãe a sair da..."

"Tudo bem, de verdade. Está tudo bem."

Ela força um sorriso ao ouvir isso. Há gratidão nesse sorriso, e uma enorme tristeza. Mas há alívio também. Ela tem estado tão absolutamente sozinha que essas palavras compartilhadas têm o calor do primeiro gole de vinho.

É um pouco mais fácil tirá-la de lá usando os braços de alguém de trinta e nove anos que os de um garoto de dez. Mas, ainda assim, demanda esforço.

Assim que ela sai e se senta no tapete, vou até o quarto dos meus pais para buscar algo que ela possa vestir. Um vestido de verão leve, que ela guardava para os "dias de limpeza", as tardes de faxina incompleta e miniprojetos abandonados. Ajudei-a a erguer os braços e, juntos, enfiamos o vestido. Ela dá uma palmadinha no chão molhado, convidando-me a sentar, e eu apoio as costas na parede do outro lado.

"Você viu o que aconteceu aqui, mãe?", pergunto, olhando na direção dos estragos no corredor.

"Dê uma olhada nisso. Que horror. Achei que era somente um sonho."

"O que houve?"

"Eu apenas ouvi. Acho que estava fingindo que não havia nada, então não quis olhar. Mas, seja lá o que fosse, era *grande*." Ela balança a cabeça. O mesmo gesto de descrédito que fazia quando o noticiário da TV falava em mais uma rodada de demissões ou previa um tempo horroroso para um feriadão. "Há coisas estranhas deste lado, Danny. Algumas mais estranhas que outras."

"Papai está aqui com você?"

"Não. Mas eu gostaria que estivesse."

"E Ash? Ela aparece para visitar?"

"Eu não chamaria de visita", responde, piscando. "Ela vem e vai, e, às, vezes eu a vejo. Mas ela não está aqui por minha causa."

"Então por que ela vem?"

"Ela nunca me falou."

"Você sai com ela de vez em quando? Da casa, quero dizer."

Ela joga a cabeça para trás, como se tivesse acabado de ouvir uma piada.

"Este é o *meu* lugar", diz. "Esta casa. É onde fico. Mesmo que eu quisesse, não poderia sair."

"Mas Ash pode."

"Ela vaga por aí."

"Como?"

"Deve ser porque nunca foi realmente apegada a nada — a ninguém. Antes."

"A coisa que esteve aqui. O animal. Ele também vaga por aí?"

Ela aperta os braços em torno do peito, como se sentisse frio de repente. "Não sei muita coisa sobre o que há fora dessas paredes, Danny. Fico aqui sozinha. Eu *quis* ficar aqui sozinha."

"Mas eu não posso ficar, mãe."

"Mesmo?"

"Preciso fazer uma coisa."

"Você quer dizer lá fora?" Minha mãe estica a mão fria e entrelaça seus dedos nos meus. "Prometa que vai tomar cuidado."

"Por quê? O que há lá fora?"

"Monstros. Pessoas", ela estremece, como se esse segundo item fosse o mais amedrontador.

"O que podem fazer conosco? Não podemos morrer. Já estamos *aqui*."

"Há sempre uma nova maneira de morrer", ela diz. "Assim como sempre há uma versão pior que esta do aqui."

Ela desliza para a frente no chão molhado e acaricia minha mão, do mesmo jeito que fazia quando eu era criança.

"Morrer é diferente neste lugar, mas ainda assim acontece. E é *horrível*", prossegue. "Quando você volta, tudo está igual — você ainda volta para o seu *aqui* —, exceto que há menos sol, menos ordem, menos esperança. Menos das coisas boas das quais você se recorda do tempo em que estava vivo."

As coisas boas. Quais seriam as dela? Eu, com certeza. Mas minha mãe não podia pensar em mim sem pensar também em Ash, o que me colocava no purgatório do agridoce.

Ela não fora sempre daquele jeito. Nas fotos dos nossos pais tiradas antes que nós nascêssemos, eles com frequência riam, usavam chapéus engraçados durante festas de Ano-Novo, papai descendo com ela quase até o chão em algum concurso de dança, enquanto ela fingia um desmaio, os dois radiantes e com manchas de batom na porta da igreja no dia do seu casamento.

O melhor dia da vida dela tinha de estar lá atrás, em algum lugar. Começar a vida com papai, comprar esta casa nos arredores do que então ainda era uma cidade próspera. E, se estou certo sobre isso, esse foi o sombrio outro lado da moeda para ela. Sozinha em uma casa que seu marido evitava o máximo que podia, desmaiada na banheira de tanto beber. O Depois da minha mãe é o inferno da negação. O fato de ela estar aqui prova que não fazer o que devemos fazer nos condena tanto quanto fazer o que sabemos ser errado.

Isso e o tipo errado de prece. O tipo errado de negociação.

"Estou feliz por estar com ele", ela diz, apontando para o relógio no meu pulso.

"Por que você mesma não o entregou a mim?"

"Você estava em um lugar aonde eu não podia ir. Mas, às vezes, as coisas que levamos conosco podem passar, ainda que nós mesmo não possamos."

Ao me levantar, ofereço a mão para ajudá-la a ficar de pé, mas ela a dispensa. Minha mãe mexe com os dedos a água da banheira, como se para mostrar que está bem onde está.

"Posso perguntar uma coisa, Danny?"

"Claro."

"Você sabia, não sabia, que Ash estava comigo quando eu morri?"

"Como assim, com você?"

"Aqui. Neste local. Do lado da banheira."

"E não ajudou você."

"Não, não me ajudou. Muito pelo contrário."

Ela me observa como um médico que espera uma injeção fazer efeito.

"Ela *afogou* você?"

"Nem precisou se esforçar muito, Deus sabe."

"Mãe! Jesus *Cristo*..."

"O engraçado é que eu achei que ela ia lavar meu cabelo. O rosto dela era quase bondoso. Quase *amável*."

"Ela *matou* você!"

"Bastou uma das mãos para me afundar na água e me manter ali. Ash não parecia estar com raiva ou qualquer coisa assim. Não disse uma única palavra. Foi como se estivesse apenas vagamente interessada em me olhar engolindo água e lutando o máximo possível, tentando me erguer segurando seu braço. Eu me lembro de olhar para o lindo rosto dela e pensar *É como se ela estivesse vendo um programa na TV*. E depois pensei *Um programa que já assistiu antes*."

Minha mãe sacudiu a cabeça para espantar essa lembrança, como se alguém tivesse pregado uma peça nela, cuja inteligência só lhe restava admirar.

"Vou encontrá-la", consigo dizer, o banheiro girando. "Vou impedi-la de ferir outras pessoas."

"Impedi-la?"

"É para isso que estou aqui. Para pôr um fim nisso."

"Mas aqui é o *fim*."

Tento pensar em algo para dizer, mas nada do que vem à minha mente pode ter algum significado aqui.

Sinto muito.

Não havia nada que você pudesse ter feito.

Ela perdeu a alma no mesmo dia em que nasceu.

"É melhor você se pôr a caminho", ela diz antes que eu fale qualquer uma dessas frases. "Os dias são ruins, mas as noites... Você não vai querer estar lá fora à noite."

Pego uma escova na pia e a uso para desembaraçar o cabelo dela. Coloco uma toalha seca sobre suas pernas. Eu me curvo e lhe dou um beijo no rosto. Fico surpreso quando ela vira a cabeça e me beija também.

"Adeus, mãe."

"Prefiro não dizer o mesmo para você, se não se importa", ela fala. "Vou tentar me agarrar à ideia de que meu filho pode voltar."

Ela dá as costas para mim, a fim de olhar pelo pequeno retângulo da janela do banheiro, pela qual se vê apenas chumaços de nuvens sopradas por um vento forte, mas que nunca se dissipam.

"Feliz aniversário, Danny", ela diz.

CAPÍTULO 35

Já na calçada posso comprovar que minha mãe tinha razão. O Depois tem níveis diferentes.

Basta olhar para os dois lados da Farnum para ver que este lugar decaiu mais desde aquela vez em que Ash me trouxe aqui. *Menos sol, menos ordem, menos esperança.* Os outrora bem cuidados jardins e gramados agora cheios de erva daninha, trepadeiras grossas escalando as paredes para se unir a outras, como se puxando as casas para suas sepulturas. A calçada quebrada, pedaços enormes de concreto virados para cima, como um rio cheio de blocos de gelo.

Tudo isso visto através de um nevoeiro-que-não-é-nevoeiro. Que, de maneira seletiva, obscurece, esconde, faz desaparecer. Dificulta a avaliação das distâncias. Joga uma dúvida cinzenta sobre tudo o que você pensa ver.

Ainda mais perturbadores são os gritos. A cada dois minutos, um novo uivo de agonia ou protesto, alguns que parecem vir de quilômetros de distância, outros do quarteirão ao lado. Nada de sirenes. Nenhum tiro.

Para que lado ir?

Para onde ela estiver.

Os lugares que Ash conheceu, os marcos emocionais, aqueles que significam algo. Onde a pior coisa possível aconteceu com ela. Para a maior parte das pessoas, imediatamente viria à mente uma lista assim. Mas, para uma garota que não tinha os mesmos sentimentos que os outros, poderia ser qualquer lugar ou lugar algum.

Não estou aqui.

Começo procurando algo que possa ser útil. Transporte, acima de tudo. Imaginando que minha velha Raleigh possa servir, pulo a cerca do quintal onde minha bicicleta e a de Ash costumavam ficar. E o galpão. Não há nada com rodas por lá. A mesma coisa nos jardins e nas garagens dos vizinhos. Os poucos carros estacionados — no meio da rua, no que costumavam ser jardins —, há muito depredados, repousando em rodas corroídas, as capotas arrancadas. A Cidade dos Motores não tem mais motores.

Começo pelo lado oeste. Meu relógio me informa que é meio-dia. Ele diz isso desde que cheguei aqui. Dar corda, tapinhas, bater com um tijolo nele, nada o trará de volta à vida.

Quando chego à Main Street, atravesso e caminho pelas duas quadras que levam ao colégio. A mesma caminhada da minha adolescência, feita com o mesmo pavor. Ash nunca me deixava fazer essa jornada com ela. Em vez disso, ela andava à minha frente, ou aceitava a carona de um dos garotos mais velhos que passavam de carro ao lado dela, apesar de o colégio estar a menos de quatrocentos metros. Às vezes, eu a via no corredor do colégio e olhava para o outro lado, fingindo ter esquecido algo no meu armário, nem que fosse apenas para não ver que ela me ignorava por completo. Conversando com as amigas ou rindo de um relatório ou de uma brincadeira de um dos caras do basquete, Ash sempre no centro do grupo, não importa qual fosse a composição deste. Ela passava por mim sem dar qualquer sinal de reconhecimento.

Mais tarde, em casa, ela me encontrava.

"Eu *vi* você hoje", minha irmã dizia, como se o fato de eu estar visível fosse mais um aspecto da minha falta de discernimento.

Talvez seja por isso que eu caminho sobre os escombros do que um dia foi o portão principal do colégio e entro nas dependências cobertas de pó do edifício. Talvez ela já esteja lá dentro, tendo caminhado à minha frente.

Eu paro no escritório e observo que o balcão onde a secretária de camisola me atendeu no Dia do pijama foi retalhado. Tento todos os interruptores do quadro de luz, mas nada funciona. O resultado, enquanto caminho cada vez mais para o interior do prédio, são corredores imersos em uma escuridão quase total. As janelas quebradas proporcionam uma luz que se estende por poucos metros, para depois desbotar para um cinza pálido.

As salas de aula estão destruídas. As mesas viradas, queimadas. As placas do teto arrancadas, expondo uma teia de fios e canos. Uma parede com retratos de presidentes alterados para exibir um mural pornográfico onanista. Na biblioteca, os livros foram tirados das estantes e espalhados pelo chão. As páginas molharam e secaram tantas vezes que se transformaram em uma espécie de tapete macio e alaranjado.

Abro a porta do teatro. Como não há janelas ali, a única luz disponível vem de trás de mim. As filas de poltronas, os painéis com cenas da ascensão industrial e cultural de Detroit, o palco, tudo na mais completa escuridão até um instante atrás. E, apesar da escuridão, o brilho pálido é suficiente para revelar duas coisas.

A primeira é que o cenário de *South Pacific* usado na peça em que Ash trabalhou continua no palco. As palmeiras, com troncos feitos de tacos de hóquei embrulhados em papel pardo, o fundo uma pintura de uma ilha distante. Tudo exatamente igual a como quando Ash ficou diante de nós para agradecer ter sido aplaudida de pé depois de cantar "I'm Gonna Wash That Man Right Outa My Hair".

A segunda é que há uma pessoa sentada na plateia.

Somente a parte de trás da cabeça é visível, mas o cabelo é longo. Uma mulher bem no meio das fileiras de poltrona, encarando o palco, sem se virar para trás, apesar de a luz baça se projetar sobre ela.

"Olá?"

Nenhuma resposta, a não ser por um gesto distraído da mão, como se pedisse para fazer silêncio e não interromper o espetáculo.

Entro na mesma fileira e sento a duas poltronas dela. Vejo que é alguém que conheço. Que conheci. Michelle Wynn, uma das três garotas que desceram a Woodward Avenue com Ash no seu aniversário. Ainda que esta seja uma Michelle que eu nunca vira antes: com trinta e poucos anos, bochechuda, o corpo se espalhando pelos braços da cadeira. Como ela era quando tirou a própria vida.

"Michelle? É Danny Orchard."

Ela se vira. Sua mente tentando acompanhar minhas palavras. "Danny?"

"Você se lembra de mim?"

"Claro, eu me lembro de você. Penso em você o tempo inteiro."

"Sério?"

"Eu penso em *tudo* o tempo inteiro."

"Os velhos tempos."

"Não, não por causa disso. Porque você nunca sabe o que vai acabar sendo parte da resposta."

"A resposta a quê?"

Ela sorri de um jeito não-seja-idiota.

Das três garotas que pedalaram atrás de Ash, a presença de Michelle era a mais complicada de entender. Havia a pedalada em si, que ela devia achar difícil, ficando bem para trás, sendo a mais pesada e a menos atlética das garotas. E havia ainda sua posição no universo do Dondero, uma coisa nem-lá-nem-cá. O que a distinguia, basicamente, era sua visível necessidade de se dar bem com todo mundo, o que, no colégio, é uma garantia de ser rejeitado por todos.

E ela era grande.

"São minhas *glândulas*!", protestava Michelle sempre que a gozavam por seu peso. Só que aquela era uma tática de defesa equivocada. Os garotos engoliam metade de um hambúrguer quando ela passava por eles no refeitório e gritavam, as bocas cheias de pão: "Nossa! Essas *glândulas* estão uma *delícia*!".

"O que você está fazendo aqui, Michelle?"

"Estou esperando que ela apareça", responde, apontando o palco com o queixo.

"Você já a viu por aqui?"

"Várias vezes! Começando pela noite de estreia. O dia 14 de maio de 1989. E os seis espetáculos depois. Ela estava *maravilhosa*."

"Você veio todas as noites?"

"Esta era a minha poltrona. Eu sentava aqui, tentando entender como ela conseguia *fazer* aquilo. Tornar-se outra pessoa, fazer com que todos *acreditassem* em qualquer coisa que fizesse, o tempo todo."

"E aqui? O teatro do lado de cá", digo. "Ash apareceu aqui?"

"Ela não disse nada. E está escuro demais para vê-la. Mas senti que ela estava de pé ali, olhando para mim. Eu podia perceber o que ela estava pensando."

"E o que era?"

"A mesma coisa que eu percebia antes, sempre que ela olhava para mim: 'Por que você *tenta*?'." Sua imitação da voz de Ash era impecável. Tão perfeita que olhei em volta para ter certeza de que não era a própria. "'*Olhe* para você! Por que viver quando não se tem qualquer *motivo* para isso?'"

"Não entendo por que você se importa com Ash, se ela nunca se importou com você."

"Porque eu a *amava*! Quando Ash falava comigo, ela me fazia sentir como uma amiga, compartilhando um segredo

— eu nunca havia me sentido daquela maneira antes. Nunca me senti assim de novo."

Michelle se mexe na poltrona, ou ao menos tenta.

"Foi por isso que", prossegue, "quando ela me disse para pegar uma lâmina de barbear — eu o fiz. Eu o *fiz*. Pelo menos por uma vez, a atenção dela estava só em mim. E eu nunca havia sentido qualquer coisa parecida."

Uma das suas mãos se ergue por um instante, lutando contra as costas da poltrona da frente, e vejo uma aliança. Seja quem for que ela deixou para trás, os filhos que ela talvez tenha tido, nenhum deles se comparava à garota cuja lição era que a vida não vale a pena ser vivida, a não ser que você viva exatamente como ela.

"Você se lembra do dia em que Ash morreu, Michelle? Quando vocês a seguiram de bicicleta no aniversário dela?"

"Eu me lembro."

"Ela falou alguma coisa sobre se encontrar com alguém?"

"Alguém?"

"Algum namorado, talvez. Um segredo que ela queria que vocês guardassem."

O rosto de Michelle mostrou irritação.

"Como Dean Malvo?", pergunto. "O professor? Ela alguma vez o mencionou?"

"Foi bom ver você, Danny."

"Espere. Não..."

Mas ela se fora. Seu olhar se volta para o centro do palco, como se um holofote tivesse sido aceso. As dobras do seu corpo se tensionam, na expectativa dos primeiros acordes da música.

Faço o caminho de volta. Ela não olha para trás. Ao sair, fecho as portas, deixando Michelle, mais uma vez, na perfeita escuridão.

— OS —
CONDENADOS
ANDREW PYPER

CAPÍTULO 36

Há pessoas na Main Street.

Não muitas, talvez uma dezena espalhada nos três quarteirões da rua central de Royal Oak, algumas até familiares. Gus, da Barbearia do Gus, de pé na esquina no seu jaleco branco, a tesoura visível no bolso superior, mas sem calças, olhando para o céu como se avaliasse as chances de chuva. Um dos colegas de escritório do meu pai, mascando um charuto apagado enquanto, de joelhos, examina uma saída de bueiro. Uma operadora de caixa do Holiday Market, arrastando um carrinho de bebê cheio de pássaros mortos.

Ao passar, eles me olham com o mesmo ar de desgosto, que se transforma em uma hostilidade que sinto crescer a cada momento em que a atenção deles se prende a mim. É minha liberdade de movimento. A maneira pela qual ando, e continuo andando, na direção sul. Ainda não encontrei o meu lugar. Minha capacidade de escolher uma direção e segui-la conforme a minha vontade — de *vagar por aí*, como minha mãe disse de Ash — é o que alimenta a raiva deles.

Alguns deles começam a me seguir, murmurando algo para si próprios, mas desistem quando aperto o passo. Ninguém se aventura para além dos trilhos do trem. Todos são leais súditos de Royal.

Ao chegar no cruzamento da Main Street com a Woodward, a luz começa a ficar mais fraca. A névoa cinzenta ondula como folhas de alumínio. Lá em cima, as nuvens permanecem uma massa sólida, a parte de baixo lisa como um lençol. Em algum ponto atrás delas, o sol começa seu declínio, ainda que faça isso em um ritmo particular. Daqui a duas horas, ou cinco, ou quinze — seja qual for o formato das "horas" neste local — a noite vai cair.

O Zoológico de Detroit está bem perto, do outro lado das múltiplas pistas da Woodward. Caminho sobre as travas de ferro da torre da caixa d'água que havia desmoronado quando vejo o mágico.

Correndo por entre as bilheterias da entrada, sua cartola balançando, mas, de alguma maneira, presa em sua cabeça. O mesmo homem responsável pelo entretenimento na minha primeira e única festa de aniversário infantil. O homem de capa e luvas pelo qual eu havia passado de bicicleta quando estive aqui com Ash e que havia conjurado uma pomba morta do ar.

O mágico sobe nos restos da caixa d'água. Ele me vê, mas não diminui o passo. Seus olhos giram em todas as direções.

Um rugido nos paralisa. Algo como um leão, mas diferente. Vindo do zoológico.

Perto de mim, o mágico solta um guincho involuntário de pavor. Dá uma guinada.

Agora uma zebra. Espremendo-se pelo vão onde costumavam ficar as roletas, zurrando. Quando passa, não consegue decidir que direção tomar, então acaba ficando parada junto a um carrinho virado de algodão-doce, uma espuma branca pingando da boca.

Outro rugido.

Seguido de mais alguns, vindos de fontes diferentes. Alguns distantes, outros muito próximos.

Um tigre pula no teto de uma das bilheterias e olha para nós três, como se fizesse a chamada. Zebra, mágico, homem. Todos aqui.

Há tempo suficiente para ver que não é um tigre de verdade. Tem as mesmas listras, a cauda de chicote, as mandíbulas com suíças. No entanto, sua pelagem laranja é laranja demais, a preta, preta demais, como se pintada e envernizada. E tem o dobro do tamanho de um tigre no mundo real. Seus dentes e garras são maiores ainda.

O animal toma uma decisão.

Fixa seu olhar na zebra. Salta do telhado — uma travessia aérea de nove metros que os separam, que faz sem esforço algum — e cai sobre as costas dela.

A zebra emite um uivo quase felino, depois fica em silêncio. Pernas listradas de preto e branco caem ao chão, ainda dando patadas. Garras separam a cabeça do pescoço, com um estalo.

O mágico percebe antes de mim o que vem a seguir. Começa a correr.

O que me faz lembrar que eu deveria correr também.

E é o que estou prestes a fazer quando surge algo novo nas bilheterias.

Um segundo tigre. E mais outro. O terceiro maior que os outros, em quase meio corpo. Musculoso e de pelagem lisa, como se houvesse sido encerada. Isso e seus olhos mostram que ele é o líder das criaturas. As íris eram de um vermelho brilhante, ofuscantes até mesmo na fraca luz do dia. O mesmo vermelho que eu vira nos olhos do pai de Violet e Sylvie quando ele estava no topo da escada. O vermelho do dr. Noland, o obstetra da minha mãe na sala de parto.

Ele ignora os dois outros tigres e pula no topo da caixa d'água caída. Olha na direção sul, sobre os vinte quilômetros de terra detonada, até os pilares negros do Renaissance Center. Ele via tudo como seu.

Passo correndo pelo prédio do estacionamento, pisoteando a calçada na direção sul. Meu coração ainda pode ser defeituoso no Depois — ele certamente luta muito para que minhas pernas façam algo além de uma corridinha leve depois dos primeiros cem metros —, mas o medo da morte-na-morte não é tão forte quanto o medo de tigres reluzentes, e eu sigo em frente até não aguentar mais. A esquina da LeRoy e da Woodward, onde fica a laje cinza da Primeira Igreja Metodista Unida de Ferndale. Onde eu vejo o mágico mais uma vez.

Notamos um ao outro ao mesmo tempo. Ele está sentado em um feixe de mato queimado, apoiado em uma árvore. Ao me ver, levanta. Seu rosto de cera trai um olhar de incredulidade — *Em milhares de quilômetros de terra arrasada, você tinha de fazer uma trilha até onde estou?* —, antes de partir para novas considerações.

Ele olha para a árvore, mas é baixa demais, exposta demais, não vale a pena subir. Ao sul, a Woodward prossegue, ampla e aberta. Ele balança a cabeça, escolhendo entre as ruas do outro lado, mas de repente para.

Sigo seu olhar e vejo o maior dos três tigres descendo pela pista do meio, a cerca de seis quadras dali. Seus olhos vermelhos fixos em nós.

O mágico corre para a igreja, e vou atrás.

A súbita escuridão me faz parar por um momento na entrada. Quando caminho pelo centro da nave, não vejo sinal do mágico.

Olhos Vermelhos deve ter nos visto entrar aqui.

O órgão junto ao altar havia sido destruído, quase todas as teclas arrancadas, o que faz lembrar as gengivas de um boxeador. Porém, a maior parte dos tubos continuava lá. Os vãos mostravam um espaço sombreado atrás deles. Talvez grande o bastante para que um homem se enfiasse ali.

Subindo nas ruínas do órgão, consigo tomar impulso para a plataforma onde os tubos se apoiam. Essa é a parte fácil. Ficar de pé sem cair é mais difícil.

O tigre entra na igreja no momento em que eu me espremo contra a parede, atrás dos tubos. Ele caminha silenciosamente pela nave, de cabeça baixa, farejando o chão. Quando olha para cima, mira exatamente o ponto onde estou.

Durante todo um minuto, ficamos os dois assim. Avaliando, escutando. Então ele começa a avançar de novo.

Me perdoe, Eddie.

O monstro para exatamente embaixo de mim, no lugar onde o organista se sentaria. Meus pés, uns poucos degraus acima da cabeça dele.

Eu gostaria de ter ido mais longe. Mas eu tentei. Eu tentei.

Com um movimento tão repentino que não há tempo para respirar, o tigre salta para trás, para o altar. Seu rugido faz caírem placas de gesso do teto.

Quase no mesmo instante, o mágico salta do canto escuro em que havia se escondido. Ele tenta se atirar por trás da criatura e correr para a porta. Como se esperando esse movimento, o tigre ergue uma das suas enormes patas e a enterra na lateral do homem, jogando-o contra os bancos. A cartola sai rolando pelo chão.

O mágico grita, e o monstro não tem pressa de fazê-lo em pedaços. Um lamento humano não por ele mesmo, mas por algo que ele deixou para trás, a última coisa da qual se lembra de quando estava vivo.

E quando aqueles dentes me encontrarem, será a minha vez de fazer o mesmo.

CAPÍTULO 37

Fico onde estou durante toda a noite. O tigre também.

Ele deita junto aos ossos do mágico e lambe seu pelo reluzente, para limpar o sangue. Dá voltas pela igreja por algum tempo, alongando os músculos, farejando o ar em busca de algo que havia detectado antes, mas que agora parece ter perdido.

Não tenho outra escolha senão assistir. Esmagado atrás dos tubos do órgão, lutando para ficar acordado enquanto a luz esmorece, e o monstro, no escuro, se transforma em uma massa oleosa, móvel e lustrosa. Os olhos vermelhos queimando.

Não parece estar dormindo, mas seu sono deve ser assim.

Lá fora, através dos vitrais quebrados, a aurora parece bloqueada. Espero que ela ganhe corpo e mostre que este dia será diferente do anterior, mas a claridade que surge é suficiente apenas para revestir o mundo de cinza.

O tigre foi embora. Será mesmo? Há cantos da igreja que não consigo ver, lugares onde ele pode ter se aninhado durante a noite. É um caçador. Tem tempo.

E está atrás de mim.

Sei disso porque já o vi antes. Quando estive aqui da última vez e Ash me levou até a casa na Alfred Street. Ela não podia entrar, mas queria que eu o fizesse. E, quando saí correndo, fui interrompido por uma criatura que não conseguia ver direito por causa das luzes do estádio de beisebol. Mas seus olhos brilhavam de forma clara. Iluminados por um fogo interior.

Saio de trás dos tubos do órgão. Atravesso a porta e entro na manhã monocromática. A névoa transparente, metálica. A Woodward quase vazia, exceto por um pequeno grupo de humanos distantes, vagabundos caminhando a esmo pelos quarteirões.

Retomando a direção sul, penso se não seria melhor andar pelas ruas residenciais, menores, mas depois desisto da ideia. A Woodward é o caminho que meu pai tomava para ir ao centro, o caminho que Ash tomou no seu último aniversário, a linha que atravessa o coração de Detroit. Um demônio conhecido.

O péssimo estado da calçada atrasa a caminhada, então fico quase o tempo todo na rua. As portas das lojas ao longo da rua comercial de Ferndale estão fechadas ou abertas, ou então nem existem, mas ninguém parece entrar ou sair. As poucas pessoas na rua ocasionalmente param para olhar, mas acabam dando a volta para refazer a caminhada pelo mesmo quarteirão que acabaram de descer. Para alguns, o inferno é olhar vitrines.

Depois de um tempo incomensurável (o Omega ainda mostrando ser meio-dia, ou meia-noite), atravesso as pistas da 8 Mile e entro no coração de Detroit. Assim como no mundo dos vivos, o declínio é imediato. Campos vazios dos dois lados da Woodward. Os restos de galpões de concreto onde as lojas vagabundas, os reboques, as empresas de demolição e os lotes de armazenamento costumavam funcionar. Um número maior de mortos.

Um número que dobra quando chego aos últimos oitocentos metros, com o cemitério Woodlawn à direita e o espaço de concreto do State Fairgrounds à esquerda. Deste, sobraram algumas partes. Uma roda-gigante imóvel. Filas de barraquinhas de jogos, a maior parte com o telhado arrancado. Um bate-bate destruído.

Alguns caminham por entre as atrações, parando para olhar a montanha-russa ou a roda-gigante, como se esperando que elas começassem a se mover sozinhas. Um casal passa de mãos dadas, com o ar perdido. Eles parecem nunca olhar um para o outro e nunca soltar as mãos um do outro.

As árvores do lado do cemitério trazem a promessa de um ar mais fresco, além de um lugar para descansar fora do cenário da Woodward. É o que faz eu me juntar aos outros que ali vagueiam, tentando não olhar nos seus olhos.

Eles, no entanto, buscam o meu olhar.

Posso sentir sua mirada, cuja intensidade varia, da surpresa ao ódio. Até o momento, nesta minha jornada, ninguém chegou perto o bastante para me tocar, o que me faz esperar que esta seja uma regra do Depois.

Após andar uns duzentos metros, vejo um pedregulho decorativo e sento, apoiando minhas costas nele. Não é confortável. O que não me impede de cair no sono.

Algo atinge meu ombro, e abro os olhos. Três pessoas de pé na minha frente, que não estavam lá quando fechei os olhos.

Uma mulher e dois homens. Um sujeito de cabelo encaracolado em seus vinte anos, o outro sem camisa e com tatuagens elaboradas, talvez duas décadas mais velho. A mulher, de pele escura e cabelo oxigenado, pode ter qualquer idade entre a deles.

“Que porra”, diz o mais jovem.

“Que *porra*”, repete o mais velho, concordando. E aí me dá um pontapé na cara.

Mamãe tinha razão. Você pode morrer quando está morto. Também pode perder um dente e cuspi-lo na mão, enquanto um alarme de incêndio toca dentro da sua cabeça.

Está claro que se eu não me puser de pé — se eu não fizer isso *agora* — eles vão recomeçar e não vão parar. É o que seus olhares me dizem. A luz reaparecendo nos seus olhos, as narinas se transformando em círculos estendidos. A risada estranhamente infantil e abafada da mulher. Aquela velha excitação que surge quando se vê que algo interessante está prestes a acontecer.

Acidentalmente, tomo uma boa decisão. Em vez de tentar levantar de imediato, dou as costas para eles. Um movimento que me permite usar o pedregulho como uma espécie de escada, meus dedos encontrando ressaltos na superfície nos quais me apoiar. Em determinado momento, pego uma pedra e aperto-a na mão. Uma arma da qual logo me esqueço. Tudo isso enquanto os pontapés deles encontram as minhas costas, em vez da minha cara.

Assim que me levanto, apoio um dos pés na pedra e empurro. Uso o impulso para atravessar o círculo formado por eles.

"Viu isso? Viu o filho da puta?", diz o homem mais velho, balançando a cabeça, como se minha tentativa de fuga fosse a prova de alguma injustiça maior e recorrente.

Uma rápida olhada em volta. Se vou correr — e *vou* fazer isso, vou correr até eles me agarrarem e me transformarem em geleia —, para onde ir?

Nenhuma direção parece melhor que as outras. Isso porque a agitação dos últimos instantes atraiu algo parecido com uma multidão. Um agrupamento de errantes cerrando fileiras em torno do pedregulho, suas expressões seguindo o mesmo padrão. A mudança de vazio para ofensa e, depois, raiva febril.

E, com isso, passos mais rápidos. A raiva devolvendo-lhes a força completa dos seus membros.

Minhas pernas nunca foram musculosas o bastante para sua extensão. O resultado eram partidas lentas. No entanto, se eu tiver bastante espaço e os joelhos não fizerem merda, posso atingir um ritmo de galope. Não muito diferente do da zebra, quando esta correu para as roletas.

É assim que devo parecer para aqueles que estão me perseguindo. Desajeitado, em pânico. Um animal do qual se tem pena por um ou dois segundos, antes de se ir atrás dele.

A caçada é silenciosa. Nada de gritos, nenhum *Peguem-no!* ou qualquer outro tipo de ordem. Somente os pés de todos nós batendo na terra dura. Um rebanho se movendo por entre as lápides.

Estou indo na direção errada.

Essa constatação vem tarde demais para ser útil. Se aqueles que estão atrás de mim estão presos ao cemitério Woodlawn, se não são errantes, eu deveria ter tentado voltar para a Woodward, a fim de ver se a fronteira os impediria de seguir. Em vez disso, estou penetrando ainda mais no terreno deles.

O que torna as coisas ainda piores é que estou perdido. As vias sinuosas, que antes permitiam aos carros estacionarem perto para visitar os entes queridos — esses entes queridos que agora querem me bater —, todas levam de volta ao local onde começam. Cada vez que acho que uma delas vai me levar ao portão principal, ela cai em outro círculo, em cujo centro há um mausoléu com um nome de família.

DODGE.

HUDSON.

COUZENS.

Estou contornando este último quando vejo um homem de pé em frente a um mausoléu pequeno, descendo uma ladeira. Não correndo atrás de mim, mas erguendo seu braço. Acenando.

— OS —
CONDENADOS
ANDREW PYPER

CAPÍTULO 38

Vou até ele.

Mantenho a cabeça abaixada, para que aqueles atrás de mim não me vejam enquanto desço. Corro para dentro do pequeno mausoléu no pé da ladeira. Busco apoio na pedra fria, enquanto o homem fecha o local com o fundo de um caixote de madeira, com o qual improvisou uma porta.

Faixas de uma luz lodosa abrem caminho por entre as ripas, mas é quase tão escuro aqui em pleno dia quanto na igreja, à noite. O homem está aqui comigo, mas não posso vê-lo. Também não posso ouvi-lo. Apenas o martelar dos passos dos mortos lá fora. Alguns ao longe, em um palpite errado sobre a direção que tomei. Outros passam bem perto.

Até que todos partem. Todos exceto aquele de pé no escuro.

“Eu devia saber que encontraria você de novo”, diz a voz. “Ninguém à procura dela pode ter um final feliz, não é?”

Ele dá um passo para fora do canto onde estava. Mais jovem do que quando o encontrei na casa da Arndt Street.

A aparência que tinha na época em que dava aulas de teatro, quando era o Capanga nº 3. Quando era Dean.

"Você sabe onde ela está?"

Malvo pesa a pergunta na boca. "Você ainda está procurando por ela?"

"Você a viu?"

"Peraí", ele diz, mandando-me calar a boca com a mão erguida. "Você veio aqui *atrás* dela! Viu? Tentei *avisar* você. *Este* é o tipo de coisa que aquela piranha pode levar um homem a fazer."

"Não estou fazendo isso por ela."

"Sério? Se dinheiro servisse para alguma coisa aqui, eu apostaria tudo o que tenho em que você está errado."

Ele caminha de um lado da escuridão para o outro, chutando pedras contra as paredes.

"Por que você me ajudou?", pergunto, na esperança de que ele pare de fazer barulho. Ele não para.

"Um rosto conhecido. Além disso, sei como é. Também sou novo aqui."

"Eles estão perseguindo você?"

"Não tanto quanto no início", ele diz. Faz uma cara pensativa. "A morte é previsível. O que acontece depois que você morre, não."

"Por que eles nos odeiam, se nem nos conhecem?"

"É como na prisão. Os novatos recebem o pior tratamento porque ainda carregam o cheiro de lá de fora. É como se você esfregasse isso na cara deles, apenas por estar ali. Faz com que eles se lembrem da vida, e a única coisa boa de estar lá dentro é que, quando você entra no ritmo, é mais fácil esquecer da prisão."

O tom da voz de Malvo é amigável. Mas a maneira como ele reduz o ritmo da caminhada e me encara, não.

"Por que está aqui? No cemitério", digo. "Aqui é o seu lugar?"

"Não sei ao certo. Acho que é porque o Fairgrounds está do outro lado da rua. É para onde eu *gostaria* de ir, mas o pessoal não deixa. Porque eles sabem."

"Sabem do quê?"

"Que é lá que muitas crianças vão parar. As garotas."

"E por que o pessoal daqui se importaria com isso?"

"Como falei, é que nem na prisão", ele diz, dando de ombros. Sua voz começava a mostrar sinais de exasperação. "Cheia dos piores filhos da puta do mundo, mas, ainda assim, com leis. E gente como eu? Somos lixo. Piores que assassinos sem motivo, torturadores ou golpistas. Somos *pura merda*."

Malvo faz beicinho. Um show de autopiedade, que ele tenta ver se eu percebo. Para saber se estou do lado dele.

"Você encontrou o seu lugar", digo. "Não é em Fairgrounds. É aqui."

"Ah, é?"

"O pior da sua vida foi quando você foi mandado para a prisão, e é o que este lugar representa. A penitenciária. Sua identidade exposta, não conseguir o que você mais quer. Seu destino é ficar aqui."

O beicinho sumiu. As mãos dele se afastam do corpo, como se para bloquear qualquer movimento que eu faça na direção da porta.

"Vou perguntar mais uma vez", falei. "Você sabe onde está minha irmã?"

"Como poderia saber? Você mesmo acabou de dizer que estou preso aqui."

"Ela poderia ter aparecido neste lugar. Ela não é como você ou os outros lá fora. Pode ir para onde quiser."

Exceto a casa, penso, sem falar. *Ela não consegue ir até o lugar onde você começou o incêndio.*

A expressão de Malvo muda e fica exatamente como a dos outros que tentaram me caçar, assim como a de todas as pessoas por quem passei nas ruas.

"Por que eu diria a você?", responde. Não mais representando, não mais o charmoso Dean. Ele agora é Bob. Sentindo o gosto do ódio na boca. "Por que eu me importaria com aquela piranha?"

"Para fazer algo de bom, depois de toda a dor que causou."

"Essa é boa! *Dor?*" Ele ri. "É como eu costumava dizer para as minhas namoradas. *Se fica em segredo, não dói.*"

"Não é segredo que você matou minha irmã."

"Eu não a matei."

"Mentira. Você se enforcou."

"*Ela* me mandou fazer aquilo."

"E você fazia tudo o que ela mandava?"

"Você não?"

Malvo agora está muito próximo. Faço um movimento, viro um pouco os ombros, e ele desliza alguns centímetros, em um movimento correspondente.

"Não é por isso que você está aqui?", ele diz. "Por que ela queria que você viesse?"

"Diga-me quem a matou."

"Aquela garota? Quem sabe? Ela andava carregando um cartaz com os dizeres *Me ame!*, ou *Me coma!*, ou *Me mate!*, dependendo de quem olhava."

Malvo para e reflete sobre isso. Suspira, como se suas lembranças da minha irmã fossem apenas de doçura e dias ensolarados. Representando de novo. Isso mantém distante a agressividade que está tomando conta dele. Mas não por muito tempo.

"Posso lhe contar uma coisa, Danny?", ele fala, uma linha branca de cuspe circundando seus lábios. "Pensei que não me importaria em ter uma companhia por aqui. Alguém que tivesse me conhecido nos bons tempos. Mas você é meio *mala*, para ser franco. *Quem matou minha irmã? Diga! Por favor!* Isso me lembra de um conselho de um dos meus diretores. 'Quando não souber o que fazer, faça *alguma coisa*.'"

Suas mãos estão agora na altura dos ombros. Ao mesmo tempo, ando para trás, pensando que havia ainda uns trinta centímetros até a parede. Mas eu já estava colado nela.

"Então, o que acha?", pergunta Bob Malvo enquanto fecha os dedos em torno da minha garganta. "Que tal nós dois *fazermos* alguma coisa?"

Willa!

Uma mensagem mental que não vai a lugar algum.

Eddie!

É o nome do menino que me faz tentar socar Malvo para afastar suas mãos. Não funciona. Nem um pouco.

Mas aquilo me lembra que ainda tenho a pedra. A que agarrei quando me chutaram. Uma pedra do tamanho e do peso de uma grande bola de gude, nada além disso. O bastante para dar lastro ao meu punho. Faz saltar os nós dos dedos, salientes e duros.

Tudo o que ouço é o sumiço do som, algo que antecede o blecaute, as esferas flutuantes de luz.

Meu punho gira para cima, algo que assisto como se estivesse longe. Um evento fora do meu controle.

Ele encontra a parte de baixo do queixo de Malvo. Percebo que o som voltou quando escuto o ruído de dentes se quebrando. Os dele. Cuspidos bem na minha cara. Uma lasca atingindo o canto do meu olho, de modo que eu o empurro às cegas depois que ele relaxa a pressão na minha garganta.

Em questão de segundos, nós dois concluímos que jogar o outro contra a parede é uma tática melhor que socos. Por algum tempo, há apenas os ruídos surdos de corpos batendo na pedra.

Em uma dessas idas e vindas, dou a Malvo mais espaço do que planejara. Isso lhe permite tomar distância para me atacar, os cotovelos para frente, como os chifres de um touro. Consigo pular de lado antes que ele me acerte. Seu ímpeto, o golpe perdido, minhas mãos no cinto dele — tudo conspira para que sua cabeça acerte o granito atrás de mim.

Isso mal o afeta. Ele se recompõe enquanto emite um silvo pelo buraco onde estavam seus dentes da frente.

Mas isso leva um pouco de tempo. Tempo que uso para derrubar a porta de madeira e sair correndo, para a luz acinzentada. Subindo a ladeira, onde consigo arriscar um palpite sobre em que direção está a Woodward e corro para lá, os braços marcando o ritmo.

Malvo está nos meus calcanhares. O silvo é agora um gargarejo gutural, como se ele estivesse se preparando para cantar.

Por entre as árvores, uma das pistas se alarga onde está o prédio da administração, coberto de pichações e sem o telhado. Logo atrás dele, o rio de concreto da avenida.

Arremeto naquela direção, mas não sozinho.

Outras passadas se juntam às de Malvo agora. Todas mudas. Toda a terra tremendo com o peso dos passos, cada vez mais largos.

O pensamento de que posso não conseguir ajuda. Instigado pela desesperança.

Salto o meio-fio. No primeiro passo, a ponta do meu pé esquerdo agarra em um pedaço de asfalto revirado, o que me faz sair rolando até a divisória das pistas. Olho para a multidão, parada no limite da área do cemitério.

Malvo ali, na frente de todos. Suas mãos se esticando para mim, mas os pés plantados no chão.

Do nada, a voz do meu pai.

Há uma fronteira bem no meio. Uma linha invisível.

Isso se repete com todos eles. Malvo, os dois homens e a mulher que me perseguiram, bem como uma dezena de outros, que olham enquanto eu me levanto e saio mancando. Do outro lado, na borda do Fairground, o mesmo casal de mãos dadas se aproxima para ver qual a origem de tanta agitação.

Isso é para sempre, Tigre.

Por um instante, os dois lados dos mortos se encaram através da fronteira. Curiosos, olhando da mesma maneira que se olha para alguém em alta velocidade na estrada, ou observado no momento em que se pega a correspondência ou pendura a roupa no varal. À primeira vista, existências como as nossas, mas diferentes de maneiras que não podemos adivinhar, e quando elas acabam, elas acabam.

CAPÍTULO 39

É difícil se agarrar a pensamentos no Depois.

Coisas básicas, como quem eu sou, são tão difíceis de lembrar como os nomes dos professores do ensino fundamental, primos de segundo grau ou, no meu caso, a equipe dos Detroit Tigers em 1984, que eu havia memorizado.

Lance... Parrish? Era o interceptador. Chet Lemon, meio de campo. Kirk Gibson. Ou Kurt? Seja como for, nascido em Pontiac, Michigan.

Eu recordo que o time terminou em primeiro naquele ano, mas não me lembro do primeiro nome da minha mãe.

Essa deve ser a luta do Alzheimer, da velhice, do próprio tempo. O horror de perceber que os detalhes escapam do seu controle, substituído pelo terror ainda maior de que, no fim das contas, você nem vai sentir falta deles.

Nada disso é tão horrível quanto esquecer aqueles que você ama.

Mantenho Willa e Eddie comigo ao descer a Woodward na direção das torres negras. Mas mesmo isso tem um preço.

Quanto mais penso neles, mais dificuldade tenho para me lembrar do que vim fazer aqui. Não há espaço para as duas coisas.

Um pé do outro lado do rio, e o outro na sua garganta.

Isso me vem à mente, mas não consigo me lembrar de onde.

Você não pode empurrá-la de volta. Ela só pode ser puxada.

Passo pelo inexpressivo campo de golfe no parque Palmer, onde alguns jogadores espalhados pelo espaço verde procuram bolas perdidas na grama em torno de um laguinho vazio. Depois atravesso a McNichols Road, onde a Woodward perde sua divisória e as pistas norte-sul se unem, a avenida mais larga, mas em piores condições, algumas das placas de concreto totalmente na vertical, como um antigo muro. Do outro lado da avenida, lojas de bugigangas davam lugar a restaurantes de fast-food que davam lugar a estacionamentos. Este com mais carros agora, uma mixórdia de produtos americanos, tanto recentes como históricos, de modo que um Escalade fica ao lado de um Packard, um F-150 junto a um Studebaker. Todos sucateados.

Por algumas quadras, na Zona Norte, as coisas apresentam uma breve melhora. A Catedral do Santíssimo Sacramento ainda quase intacta, uma âncora para as sólidas casas ao longo dos bulevares Boston e Chicago. Demora-se um pouco mais para notar as mudanças. Um choupo desponta por um buraco no telhado. Um homem de smoking e uma mulher com uniforme de empregada simulando sexo em uma quadra de tênis no quintal.

Aí as coisas ficam feias de novo.

Não são apenas os estragos na paisagem, os bares de concreto pré-moldado e as financeiras para pequenos empréstimos, mas uma frieza no ar que havia se tornado mais sólida nas últimas quadras. A distância entre meu ponto de partida e onde estou agora havia trazido uma mudança de estação, de um outono lúgubre para um inverno tenebroso. A cada quilômetro que eu me aproximo do centro, a temperatura baixa mais dez graus. A névoa fica mais espessa.

Quando eu chegar à Alfred Street, o chão vai estar congelado. E eu também.

Atravesso o Grand Bulevar quando ouço novamente os rugidos.

Esconda-se.

A voz de Eddie. Vindo de seja lá onde ele estiver. O que significa que ele está mais perto deste lado do que deveria estar.

Algo está vindo.

"Eddie? Não! Volte!"

O som da minha voz ecoa na passagem elevada do trem. Os mortos que buscam calor sob cobertores de caixas de papelão erguem as cabeças para me ver passar mancando.

Esconda-se!

Há um pátio de veículos à esquerda. Seminovos de Jimmy Dale. Carros espalhados aqui e ali, bem como pilhas de ferro-velho. Uma cerca de tela de galinheiro, ainda de pé, separa o pátio da rua. Uma trepadeira qualquer se insinuou pelos espaços da tela, funcionando como uma cobertura suplementar. Vai ter de servir.

O problema é a cerca. Subir nela? Procurar um portão? Não há tempo para isso.

Estou prestes a correr quando vejo um rombo junto a uma das barras de sustentação da cerca. Largo o suficiente para um homem se enfiar por ali, se ele não se importar com alguns arranhões do metal.

Outra rodada de rugidos.

Agora!

Quando consigo passar para o outro lado, o peito, a barriga e as pernas cheios de cortes, busco um esconderijo. Se as bestas estão tão próximas quanto o som faz parecer, o prédio da administração está muito longe. Há apenas uma escultura de tubos de aço, para-choques e partes de automóvel, a nove metros à direita, contra a cerca.

Caio de joelhos e começo a me arrastar para trás da pirâmide de ferro-velho, quando Olhos Vermelhos ruge sob o elevado do trem. Seu timbre mais estrondoso e grave que o dos outros dois, um som contínuo e hipnótico.

Não é possível saber ao certo se ele já me viu ou não. Não sem me mexer. E, se eu me mexer, ele vai me ouvir.

Até pensar é arriscado. Porque, se eu posso sentir os pensamentos dele, então ele também deve sentir os meus. E eu *consigo* sentir a mente dele. Sutil como sinais de rádio captados pelas obturações metálicas em dentes.

Silêncio.

Isso também é novo. Detroit inteira suspensa no silêncio abafado de um vácuo.

Quanto tempo se passa antes que eu decida sair rastejando e dar uma olhada na rua? O bastante para que meus pés e minhas mãos fiquem dormentes.

Serpenteio pelo chão, colado à terra. Nada ali.

Talvez ele pense que fui mais longe do que de fato fui. Ou saiba que eu o estou observando e decidiu se esconder. Não importa. Tenho de voltar a me mover, ou vou congelar.

Saio de trás da pilha de metais. Começo a ir na direção do buraco na cerca. Sinto que sou observado.

Meus pés param, mas minha cabeça se vira.

Lobos.

Cães de guarda de uma raça indefinível no começo, mas que, deste lado, cresceram e sofreram mutações. Lobos combinados com as criações grotescas das máscaras de Halloween de lojas de bugigangas. Olhos afundados nos crânios. Um marrom, outro malhado como uma vaca, um negro. Saindo de trás do que um dia foi o escritório de Jimmy Dale.

Enquanto penso no que fazer a seguir, eles se separam. Um semicírculo ampliado que me impede de voltar para o meu esconderijo. Dois segundos depois, um deles se põe entre o buraco na cerca e o meu corpo.

Não tenho como ir adiante. A única opção de saída está atrás de mim.

Giro sobre mim mesmo e saio correndo para seja lá o que for que existe ali.

Um sedã Crown Vic. Comprido e largo como um rebocador. A julgar pelas desbotadas faixas azuis nas laterais, um veículo aposentado da polícia de Detroit.

Agora é muito simples. Chego lá, a porta abre, as janelas continuam intactas, eu entro e o carro resiste. Ou os lobos arrancam os meus pés.

A porta do carona está mais perto, mas não abre — possivelmente empenada ou trancada —, e consigo ver que a porta do motorista está entreaberta. Calculo que as vantagens de algo seguro são melhores que as de algo incerto, mesmo que eu tenha de ir até o outro lado.

As coisas-lobo se aproximam. Os dentes batendo de excitação. A promessa de carne.

Dou uma trombada na dianteira do carro, em vez de saltar sobre ela, um encontro doloroso entre para-choque e coxa. Mas isso não me detém. Meu quadril desliza por sobre a ponta do capô e planto os pés de novo no chão, do outro lado.

Uma das criaturas, a marrom, pula no capô. Seus dentes estariam no meu braço se suas garras não tivessem escorregado na superfície lisa, uma dança esquisita que faz o animal rosnar com fúria.

Estou contornando a porta parcialmente aberta quando o lobo negro surge por trás do veículo. Atrás de mim, o marrom desce do capô. Aterrissa na vaca malhada, que guincha de susto.

Há uma fração de segundo na qual os três percebem como vai ser fácil me derrubar. Tempo suficiente também para perceber que haverá uma corrida entre eles para ver quem me pega primeiro.

É por isso que, ao me atacar, eles pulam antes do que normalmente pulariam.

Caio de lado no banco do motorista. Agarro a maçaneta enquanto entro. Estou quase todo dentro quando bato a porta — mas quase. De fora, o pé da minha perna já machucada. O pé sobre o qual a porta se fecha.

O marrom pula nele imediatamente. Os dentes rasgando o sapato. Enterrando-se na carne, me puxando.

Estou a um ou dois puxões de ser arrancado do carro quando os outros dois lobos pulam sobre o primeiro.

Isso me permite colocar a perna para dentro, ainda que isso me custe um berro. O que atrai novamente a atenção das criaturas para o fato de que precisam me tirar do carro.

Com um tranco, a porta se fecha, no mesmo instante em que os monstros se atiram contra ela. E de novo. Suas cabeças fazendo as vezes de aríetes contra o aço.

Tento mexer o pé mastigado pela criatura marrom. Lateja como se atacado por um enxame de vespas, mas não parece ter qualquer fratura. Se eu conseguir suportar a dor, provavelmente conseguirei apoiar algum peso nele.

E para onde ele poderá me levar?

Não posso sair deste carro com aquelas coisas saltitantes uivando lá fora. E o fato de eles me virem aqui dentro sempre que pulam só faz crescer sua fúria. Faz com que eles batam a cabeça contra a porta de novo.

Depois de algum tempo, os animais começam a raciocinar.

O malhado pula sobre o porta-malas. O negro, no capô. O marrom fica pulando junto ao vidro da porta traseira esquerda, atrás de mim, que está alguns milímetros aberta e tem várias rachaduras. Batendo, arranhando. Os três em uma corrida para achar uma entrada.

Tento pensar na minha família, naqueles que deixei para trás. Recordo um rosto, uma palavra dita na voz deles. Mas não me lembro dos nomes. Não há nada além dos lobos. Gemendo com uma carência que quase desperta minha piedade.

Ao mesmo tempo, o marrom arranca um pedaço do vidro traseiro, do tamanho de uma caneca, e o negro consegue quebrar o para-brisa dianteiro, o suficiente para enfiar a ponta do focinho. Os dentes estalando a meio metro da minha cara, apesar de os cacos cortarem a sua mandíbula.

Não quero pensar nela. No entanto, ela surge de qualquer modo. Seu nome. A maneira como ela se divertia quando via algo morrendo.

"Ash?"

Curiosa.

Ela ficaria interessada em ver qual lobo alcançaria minha garganta primeiro. E, ainda que eu chamasse por ela, que apelasse para ela, minha irmã não sentiria nada por mim. Apenas decepção se o seu escolhido não vencesse.

E então, de repente, me dou conta de que não estou sozinho.

— OS —
CONDENADOS
ANDREW PYPER

CAPÍTULO 40

Alguém está sentado no banco do carona, ao meu lado, uma pessoa que não estava ali há um segundo. Não é Ash. Não sinto o cheiro dela, por exemplo. E não sinto a tristeza avassaladora que sempre surge após a confirmação de que é ela.

Um homem. Um policial uniformizado com um bigode que cai bem no seu rosto largo. Ele tem consciência do quanto a situação é ruim — vê os lobos-que-não-são-lobos tão bem quanto eles agora o veem, pois seus olhos correm de um animal para o outro, acompanhando os três monstros. Ainda assim, seu rosto permanece sereno, a habilidade profissional de comunicar tranquilidade àqueles que precisam.

Greg.

Seu nome surge na minha mente, apesar de não carregar junto o da sua esposa — minha esposa. O primeiro marido dela, que levou um tiro na garganta dentro da própria casa. *Um bom homem*, era o que ela dizia sobre ele. Uma alma enviada para um lugar melhor que este, mas, mesmo assim, aqui. Por minha causa.

Coisas, sentimentos, pessoas. Almas. Talvez elas possam ir e voltar mais do que imaginamos.

"Eu sei quem você é", digo.

Ele faz que sim com a cabeça. Um gesto gentil e distintamente masculino. Um sinal de paz entre aqueles que, de outra forma, poderiam ter interesses conflitantes.

"Eu sugeriria tomarmos um drinque em algum lugar", diz ele. "Mas aposto que esta terra vive sob lei seca. E você não tem tempo para isso."

O animal negro arranca sua cabeça do buraco no para-brisa, para depois enfiá-la de volta. Todo o seu focinho já está dentro do carro agora, as orelhas quase entrando. Quando estas passarem, virão os ombros. É o que basta para seus dentes me alcançarem.

"Tome", diz Greg. "Você precisa disso mais do que eu."

Ele põe a mão no seu casaco da polícia de Marcellus e tira de lá uma arma. Não sua pistola de serviço, mas uma Browning semiautomática pequena. Ele a gira na mão, sorri com uma lembrança.

Greg me entrega a arma. O metal surpreendentemente pesado de uma arma decente, a densidade do seu propósito na palma da minha mão.

"Nós a chamávamos de Só Por Precaução", diz.

Estou prestes a agradecer, mas, com um leve aceno de cabeça, ele mostra que não é necessário. Então é a vez dele de quase me dizer algo.

Eu sei que você também os amou.

Ele abre a porta do carona e sai do carro. Os lobos param e, assim como eu, ficam olhando enquanto ele vai embora. Uma caminhada despreocupada de policial em torno do prédio administrativo e ele some.

Assim que Greg some de vista, os monstros recomeçam a luta para entrar.

Dois deles conseguem.

O marrom pela janela de trás, desabando no banco traseiro. O negro, pela frente.

O vidro em torno do corpo do negro cai ao mesmo tempo em que ergo a Browning. Ele morde a mão que segura a arma. Seus dentes rasgam minha pele enquanto o dedo pressiona o gatilho.

A bala explode nas suas costas. A criatura relaxa a mandíbula e me olha como se aquilo fosse um jogo, sem acreditar que eu o tenha levado tão a sério. Uma expressão que se mantém enquanto sua cabeça desaba no meu colo.

Giro para trás e disparo sem olhar.

O primeiro tiro erra o marrom, mas o assusta. O que me dá a chance de ajustar a mira e enfiar a bala seguinte no crânio do animal.

Resta o malhado.

Há um segundo, ele estava batendo contra o vidro traseiro. Agora, não está mais à vista.

Abro a porta do motorista alguns centímetros. A arma apontada para a abertura, mas nenhum dente aparece tentando me morder. Será que a bala perdida o acertou? É possível que ele esteja caído no chão atrás do carro, mas tenho minhas dúvidas. Ele era mais esperto que os outros dois. Recorreu a novas táticas depois de ver o que a arma fez com seus irmãos.

Com um pontapé, escancaro a porta. Saio com a arma apontada, o braço estendido, examinando a área. Ao colocar o pé esquerdo no chão, ele manda um aviso de dor diretamente para minha nuca, tão intensa que por pouco não desmaio. Então, tão rapidamente como surgiu, a dor recua, encontrando um ritmo latejante que consigo suportar.

Deixo o Crown Vic para trás e começo a caminhar de volta ao ponto onde encontrei uma passagem pela cerca. Meus olhos varrendo todas as bordas, em busca de uma forma emergindo do seu esconderijo. É por isso que, quando o lobo malhado vem por trás de mim, tentando me atacar pela lateral, só o vejo tarde demais. Correndo silenciosamente a partir da mesma pilha de ferro-velho que usei para me esconder dos tigres. Atacando.

Mas ele não me derruba.

Minhas pernas conseguem suportar o impacto, mesmo quando ele aperta os incisivos na perna da minha calça e me puxa. Ele quer me jogar no chão. Em vez disso, dou um tiro no quadril do bicho.

O lobo me solta. Começo a recuar de novo, achando que tenho algum tempo, mas ele já volta a correr para cima mim. A perna atingida quicando como um martelo preso por um arame.

Dou um tiro no seu peito.

Ele dá mais dois passos antes de cair.

O pátio fica novamente em silêncio, exceto pela Browning, clicando e clicando enquanto continuo puxando o gatilho antes de largar a arma junto ao malhado. Depois atravesso a cerca e tomo a direção sul, sem olhar para trás.

CAPÍTULO 41

Minha expectativa é que os tiros e uivos tinham atraído mais gente até a Woodward para me ver. Em vez disso, os quarteirões seguintes estão estranhamente vazios, sem qualquer movimento. Talvez a Detroit da vida após a morte seja como a Detroit dos vivos nesse aspecto: quando você escuta alguma confusão, não liga para a polícia ou sai para ver o que está acontecendo — você cuida do seu maldito nariz.

Só depois de atravessar a I-94 é que vejo pessoas novamente. A maior parte delas está de pé pelas esquinas, com camisas dos Pistons e dos Lions, esperando por algo que nunca vai aparecer para levá-los para casa. Outros lembram turistas. Forasteiros em roupas de golfe de cores berrantes ou saias floridas. Um usa uma doleira por cima da calça, outra força a vista para ler um mapa que está de cabeça para baixo.

Eles estão aqui porque esta parte da cidade um dia foi atraente para eles. Um trecho da Woodward Avenue que tem a Biblioteca Pública de Detroit de um lado e o Instituto das Artes do outro. A pedra branca das duas estruturas crivadas de borrões e marcas de mãos, círculos e vírgulas — nenhuma palavra, nenhum nome, nenhuma figura —, tudo da mesma cor marrom. Pichadores que haviam usados fezes humanas como tinta.

"Isso é tudo o que sobrou da alta cultura desta cidade", lembro do meu pai me falando isso quando passamos de carro entre os dois prédios, no dia em que ele me levou até o seu escritório. "Se você piscar, vai perder."

Foi uma observação que, na ocasião, não compreendi, mas que agora percebo que não dizia respeito às duas instituições, e sim ao caráter da cidade. Como o lugar no qual ele havia desperdiçado sua vida útil tinha pouca coisa para mostrar depois das décadas de prosperidade e de um crescimento aparentemente irrefreável, tudo isso tão rapidamente desfeito. Como Detroit sempre seria a Cidade dos Motores, mesmo depois que os motores deixassem de ser fabricados.

Os turistas param para me observar, da mesma maneira que os outros. Posso sentir o interesse deles se voltando para alguma outra coisa, algo que, pela primeira vez, percebo emitir seu próprio odor vagamente sulfuroso. Como antes, mantenho os olhos no chão. Não os encaro, na esperança de que eles me deixem passar.

Pensaria, se este fosse o mundo dos vivos, que agora era o fim da tarde. Mas aqui, sob esse ininterrupto domo de nuvens, o sol nunca se mostra, as sombras não se alongam nem ficam mais largas.

As torres do Ren Cen surgem maiores agora, sua pele curva visivelmente esburacada nos pontos onde as janelas foram quebradas. Antes delas, os prédios em art déco, onde ficam os escritórios mais antigos, têm uma aparência porosa e amarronzada, como se tivessem sido construídos com areia molhada. Aumentando o quadro deprimente, uma bandeira dos Estados Unidos em frangalhos pendia de um mastro no topo do banco First National.

Estou perto o bastante para ver também o estádio de beisebol, ao leste. Os postes de luz cercando os muros do gramado como sentinelas.

A vista da Alfred Street.

A casa ainda está lá. Pelo menos está em melhor estado do que no mundo dos vivos.

Não há necessidade de vigas de aço para escorar suas paredes, e o torreão característico no canto da construção ainda não desabou, de forma que, na luz mortiça, ela recupera parte da sua antiga grandeza. Como quase todos os outros casarões da rua foram demolidos, a casa se destaca sozinha por centenas de metros em torno de si. Esse isolamento aumenta a ideia de arrogância, como se ela se recusasse a ficar perto de outros casarões indignos da sua companhia.

A outra diferença é que a casa não tem tábuas pregadas nas portas e janelas. O que houver de luz e ar disponíveis atravessa seus cômodos, ainda que, de onde estou, que era onde costumava ficar a calçada, não consigo ver nada lá dentro.

Quando saí às pressas do carro da minha mãe, no meu décimo sexto aniversário, não hesitei como hesito agora. Naquela ocasião, eu tinha um pressentimento. Um pressentimento ligado a Ash, então certeiro.

Agora, não há nada. *Menos* que nada. Um vazio dentro de mim que não sentia desde que chegara aqui. Talvez eu esteja apenas me dando conta de que estou ficando igual aos outros, de que estou me perdendo ao chegar cada vez mais perto de encontrar minha eternidade. Que pode estar aqui.

Entro na luz amarronzada do saguão da casa, onde agora há menos lixo no chão, apenas alguns pequenos montes de pó e pedacinhos de papel. O silêncio tão denso que tento imaginar algo nele, o zumbido do sangue de outra pessoa nas suas veias, mas a quietude apenas se reafirma.

"Você está aqui?"

Pareço ter dezesseis anos de novo. Ou ainda mais novo.

Como não há resposta, caminho até o buraco no chão. Alguém deixara uma escada de mão onde antigamente ficavam os degraus até o porão. Tão escuro lá embaixo que não vejo o ponto em que ela encosta no chão.

Coloco um pé no segundo degrau. Como ela não estala, eu me ajeito e seguro nas laterais. A escada range, reclamando, mas parece robusta o suficiente. Ao descer mais alguns degraus, sou progressivamente engolido pela escuridão.

Chegar ao fundo demorou mais do que eu imaginava. O retângulo aberto lá em cima encolhe até se tornar algo inalcançável, a luz no fim de um píer, vista de um navio que já zarpou.

Assim que chego ao piso do porão, minha única vontade é começar a subir de novo. Porém, no mesmo instante, começo a tremer com tanta força que acho impossível que minhas mãos consigam segurar a escada.

Porque está muito frio aqui embaixo.

Porque estou terrivelmente apavorado.

Quando minha vista se ajusta à escuridão, meus olhos piscam e consigo adivinhar onde ficam os cantos do porão. Por fim, posso identificar diferentes tons de negrume e começo a me afastar da escada. Com as mãos esticadas à minha frente.

"Eu sei que você está aqui."

Isso não é verdade. Mas sinto que é o tipo de provocação que pode atraí-la para mim. Uma declaração de um conhecimento superior, que ela se sentirá tentada a desafiar.

"Não tenho mais medo de você."

Isso provoca um ruído. Pés deslizando sobre as tábuas do piso lá em cima. Seguidos pelo som de madeira raspando madeira.

Eu me viro a tempo de ver o pé da escada sumindo pelo buraco acima de mim.

Tento segurá-la, pulo, mas é tarde demais. A escada faz barulho no chão.

Mais uma vez, pés se arrastando. Alguém chega perto da borda do buraco. Uma única silhueta que se debruça para me espiar.

Uma mulher.

Eu tinha razão, penso. *Garotas com esse tipo de beleza não envelhecem bem.*

Pulo de novo. Me estico, as mãos tentando alcançar a borda. De novo. Sempre falta cerca de meio metro.

"Você sempre foi alto", diz Lisa Goodale. "Mas não *tão* alto."

Ela espera eu recobrar as forças e me endireitar, depois de descansar um pouco com as mãos nos joelhos. Pelo menos é o que eu penso. Estou enganado.

Mais sons de passos vindo do assoalho. Outra pessoa para ao lado de Lisa.

"Michelle?"

"Ei, Danny."

"Eu pensei... Vi você no teatro do colégio."

"Você me viu. Mas, no fim das contas, o espetáculo era *aqui* o tempo todo."

Nenhuma delas se move. Apenas olham para baixo educadamente, como se esperassem que eu acabasse de me aprontar para uma demonstração ensaiada.

"Vocês nunca deram meia-volta", acabo falando. "Vocês não me chamaram no aniversário dela porque estavam preocupadas com onde ela poderia ir. Vocês sabiam."

"Não foi *totalmente* uma mentira, Danny", diz Michelle.

"Nós *paramos* de ir atrás dela", afirma Lisa.

"Até que começamos a segui-la de novo", retoma Michelle.

Olho em volta. O porão escuro como o fundo do oceano, pressurizado e gélido. Mesmo se eu conseguisse enxergar alguma coisa, não há saída.

Novos sons vindos de cima fazem com que eu olhe para o alto. Uma terceira pessoa se junta às outras duas, fazendo sombra sobre o buraco, de modo que só vejo as silhuetas delas.

"Há quanto tempo, Danny", diz Winona.

"Deixem-me sair daqui."

"Por quê? Pensei que você queria saber o que aconteceu com a sua irmã. Bem, seu desejo se tornou realidade."

As três se juntaram mais, como se procurassem se aquecer.

"Então me contem", digo, tentando mantê-las ali com palavras. "Digam o que aconteceu."

"Ficamos bem para trás. Ela nunca se virou para olhar, nem mesmo uma vez", diz Michelle. "E, ao chegarmos à esquina, vimos sua irmã entrar aqui. Esperamos cinco, talvez dez minutos, e entramos também."

"Ela não ouviu vocês?"

"Ficamos em silêncio", diz Lisa. "Silenciosas como ratos."

"Ratos de pantufas", completa Winona.

"E ela estava um pouco ocupada", acrescenta Michelle.

"Com o quê?"

"Tentando ficar de pé. Tornozelo quebrado. O pé dela balançando, inchado como uma bola de futebol", diz Winona. "Ela deve ter caído aí, exatamente onde você está agora. E devia estar tentando pular ou encontrar uma saída, como você."

"E vocês a ajudaram?"

"Acho que você sabe a resposta", diz Lisa.

"Por quê?"

"Foram alguns motivos", diz Michelle. "A gasolina era um deles. O lugar estava totalmente encharcado. Era até difícil respirar."

"E o corpo", completa Winona. "Meg. Caída aos pés de Ash. Toda surrada. Não era preciso ser um gênio para deduzir o que havia acontecido."

"Deus. Jesus *Cristo*."

"Você acredita nessas coisas, Danny?", pergunta Lisa. "Sua irmã com certeza não acreditava."

"Ela matou Meg Clemens?"

"Viu?", diz Michelle. "Você chegou à mesma conclusão que nós três."

"Como?"

"Cabeça esmagada com algo pesado, é o meu palpite", diz Lisa. "Estava toda ensanguentada."

"Mas por quê? Por que Ash matou Meg?"

"Quem sabe?" responde Winona, dando de ombros. "As pessoas diziam que Malvo estava comendo as duas. Talvez ela estivesse com ciúmes."

"Ou talvez apenas estivesse a fim de fazer isso", diz Michelle.

"Para ver que diabo aconteceria", diz Lisa.

"Maneira de falar", acrescenta Winona.

"Não. *Não!*"

"Foi exatamente o que ela disse", fala Lisa. "Ela olha para cima, nos vê aqui, descobrindo todos os seus podres. '*Não!*' Como se ela soubesse o que íamos fazer antes mesmo de tomarmos a decisão."

Isso me faz gelar. O frio é tão intenso que luto para pronunciar as palavras seguintes.

"O que vocês fizeram?"

Winona abaixa os olhos na minha direção. Em seu olhar, a piedade da nerd da turma que, mais uma vez, subestimou a idiotice alheia.

"Colocamos um fim em tudo", diz.

Pelo tempo dos vivos, Winona só pode ter se juntado às outras há dois dias. Apesar disso, as três se mostram unidas, com uma estranha familiaridade de irmãs. Seria fácil interpretá-las mal. Considerá-las inofensivas, os sorrisinhos nos seus rostos um sinal da diversão que está por vir.

Mas então, enquanto as observo, elas começam a mudar.

As marcas do tempo deixando as peles, seus corpos se alterando. Como se milhares de finas camadas fossem sendo puxadas, de maneira invisível, até seus verdadeiros eus ficarem expostos. Elas aos dezesseis anos.

"Qual de vocês ateou o fogo?"

"Pode-se dizer que fomos todas nós", responde Lisa.

"E ela sabia que foram vocês? Minha irmã viu vocês fazerem isso?"

"Bem na frente dos seus malditos olhos", diz Lisa.

"É por isso que estamos aqui", diz Michelle.

"E é por isso que nunca vamos partir", completa Winona.

Estou prestes a desmaiar. Alguma coisa neste lugar exaure minha capacidade de me mover, de falar, de pensar. Como se eu estivesse derretendo, mesclando-me ao local. Desaparecendo, à medida que me transformo na casa. É a mesma coisa que aconteceu às três ali em cima, a Bob Malvo, à minha mãe, a todos no Depois que não conseguem passar dos limites do lugar onde foram colocados. Sou uma árvore morta sendo plantada no último porão da Alfred Street.

Ash não queria que eu entrasse na casa para descobrir quem começou o incêndio. Ela me queria aqui, com ela.

"Vocês são assassinas, assim como minha irmã", digo por fim.

"Pensamos que estávamos colocando um ponto final em algo. Adolescentes justiceiras. Protegendo os outros, sabe?", diz Winona, inflando o peito de modo zombeteiro.

"Por causa do que ela fez a Meg."

"Por causa do que Ash *era*", corrige Michelle. "Você sabe melhor que qualquer um, Danny. Ela estava apenas começando. Assassina aos dezesseis. Ela estava no caminho."

"Como vocês fizeram?"

"Ela já ia queimar toda esta merda", precipita-se Lisa para responder, visivelmente apreciando essa parte. "Gasolina *por toda parte*, entende? Era o plano dela. Destruir as provas. O corpo de Meg. Afinal, há tantos incêndios criminosos em Detroit que ninguém investigaria muito. Não precisava ser *perfeito*. Os bombeiros levariam uma hora só para chegar aqui. Ash sabia de tudo isso."

"Assim como nós", ressalta Michelle.

"Assim como nós", prossegue Lisa. "Quando olhei para Winona e Michelle, percebi que elas sabiam o que eu estava prestes a fazer. Percebi que não me impediriam, que manteriam isso em segredo para sempre. Era tão claro como se tivéssemos dito isso em voz alta. Eu fumava naquela época — Newport mentolado, lembra? De como os adolescentes diziam que deixava seu hálito fresco? —, então eu tinha um isqueiro comigo."

"Ah, ela era descolada. Descolada como um Newport", diz Winona com uma risada ensaiada, do tipo que surge depois de uma piada repetida com frequência.

"*Buuuum!*", diz Michelle, fazendo o gesto de uma explosão com as mãos.

"Aquela piranha estava morta", acrescenta Lisa, meneando a cabeça.

"E depois vocês voltaram de bicicleta para a Woodward, mas não foram até o telefone público do zoológico", digo. "Isso teria levado muito tempo.

"Talvez você não seja tão burro assim", fala Winona.

"Usamos o telefone do pronto-socorro", diz Lisa.

"Com a minha moeda", emenda Michelle.

"Cumprindo ordens", diz Lisa.

"Como assim?"

"Foi a última coisa que ela falou para nós daí de baixo", diz Winona. "A única coisa que ela falou."

"*'Tragam Danny!'*", grita Michelle, copiando perfeitamente a voz de Ash. "*'Tragam meu irmão!'*"

"Isso não é doentio?", diz Lisa, batendo as mãos. "Não 'Socorro' ou 'Chamem os bombeiros'. Ela só queria *você*."

Isso me distrai de tal maneira que demoro a perceber o líquido que derramam sobre mim, respingando no chão, uma pequena cachoeira na borda do buraco no andar de cima. Gasolina. Olho para cima e vejo que o líquido vem de uma lata que Lisa está balançando, com um sorrisinho sarcástico no rosto.

"Por que estão fazendo isso?"

"Porque você voltou, Danny", responde Michelle.

"E ela disse que, se um dia você voltasse, deveríamos mantê-lo aqui. Porque você *deveria* ter ficado", diz Winona. "Só que você trapaceou. Foi embora."

"Isso soa como algo que Ash diria."

"Ela *disse* isso", ressalta Lisa, pousando a lata agora vazia no chão.

"Vocês não precisam fazer isso. Estão livres dela agora."

"*Livres*? Ela tem mais poder aqui do que jamais teve quando éramos garotas. Ela sempre foi excepcional", diz Winona. "Mas aqui, a excepcionalidade dela está..."

"Totalmente realizada", completa Michelle.

"É por isso que ela pode andar por toda parte", digo, compreendendo tudo à medida que falo. "Ela pode vagar. Ao contrário dos outros. Ao contrário de vocês. Ela não é uma condenada. Ela é um demônio."

"Bem, nunca usei essa palavra para descrevê-la", diz Michelle.

"O que não significa que você esteja errado", ressalta Winona.

"Quem se importa com o que ela é? Precisamos fazer o que é necessário", diz Lisa, tirando o isqueiro do bolso.

E, assim como da última vez, sem uma pausa sequer, ela o acende na primeira tentativa e o deixa cair.

— OS —
CONDENADOS
ANDREW PYPER

CAPÍTULO 42

Cambaleio para fora do alcance da chama cadente. Afasto-me o bastante para que, quando o isqueiro cair em uma poça de combustível e entrar em ignição, com o som de um lençol dobrado que se abre de uma vez só, eu não pegue fogo junto.

A primeira chama sobe reta pelo buraco, lambendo suas bordas, começando um novo fogo no primeiro andar. Quando sua altura diminui, ela ao mesmo tempo se alarga. Procura algo a que se conectar aqui embaixo. Encontra uma pilha de trapos sebentos do lado direito, algumas tábuas largadas no esquerdo. Põe os dois em chamas.

Por causa da fumaça, não consigo nem ver se as três garotas ainda estão lá. Algo me diz que não estão. Isso é um incêndio em uma casa em Detroit. Elas provavelmente estão do lado de fora, olhando da calçada, como os outros fazem na Noite do Demônio, desfrutando do show de destruição, que as pessoas aqui descrevem sempre do mesmo jeito.

É mais barato que ir ao cinema.

O calor me joga para o canto. O porão vive com fachos laranjas e vermelhos dançantes logo obscurecidos pela névoa preta. A fumaça atinge minha garganta. Tortuosa e pesada.

Não é possível sair daqui indo para a frente. Também não é possível ir para trás. Apenas uma única janela entre duas vigas, alta demais para que eu a alcance e pequena demais para que eu a atravesse, mesmo se conseguisse chegar lá.

Um vulto caminha na minha direção, saindo da fumaça.

Uma garota.

Ele veio para queimar comigo. Gêmeos, mais uma vez.

Iluminada por trás por pequenas explosões de fogo, que tornam seu rosto difícil de distinguir, ainda que a luz seja suficiente para mostrar que não é Ash. É a garota que ela matou. Meg Clemens. Grumos de terra, com pequenas raízes amarelas, grudados na camiseta e no short de corrida. O cabelo todo embaraçado, a pele exangue e fina como um saco plástico.

A morta, que se ergue dos mortos.

Ainda que este não seja o lugar dela. Como Greg, ela está aqui por minha causa.

Meg ergue a mão. Não tenho forças para me defender se ela tentar me atacar ou me puxar para perto dela. Então fico olhando. Um dedo se enrijece e aponta diretamente para trás de mim. Seus olhos semicerrados, como se voltados para um sol abrasador, mas, mesmo assim, sabendo onde é a janela do porão.

"Não consigo alcançar", digo. As palavras detonam uma tosse prolongada e dolorosa.

Meg se aproxima sem esperar que eu consiga respirar direito novamente. Entrelaça os dedos das duas mãos. Agacha-se e deixa as mãos penduradas, como um estribo.

"Sou muito pesado", falo.

Agora, Danny.

É Meg, mas não a sua voz. Esta foi tirada dela. É a alma da menina — não há outra palavra para isso — que me toca. Uma garota que gostava de trabalhar no jornal da escola e de cantar no palco, que havia sido abençoada com uma série de talentos, mas que não os usava para fazer os outros se sentirem mal, como costumam fazer as pessoas nascidas com uma boa sorte. Meg Clemens queria *viver*. E então ela esbarrou em Ashleigh Orchard e aceitou o convite desta para ir a uma casa abandonada na Alfred Street — e encontrou o fim da vida em uma parte de Detroit na qual nunca havia pisado antes.

Agora.

Ponho o pé no apoio formado pelas mãos de Meg. Seus joelhos quase vergam, mas os dedos permanecem firmes. Eles vão se separar quando eu subir neles, e ainda será preciso me erguer por cerca de um metro para que eu alcance a borda da janela.

E é exatamente isso que ela está fazendo.

Meg me ergue antes mesmo que eu esteja preparado. Forte e intocada pelo fogo, mesmo quando as primeiras línguas ardentes lambem minhas pernas e um uivo se reduz a nada no ar superaquecido.

Ela me levanta até minha cabeça estar na mesma altura da janela, de cujo vidro sobram uns poucos cacos alaranjados. Pode haver espaço para minha cabeça e meus ombros se espremerem por ali, mas não há apoio suficiente para as mãos a fim de que eu me erga.

Tento. Vejo que tenho razão.

As unhas arranhando o chão duro do quintal da casa, sem ir a lugar algum. Minha cabeça está do lado de fora, sorvendo o frescor da noite, mas o resto do meu corpo continua pendurado contra a parede do porão.

De repente, deslizo para fora. Empurrado. Meg levanta meus pés com ambas as mãos, fazendo-me sair até a altura das minhas costelas, de modo que consigo alavancar o resto de mim para fora da casa.

Acabo deitado de costas. Piscando contra o negror do que, em vida, é visto como o céu, mas que aqui é apenas o fim das coisas.

A casa solta um grito agudo.

À medida que o fogo consome a madeira, as fundações se deslocam, uma trituração de elementos que soa como uma expressão de pesar. Se eu não me mexer logo, toda a construção vai desabar em cima de mim. Mas, antes disso, rastejo de volta à janela. Olho para dentro, para ver se Meg ainda está lá. Seus olhos, abertos agora, encaram os meus. Cercada pelo fogo, como se esperasse a permissão para seguir em frente.

"Por quê?", pergunto, ainda que apenas queira agradecer.

Ela é a sua irmã gêmea. Não é você.

As chamas a devoram. Ela continua parada no centro do fogo, como um pavio. A luz, um cone que se ergue a partir dela, amarela e elevada.

Ela não é você.

O calor intenso me faz recuar. Sou seguido por um tentáculo de fogo, que se estende pelo chão, perseguindo-me enquanto me arrasto para longe.

Quando estou a cerca de trinta metros da casa, meu caminho é interrompido pelos resquícios de um muro de tijolos. Parte dos estábulos originais que ali havia quando a casa fora construída, antes dos motores e das linhas de montagem. Um lugar no qual me encostar e apreciar o fogo comer tudo. Levando Meg embora, com todas as outras lembranças ligadas a paredes e pisos. O passado queimado, até não restar mais nada.

Onde você está, irmã?

Ash não tinha quaisquer ligações na vida, apenas desejos. Amor? Ela era incapaz de sentir isso, e havia apenas duas pessoas de quem necessitava recebê-lo. Ela tinha o meu, havia nascido com ele. Mas o outro lhe fora negado.

Que lugar era proibido para você? Onde está a única porta que você realmente quis abrir?

As luzes do estádio de beisebol se acendem. Uma claridade instantânea que apaga tudo o que estava visível na paisagem há um segundo.

Exceto pelas torres redondas.

Negras e extensas. Exibindo, lá em cima, suas duas letras azuis, como um chamado. Como uma resposta. Que me informa onde ela está.

CAPÍTULO 43

Há uma pequena multidão na Alfred Street quando chego lá, vindo dos fundos da casa. Não vejo Winona, Lisa e Michelle entre as pessoas, não que eu analise seus rostos, pois não quero atrair a atenção delas, agora presa ao fogo.

Não estou nem a cem metros dali, e um ruído ensurdecedor faz com que eu me vire, para ver a casa desabando sobre si mesma. Um tornado de faíscas subindo em espiral pela noite negra.

Quando chego à Woodward, o frio voltou, assim como os calafrios, apesar das queimaduras na parte inferior do meu corpo. As luzes do estádio continuam acesas, de modo que as ruas e os edifícios do coração da cidade ostentam um verniz prateado, um tanto baço, suas sombras se estendendo por quilômetros.

Há um silêncio subaquático enquanto cruzo a Fisher Freeway e entro no centro da cidade propriamente dito. Meus passos ficam mais lentos, como se eu estivesse atravessando uma matéria mais sólida. O ar é algo entre pedra e gelo.

Não achava que conseguiria andar os vinte quilômetros entre o meu quarto em Royal Oak e aqui, mas consegui.

O último quilômetro até as torres negras, no entanto, é outra história. Uma distância tornada impossível não apenas pelos meus ferimentos, mas pela cidade em si. Uma resistência que sinto no chão, que agarra meus tornozelos a cada passo.

Seguirei em frente por aqueles por quem vim até aqui, seus rostos agora apagados, assim como seus nomes.

Por amor.

Amor era a única habilidade fora do alcance de Ash. Mas, no que dizia respeito ao nosso pai, ela ansiava pela atenção dele com uma intensidade semelhante a esse sentimento. Ela não se importava com teatro, balé, piano, boletins brilhantes ou qualquer uma das outras atividades nas quais ela era tão boa, sem fazer qualquer esforço. O fato de se distinguir, por si só, não lhe dava prazer. E, ainda assim, ela fazia todas essas coisas. Por ele. Para que ele visse a superioridade dela, e ela, por sua vez, pudesse confundir a admiração dele (algo que ela podia ter) com afeto (algo que ela não podia ter).

Quanto mais Ash representava para ele, maior a distância que nosso pai assumia em relação a ela. Ele descobriu o que ela era antes de qualquer um. Desde os primeiros momentos da vida dela, quando Ash miraculosamente voltou da quase morte e as enfermeiras lhe entregaram sua filhinha, e ele olhou nos olhos azuis dela e não viu nada, não sentiu nada, não reconheceu nada nela, percebeu que minha irmã se tornaria uma coisa a ser contida. Se isso não desse certo, uma coisa a ser negada.

Sei disso tudo porque ele me contou. Naqueles anos em que ficamos só nós dois na casa da Farnum Avenue, meu pai confessou que não tinha consciência do que fazer com sua filha.

"Ela teria matado, Danny. Ela tinha uma vida de assassinatos pela frente", disse ele certa vez na mesa da cozinha, de olhos secos. "Eu percebia isso quando trocava suas fraldas, ou lhe dava ameixas cozidas, ou a sentava sobre meus joelhos. E vi ainda outra coisa. Que eu nunca seria capaz de fingir *não ter* percebido."

Na época, eu achava que Ash era apenas um motivo secundário para o meu pai ter se afastado da família. Havia o trabalho, eu pensava. As vendas cada vez menores dos carros *made in America* aumentando a pressão sobre os caras dos andares de cima, como meu pai, que tinham de fazer corte de custos, cientes de que seus empregos podiam entrar nessa roda. Sem mencionar o alcoolismo da sua esposa, seu filho acovardado, toda o ardil da meia-idade. No entato, nada disso o havia levado a montar um segundo lar — seu verdadeiro lar, por mais solitário que fosse — no quadragésimo segundo andar da sede global da GM no Renaissance Center. O motivo era Ash.

E Ash sabia disso.

É para lá que tenho de ir agora. Lá em cima, por trás do vidro fumê da torre mais alta, aquela que sustenta as letras azuis, para o mundo inteiro ver. Era lá que ela queria estar, mais do que em qualquer outro lugar — não no escritório do nosso pai, mas *com ele*, para compartilhar suas ideias secretas, uma filha sobre cujos ombros ele colocaria o braço e apresentaria a todos, em vez de ficar longe dela e deixar que sua esposa fosse a única a dizer o nome da garota em voz alta.

Duas quadras adiante, a Woodward se abre no semicírculo do parque Grand Circus. As janelas dos edifícios — o Broderick, o Kales — agora próximas o suficiente para ver nelas milhares de oportunidades para que alguém me vigie. Eu, o único andarilho que caminha pelos trechos de terra batida onde árvores cresciam no passado, a Fonte Edison agora uma cratera enferrujada.

Uma luz.

Branca, elétrica e forte, vindo de trás de um estacionamento na Broadway. Flutuando a cerca de nove metros do chão.

Um dragão.

É a primeira coisa que me vem à cabeça.

Uma besta alada.

Por um segundo, a claridade cai diretamente sobre mim, cegando-me, deixando-me imóvel como um animal selvagem que atravessa uma estrada e acaba sendo atropelado.

Quando a luz se move para outro ponto, percebo que logo depois vêm outros quadrados de claridade, mais turvos. O que me faz pensar em uma cobra, não em um dragão. Uma cobra que ingeriu centenas de humanos, seus rostos olhando para fora ao longo do seu corpo.

O monotrilho. Vazio na Detroit viva. Lotado aqui.

O trem entra deslizando na estação Grand Circus, cerca de dez metros acima da calçada. As portas se abrem.

Ninguém desce dos vagões. É o lugar deles. Andar em círculos no centro, pegando novos passageiros de vez em quando — vejo uma mulher largar suas sacolas de compra na plataforma e subir —, mas ninguém desembarca. Com o passar do tempo, haverá apenas mais estranhos contra os quais se apertar e menos ar para respirar.

As portas se fecham, e o trem parte. Faz a curva na direção sul, indo para o rio, e desaparece.

Minha expectativa é que o surgimento do monotrilho atraia outras pessoas para fora das sombras, mas a praça permanece vazia. No entanto, à medida que continuo caminhando para o sul, a certeza de estar sendo observado cresce. Os prédios comerciais do centro, ali há mais de um século, que foram o orgulho arquitetônico da nação e hoje não passam de cascas de tijolos vazias, inclinam-se sobre mim enquanto caminho. Tentando ouvir meus pensamentos.

E o que eles ouviriam, se pudessem?

Estou atrás de você. E quando eu encontrar, você não vai gostar nem um pouco.

Estou apenas tentando convencer a mim mesmo. Usando palavras para afastar o medo.

Não funciona nem um pouco.

Na esquina da Woodward com a Grand River, paro em frente à vitrine destruída do Eastern Wig & Hair. Eu me lembro do local da época em que era criança: as cabeças de plástico liso dispostas em fileiras, todas usando variados cachos, topetes e rabos de cavalo. Nas poucas ocasiões em que andei por aquela área com a minha mãe, eu perguntava se podia "olhar as cabeças", e ela me levava até a loja, sem nunca perguntar porque eu tinha interesse naquilo. Se ela tivesse perguntado, eu teria dito que aquelas cabeças me lembravam Ash. Não individualmente, mas em conjunto. Rostos esculpidos, adornados com penteados diferentes, humores diferentes, apelos diferentes.

As cabeças ainda estão aqui, mas as perucas que elas portam estão imundas e ficando ralas. Por trás das fileiras de cabeças, há quatro manequins femininos. Alguns sem braço. Todos brancos. Vampiros de alabastro.

Recomeço a caminhada.

Mas, antes disso, um deles se move.

Quando olho de novo para ter certeza, vejo que todos estão se movendo. E que não são manequins.

Eles fixam os olhos em mim.

Eu me viro, só que rápido demais. Quase perco o equilíbrio, que recupero mergulhando à frente, esperando que meus pés consigam emparelhar com o restante do corpo. Os quatro manequins a cerca de seis metros atrás de mim.

Corto caminho por um quarteirão e me vejo na rua exatamente atrás do muro externo do estádio. Suas luzes ainda estão acesas.

Se houver uma entrada, pode haver algum esconderijo.

Eu me enfio por baixo do portão mais próximo. Rebolo para atravessar a roleta, passo pelas barraquinhas derrubadas na passagem mais perto de mim e, subindo a rampa, chego à plataforma de concreto no topo das arquibancadas. Alguns lugares estão ocupados, vejo isso agora. Talvez uma centena de pontinhos espalhados por um estádio projetado para acomodar quarenta mil pessoas. Todas estão assistindo o que se desenrola no campo.

Tenho de ir à frente e sentar na última fileira para ver.

As linhas brancas que marcam as bases e o campo estão quase totalmente apagadas pela sujeira, e a grama é marrom. De reconhecível resta apenas o montinho do arremessador. Um círculo de terra batida, que lembra um formigueiro.

Um jogo se desenrola. Mas não é de beisebol.

Pessoas correm. Em uma contagem rápida, são seis. Algumas machucadas, arrastando pernas quebradas ou com as mãos sobre feridas abertas. Em busca de um lugar para se esconder no campo aberto em forma de diamante, elas pisam sobre os corpos daqueles que já caíram. Um homem cortado ao meio, metade do seu corpo no campo esquerdo, a outra metade no direito.

No início, não consigo perceber do que eles correm. De repente, vejo.

Olhos Vermelhos sai de onde costumava ficar a base, na ponta do diamante. Galopa atrás da presa mais próxima, uma mulher descalça, em roupa de ginástica. Crava os dentes na sua cabeça, quebra o pescoço dela e a larga no chão.

Algumas das pessoas nas arquibancadas aplaudem, um eco esparso de *clap-clap-clap*, mas a maior parte permanece imóvel. Observam o monstro partir atrás do homem de perna quebrada, que agora está pateticamente arranhando a mureta do campo.

Eu me inclino o máximo possível para caminhar pela fileira de assentos.

Um grito vem do campo.

Clap-clap-clap...

No corredor seguinte, apresso o passo.

Olhos Vermelhos escuta. Ela se volta. E me vê.

Corre pelo campo e salta sobre as arquibancadas. Pulando por cima das cadeiras. Alguns setores mais para baixo, retardado pela superfície irregular, mas, mesmo assim, avançando rapidamente.

Desço a rampa correndo e saio pelos portões. Na Madison, após meio quarteirão, dou uma olhada por sobre o ombro.

Vejo o tigre atravessar o portão e me encontrar no mesmo instante. Toma impulso e vem à toda.

A luz flutuante reaparece. O monotrilho aproxima-se da estação Broadway. As escadas para a plataforma a cerca de uns dezoito metros.

Subo as escadas correndo, tomando impulso no primeiro lance sem sentir os degraus sob meus pés. No segundo lance, ocorre o oposto: os degraus dobram de tamanho, as duas mãos se agarram ao corrimão, içando-me.

Lá em cima, o trem para na plataforma. As portas se abrem. *Espere por mim.*

Olhos Vermelhos tromba na base da escada. Ele se espreme no vão e começa a subir. Suas garras arranham os degraus de concreto, como facas em ardósia.

Chego à plataforma. Os freios do trem silvam ao parar. Os vagões lotados de mortos que olham para mim. Testemunhando minha corrida até as portas, que começam a se fechar.

CAPÍTULO 44

Quase dá certo.

Estou a meio caminho quando as portas me prendem, fazendo de mim recheio de um sanduíche em que elas são o pão. Um segundo depois, elas abrem automaticamente. O que me dá tempo para me esmagar lá dentro.

E dá tempo ao tigre para irromper da escadaria.

As portas se fecham de novo. O trem começa a se mover lentamente, enquanto a criatura patina na plataforma, dando uma trombada na lateral do vagão. Pensa em pular no teto, mas acha melhor não. Observa o trem partindo na direção sul. Sua cauda se agita de irritação.

Leva um segundo para me encontrar, graças à janela da porta. Quando isso acontece, seu corpo se enrijece. A boca se abre e sua língua vem para fora, polindo os dentes da arcada inferior. Então desce correndo as escadas.

Não em um gesto de derrota. Indo atrás do trem.

Os vagões se movem lentamente, enquanto tomam impulso para atingir sua velocidade máxima de lesma.

Vai, merda. Vai! Vai!

Minha pressa não faz com que os prédios destruídos e os estacionamentos bombardeados passem mais depressa. E também não consigo ver Olhos Vermelhos nas ruas lá embaixo.

Pela primeira vez desde que embarquei, tiro os olhos do vidro e dou de cara com meus colegas passageiros. Com *todos* eles. Porque eles só têm olhos para mim.

Um grandalhão que está no fim do vagão, com uma bandana embrulhando uma cabeça na qual as duas orelhas estão ausentes, abre caminho à força na minha direção, espremendo-se pela multidão. Outros, mais próximos — uma jovem com óculos quebrados, um adolescente com metade do corpo vestido, a outra metade totalmente queimada —, também forçam a passagem. Uma centena, só neste vagão. Estranhos trancados no seu círculo vicioso de tristezas, nada em comum além do fato de esse trajeto circular na área financeira de Detroit ser o Depois deles. Até que eu entrei lá.

Dou as costas para eles. Isso não os impede de continuar a se espremer à minha volta. E, em vez de abrir os cotovelos e tentar manter um mínimo de espaço, eu deslizo para o meio deles.

Porque o trem está parando na estação Greektown. As portas vão se abrir. Se eu ficar perto delas, serei cuspido, e eles não vão me deixar voltar.

Os passageiros não parecem estar esperando que eu voluntariamente me coloque no meio deles. Eles me cercam, mas sem me tocar, como se eu tivesse uma doença contagiosa.

As portas se abrem. Ninguém entra, ninguém sai. As portas se fecham.

Exatamente neste instante, o grandalhão sem orelhas enfim me alcança.

Ele começa tentando arrancar os olhos da minha cabeça. Uma das mãos agarra meu cabelo e a outra se cravou no meu rosto, o polegar em busca de apoio para escavar a órbita ocular.

Meu grito os assusta. Até o sujeito da bandana para um momento e balança a cabeça. Ele não parece ser capaz de escutar o que quer que seja com aqueles buracos no lugar das orelhas, mas minha voz o alcança. Não que lhe inspire qualquer piedade. Segundos depois, ele cai sobre mim de novo. Seu polegar calejado se lança no ar, bem na minha frente.

Desta vez, não deixo que ele agarre o meu cabelo. Ele mostra sua frustração me dando um soco na cara. Aquilo parece melhorar seu humor. Algo parecido com um sorriso faz com que seus lábios se movam.

E então ele me soca de novo.

Uma espiada pela janela me faz ver que o trem está fazendo a curva que leva à estação Renaissance Center. Minha parada.

As portas a apenas um metro. Porém, há três fileiras de passageiros entre eu e elas.

Contando o tempo, eu me agacho e começo a forçar a passagem no mesmo momento em que o trem desacelera para parar. Quando atinjo aqueles entre eu e a porta, eles caem por cima dos que estão atrás deles, abrindo espaço.

Nenhum deles grita, rosna ou fala. Eu me dou conta, quando me livro deles e as portas se fecham atrás de mim, que, durante todo o tempo em que estive no trem, ninguém emitiu um único som.

Exceto eu. Meus gritos, minha respiração violenta.

O que é tudo que há para se ouvir neste lugar.

Um pátio de concreto da largura da Woodward Avenue, que leva ao saguão principal do Ren Cen. Nas paredes, fotos de doze metros de largura de carros e caminhões da GM ao longo dos anos. Um Sierra mirando o Grand Canyon, um Corvette zunindo por entre salinas, um Cadillac esvaziando seus passageiros bronzeados e de calças xadrez na porta de um clube de golfe. Imagens que haviam sido perfuradas, cortadas e grafitadas, como se atacadas por macacos armados de agulhas de tricô.

Eu me lembro de quando este lugar era o futuro.

Meu pai o apresentava dessa forma sempre que passávamos de carro por ali, sempre que as torres eram apontadas por um dos raros visitantes que recebíamos na nossa casa ou se ele as via de relance durante a abertura do jornal das oito.

"Este é o futuro, bem aqui", dizia ele, com uma ponta de amargor, como se seu orgulho viesse acompanhado pelo anticlímax de saber que as coisas nunca iam melhorar, que seu empregador, sua cidade, seus Estados Unidos que dirigiam-só-por-prazer não tinham para onde ir, exceto compreender que não lhes restava muito tempo.

Para mim, o Ren Cen também parecia o futuro, ainda que uma visão cartunesca dele, as estruturas cilíndricas e espelhadas lembravam uma nave espacial em forma de taça de champanhe, digna de um episódio dos *Jetsons*. Isso dizia respeito ao exterior. Por dentro, causava uma impressão semelhante à que eu experimentava agora: muito largo , muito rígido, envelhecendo rápido demais. Algo construído para estar à frente do seu tempo, o que o condenava a ser um monumento à obsolescência.

Depois de algum tempo, o corredor entra em aclive, para terminar no saguão. Um imenso espaço aberto que, através de uma janela quebrada do outro lado, permite entrever o rio congelado, cinza e sem neve. De onde estou, posso ver que o saguão dá para um pátio de concreto trinta metros abaixo. Olho por sobre a amurada. Antes de retroceder devido à vertigem, vislumbro o que sobrou da exposição no andar inferior: uma maquete em escala de Detroit, feita em metal não pintado, as palavras CIDADE DO AÇO escritas em um círculo em torno dela. O estádio de beisebol do tamanho de uma latrina. Os prédios do centro altos como um homem.

Assim que as ondulações na minha vista diminuem, vasculho o lugar em busca de uma forma de subir. Além das escadas (seja lá onde estiverem), há apenas um: a coluna branca do outro lado, uma artéria de elevadores que sobem pelos setenta e três andares.

Pouca chance de os elevadores ainda funcionarem. Mas vale a pena tentar.

Levo um segundo para decidir qual é o melhor caminho — direita ou esquerda — para chegar onde eles estão. O saguão é estruturado como uma série de galerias abertas que circundam o coração do edifício, múltiplos pontos de vista dos quais funcionários e visitantes deveriam admirar a exibição de produtos, carros e caminhões pousados em ilhas flutuantes. Fico surpreso ao ver que vários ainda estão aqui. Um Chevy Volt com uma camada de pó sob uma faixa onde se lê ALGUÉM TEM DE SER O PRIMEIRO. Um pouco mais perto, uma minivan apontada diretamente para o abismo à direita ainda tem passageiros. Uma família. Papai ao volante, mamãe ao seu lado olhando para o horizonte, irmão e irmã visíveis pela porta de trás aberta, jogando videogames inanimados no banco de trás. Estátuas de cera realistas, nas quais estão fixadas as expressões de uma classe média entediada, os olhares distantes e os pensamentos privados de uma viagem interminável.

Eles se viram ao ouvir o rugido, antes mesmo de mim.

O pai, agora batendo no volante, pisando fundo no acelerador. A mãe apelando para ele, fazendo sempre a mesma coisa, ainda que sem emitir um único som — *Harry!* ou *Corra!* —, que é possível ler em seus lábios. Tentando fazer com que as coisas se *movam*.

Ao me ver, a besta ruge de novo.

Olhos Vermelhos para na base da rampa que acabei de subir, a cerca de trinta metros. Ofegante com a perseguição. A cauda batendo sem parar no teto do pátio de entrada.

Desta vez, ele não espera. Nem eu.

Vou para a direita. Se conseguir alcançar a minivan, posso trancar as portas e me abrigar na Dodge Caravan com os apavorados caipiras, que provavelmente morreram presos dentro daquele carro e agora o consideram seu lar na vida após a morte.

Não que isso vá impedir o tigre de arrancar o teto do veículo e esfolar nós cinco.

Não que eu vá conseguir chegar lá, para começo de conversa.

O monstro irrompe no pátio. Posso ouvir suas garras deslizando pelo chão polido quando ele faz a curva. Salta atrás de mim.

Não há qualquer saída ou portas entre eu e a minivan. A única rota de fuga é por sobre o parapeito elevado, para o piso lá embaixo.

Tento gritar, mas o frio rouba o grito no momento em que ele atravessa meus lábios. Apenas ao tigre é permitido ter uma voz aqui, tão perto do rio, tão perto do fim de tudo.

É por isso que, quando sinto algo, não digo nada.

Atravesso uma bolha quente, breve e inexplicável como um bolsão de calor que esbarra na sua pele quando se está nadando em um lago. Aquilo faz com que eu pare. Não pelo inusitado, mas pela sensação que provoca em mim. Um fluxo violento de pensamentos e emoções, rodopiantes e ilegíveis. A marca de um ser humano.

Uma presença que não estava aqui há alguns momentos. Que não deveria estar. Era alguém que, como eu, fez a jornada em nome de outra pessoa.

— OS —
CONDENADOS

ANDREW PYPER

CAPÍTULO 45

O garoto se coloca entre eu e o tigre.

Eddie está de costas para a besta, os olhos fixos nos meus, ao mesmo tempo encontrando força em mim e me cedendo a própria força.

Não é o fato de vê-lo que traz seu nome de volta à minha mente. É a lembrança do que ele significa, o compromisso de algo para além de si mesmo, a confusão ingovernável que o amor deixa atrás de si.

Eu vejo o garoto e me lembro do que é estar vivo.

Eddie sabe que o tigre vai alcançá-lo em um ou dois segundos, que o animal o vê e está desviando sua rota, com uma única passada, a fim de derrubá-lo, mas o menino não se move. Ele veio até aqui para isso. Ele vai deixar que a besta leve o tempo necessário para cortá-lo ao meio, para que eu tenha um minuto a mais.

Eddie!

Não emito qualquer som, não importa o quanto eu abra minha boca, não importa o quanto me force para gritar o nome dele.

O garoto sobe na borda da balaustrada. Isso obriga o tigre a jogar o corpo para a esquerda a fim de alcançá-lo. As enormes patas traseiras dando impulso à cabeça, para que esta enterre os dentes no menino ao pular.

Poderia ser um escorregão, um erro de cálculo, um acidente cujo resultado é inimaginável.

Mas não é.

Eddie se lança no espaço vazio do saguão no exato instante em que a fera investe sobre ele. O peso dianteiro do tigre o impulsiona para a frente, as mandíbulas ainda abertas quando ele também voa sobre o parapeito.

Por um átimo de segundo, os dois ficam suspensos no ar. O tigre desajeitado, agitando-se em meio à inevitabilidade da queda. Eddie imóvel. Braços e pernas estendidos, como se pronto para cair na água.

E então eles desaparecem.

Corro para olhar, mas levo alguns instantes para chegar ao parapeito. A câmera lenta do pesadelo, que antecede as mais terríveis revelações.

Quando finalmente chego, demoro um pouco para entender o quebra-cabeça lá embaixo.

Olhos Vermelhos está lá. O corpo da fera retorcido de uma maneira que faz com que pareça haver dois ou três tigres empilhados, apenas uma cabeça visível, olhando para cima. Morto. Não foi a queda que o matou, mas Detroit. As torres da maquete CIDADE DO AÇO perfuraram o peito, o pescoço. O gigantesco crânio espalhando seu conteúdo, depois de se arrebentar contra as miniaturas dos prédios comerciais da Woodward Avenue.

Não vejo Eddie em lugar algum.

Não há qualquer possibilidade de ele ter saído andando depois de cair, então o único lugar onde pode estar é embaixo do tigre. Esmagado. Mas talvez não. Talvez o menino tenha sido protegido pelos edifícios Penobscot e Guardian.

Encontro as escadas, atrás da minivan, e desço correndo, saltando quatro degraus de cada vez e me chocando nas paredes a cada andar. Ao chegar ao porão, caio, pois tropeço em um cano exposto que sai de um buraco no chão. Sinto que alguma coisa na minha perna estala, não que eu escute. Não ouço nada além do meu coração batendo, que diz:

Eddie... Eddie... Eddie...

Mais partes internas do tigre se espalham pela maquete, de modo que as ruas agora estão inundadas com seu sangue. A fera é tão pesada que arrancou muitas das estruturas sobre as quais caiu, mas não as esmagou por completo, então há um vão de cerca de um metro entre ela e o chão. É aqui que Eddie pode estar se tiver sobrevivido. Ou se não tiver sobrevivido.

De qualquer maneira, ele não está aqui.

Ping!

Do outro lado do saguão, um dos elevadores de vidro — totalmente sem vidros agora — abre suas portas. Ninguém lá dentro. Ele está à minha espera.

Dois pensamentos, ambos surgindo ao mesmo tempo, ambos aparentemente irrefutáveis.

Um, Ash mandou o elevador para mim. E se eu entrar nele, chegarei até ela.

Dois, não posso sair sem encontrar Eddie antes.

Disso se segue uma ponderação, menos cheia de certeza que as anteriores, ainda que convincente da mesma maneira.

Nunca encontrarei Eddie, não deste lado. Porque, se ele morreu, este não é o lugar dele.

Se Eddie morreu no hospital em Boston, foi para um lugar diferente, o melhor dia da sua vida, seja este qual for. No balanço, sendo empurrado por sua mãe no parquinho em Marcellus. Jogando futebol com seu pai depois de este chegar do trabalho, ainda de uniforme, o coldre de couro macio, o distintivo brilhante. Algo do tempo antes de ele me conhecer, antes de Ash entrar na vida dele.

O que significa que ele *quis* vir até aqui.

O que significa que ele fez isso por mim.

Vou até o elevador e entro.

CAPÍTULO 46

Aperto o botão para o quadragésimo segundo andar, mas não era necessário, pois as portas se fecham sozinhas, o elevador começa a subir antes que eu lhe informe para onde. Enquanto subo, vejo o corpo do monstro encolhendo no térreo, seus olhos vermelhos agora sem vida e opacos como botões. Partiu para um Inferno mais profundo, onde caçará de novo. Onde existirá por toda a eternidade como algo pior.

O elevador atravessa o teto do saguão, e recebo na cara uma golfada de ar gélido. Lá embaixo, o rio tem um cinza metálico, sua superfície mosqueada pelo que parecem borrifos de tinta — marrom, preta e branca —, mas que eu sei serem os rostos dos mortos. Os malditos dos malditos, olhando através do gelo.

Isso é para sempre, Tigre.

É como se ele soubesse. A maneira como meu pai tentava me dizer o que todo pai tenta dizer aos seus filhos sem assustá-los, abordando o assunto de forma indireta. Um esforço para explicar que, se há um fim, isso significa apenas que devemos viver o melhor possível enquanto estivermos aqui. *Não como eu*, era o que ele tentava dizer. *Eu quero que você viva melhor e mais desperto que eu.*

Achei que não sabia o que ele queria dizer quando havia falado essas coisas, mas, mesmo assim, eu me lembrava dessas palavras e ainda me aferrava a elas.

Há uma fronteira bem no meio. Uma linha invisível.

Minha mãe me deixara um relógio. Meu pai, um enigma em palavras.

Ping!

As portas se abrem.

No saguão, o odor rançoso de tinta de impressora e ar reciclado. O suor que vem não do esforço físico, mas do estresse, o azedume das preocupações humanas que gruda no carpete e se infiltra no forro do teto.

Assim que saio do elevador, as portas se fecham atrás de mim. Nem tento enfiar a mão para impedir. Há apenas o aqui, a sala para a qual já estou indo. Há apenas o incomensurável agora.

A aparência de local de trabalho corporativo ainda se mantém — as mesas em módulos, as salas onde a diretoria operava com seus telefones e suas telas —, mas é a de um lugar abandonado às pressas, uma evacuação da qual ninguém retornou. Há papéis sobre as mesas, teclados de computador, placas com nomes nas paredes junto às portas, calendários fixados com tachinhas nas laterais dos cubículos. Todos em branco. Organizados pelas mãos daqueles que vinham aqui diariamente, mas sem deixar traços das suas presenças. Como se fossem fantasmas mesmo quando estavam vivos.

O escritório do meu pai é o segundo a partir do fim do corredor. Eu me lembro disso porque o chefe dele tinha a maior unidade, um homem cujo primeiro nome eu nunca soube, pois meu pai se referia a ele exclusivamente como "Henley, o filho da puta", ainda que os dois tivessem jogado golfe, bebido e trabalhado juntos por mais de vinte anos.

Tanto a porta da sala do meu pai como a de Henley estão fechadas. As únicas que vi assim.

Abro primeiro a de Henley.

As coisas dele ainda estão aqui — a mesa em formato de rim, a vista da ponte Embaixador, que já não existe mais —, mas nada de fotos ou itens pessoais. O bastão dos Detroit Tigers, autografado por todo o time que havia conquistado o campeonato da Divisão Leste da American League, em 1987, não estava mais nos ganchos presos à parede.

"Venha, Danny! Você está fazendo o coitado do papai esperar."

Posso ouvi-la.

E não apenas na minha cabeça. Posso ouvi-la chamar do outro lado da parede, a cerca de dois metros de onde estou.

"Ele tem sido tão paciente. Não é mesmo, papai?"

A voz me leva de volta para o corredor. Não é a minha decisão, mas a dela, encarregando-se de tudo, tão facilmente como ela sempre fez. Ordenando-me a segurar a maçaneta, uma bola de gelo que, de acordo com sua ordem, devo girar. A porta uma lâmina de aço que ela sugere que eu empurre para abrir.

Frio.

No primeiro passo no carpete do escritório, o ar se cristaliza, tornando quase impossível se movimentar ali. Provoca cãibras em todos os músculos, faz os mais simples pensamentos gaguejarem. Uma desaceleração equivalente de corpo e alma.

Levo alguns instantes para ver meu pai.

Ele está sentado atrás da sua mesa. A cadeira virada, de modo que olha para fora, pela janela, o couro ocultando quase todo ele, exceto a careca se formando na cabeça, as manchas senis das mãos nos braços do assento.

Um pé do outro lado do rio, e o outro na sua garganta.

"Pai?"

Ele não responde, apenas faz um ligeiro movimento na cadeira, um estremecimento involuntário. Algo nisso sugere ser o sinal exterior de uma luta interna que quer se fazer ouvir, a fim de mostrar que uma parte dele ainda sente e escuta.

"Vá em frente, Danny. Tenho certeza de que papai quer dar uma boa olhada em você."

Ash se apoia em uma estante cheia de fichários. O trabalho de toda a vida do nosso pai, os memorandos que avaliavam as chances de um determinado motor, apoio de cabeça ou cinto de segurança causarem paralisia, desmembramento ou morte para quem circulasse nas estradas. Ela não está mais queimada, é Ash, a belafeia, radiante, de olhos azuis e ruborizada, uma simulação magistral de gratidão no seu sorriso de perfeitos dentes brancos e covinhas.

"Sério. *Vá em frente.*"

Então eu vou. Dou a volta na mesa, de costas para ela — sinto o hálito séptico que Ash sopra na minha nuca —, e me coloco ao lado do meu pai.

"Diga olá, Danny."

"Oi, pai."

Ele estremece de novo.

Seu rosto um ricto desesperado, as pálpebras inchadas, quase bolas. Os pelos negros das narinas vibrando. Ele sabe que estou aqui, e isso trouxe uma nova camada a seja lá que horror já lhe foi impingido. A seja lá o que for que minha irmã fez com ele.

"Viu? Olha só como ele está feliz!", guincha Ash, se aproximando de mim. "Nunca o vi assim tão animado em, bem, *toda a eternidade*. Ele está definitivamente *radiante*!"

Com um único dedo no meu queixo, ela vira minha cabeça para que eu a encare. A pele da parte interna dos seus lábios está azul, como algo que fica pendurado em um frigorífico.

"Sentiu minha falta?", pergunta.

Ela abre os braços. Chega mais perto. E me abraça.

Um abraço sufocante e tenebroso, como a terra que suja um corpo que se pensava estar morto, mas não está. Um abraço do qual meu pai nunca vai escapar. Nem eu.

"Você a afogou."

É menos que um sussurro, mas emito o som tão próximo da sua orelha que ela o escuta. Todo o corpo dela se enrijece.

"Por quê?", digo. "Ela era nossa *mãe*."

"Você *sabe* por quê", Ash responde, me apertando mais. "Ela queria salvar nossas vidas, mas, em vez disso, nos mostrou o rio. E eu o atravessei, Danny. Eu salvei você, mas eles me levaram para baixo. Eles tomaram a minha alma."

Quando estou prestes a desmaiar, ela me larga.

"Então tomei a dela", diz.

Tento caminhar de volta para a porta, mas não consigo. Um muro de densidade, uma energia carregada me bloqueia sempre que tento me afastar de Ash. Ela me obriga a ficar parado onde estou, para poder compreendê-la plenamente, admirar a realização completa da sua perfeição aqui, sua casa desde o nascimento.

"Eddie", consigo falar.

"Desculpe. Quem?"

"O garoto. Você o trouxe para cá?"

"Você o viu? Se sim, isso foi obra dele. Eu apenas o afastei da mamãe preocupada dele. Uma isca para que você viesse me encontrar. Não dou a mínima para o que aconteceu com ele depois disso."

"Ele estava aqui."

"Menino malcriado."

"Isso significa que ele morreu? O fato de tê-lo visto?"

Ash faz um beicinho de falsa compaixão. Inclina a cabeça para o lado, e os cabelos dourados, reluzentes mesmo sem qualquer luz que brilhe neles, fazem uma meia-lua sobre seu rosto.

"Vejo que você se *importa*, Danny, mas isso logo vai acabar", diz. "Você vai esquecer. Aquela mulher baixinha com quem você se casou, o garoto nanico de quem pensou que poderia ser um pai de mentirinha, aquele ridículo momento em que você se permitiu pensar que estava *livre* — tudo isso vai passar. Prometo."

Ela desliza e se coloca ao lado do papai. Acaricia a cabeça dele com a mão de unhas feitas.

"Você será que nem o papai", diz. "Os últimos dos homens Orchard, juntos outra vez. E com olhos somente para mim."

Só de estar ali com ela, os últimos suspiros de vida se evaporam de mim. Seja lá o que for que eu tinha em mim que me permitia andar de um lugar para o outro, essa coisa que enfurecia os mortos, que viam, sentiam ou farejavam isso em mim, está acabando. Logo Ash vai roubar o que resta e me deixar como o homem na cadeira, encerrado em si mesmo, torturado ao bel-prazer dela, mas incapaz até de gritar.

Ela sempre foi excepcional.

"Por que você matou Meg Clemens?", pergunto, tanto para testar minha capacidade de falar quanto para saber a resposta. "Ela me ajudou, sabe. Quando suas amigas que queimaram você viva tentaram me matar. Ela me tirou da casa."

Minha irmã tira a mão da cabeça do nosso pai; os dedos se enrijecem por um segundo antes de relaxar. Um indício de irritação que Ash não consegue disfarçar.

"A Boa Meg", diz. "Que sua alma apodreça no Paraíso."

"Ela não merecia morrer."

"Todo mundo morre."

"Não daquele jeito."

"Mas é *possível*", ela diz, sorrindo, sua "carinha doce", uma obra-prima de ensaiada autenticidade. Depois muda. Surgem olheiras da cor de casca de banana podre. "Por que nunca se sabe, não é mesmo?"

Pontos de sombra explodem diante dos meus olhos. Os fogos de artifício ao contrário, que antecedem um desmaio. Estico a mão e, aos tropeços, alcanço a parede. Bato a cabeça nela, e metade dos pontos some, mas os demais continuam dançando na minha frente, unindo-se e dividindo-se, como células.

"Calma", diz Ash.

Não condenada.

"Por que papai está aqui?", luto para perguntar, agarrando-me à minha voz como um afogado se agarra a uma corda que lhe jogam.

Um demônio.

"Você ainda não compreendeu? Não *adivinhou*?"

Uma luz forte no fundo dos meus olhos, um gosto calcário de alvejante na garganta. Sintomas de enxaqueca. Nunca tive uma na vida, mas falar com Ash — especialmente aqui — é uma nova doença, que se transforma e se mostra mais criativa a cada segundo.

"Não", consigo dizer.

"Ele foi cúmplice de assassinato", diz. "Sabia das coisas mais terríveis, e era aqui que ele ficava pensando sobre elas. Olhando por essa janela e sussurrando todos os segredos para si mesmo."

É para sempre.

"Eu não..."

"Ele me seguiu. Dois dias antes do meu aniversário. *Nosso* aniversário. Desde o momento em que Meg desapareceu, ele ficou imaginando se eu poderia estar envolvida, saber de alguma coisa. Então deu uma de detetive e me viu entrando no carro do sr. Malvo depois da aula, daí nos seguiu até a casa na Alfred Street. Quando nós dois entramos, papai ficou sentado ao volante, observando. Dois minutos depois, o pobre Dean saiu correndo, entrou no carro e fugiu."

"Por quê? O que aconteceu?"

"Eu *mostrei* Meg para ele. Eu mostrei ao sr. Malvo que eu era a única garota para ele. Ele olhou naquele porão, viu o corpo dela e entendeu duas coisas bem rapidinho. A primeira: era eu quem dava as ordens agora, não ele. A segunda: ele não podia contar a ninguém porque seria ele quem iria para a cadeia, o professor pervertido, não eu, não uma *menina*, não a amiga de Meg."

"Então ele largou você lá."

"E aí papai entrou. Papaizinho sorrateiro. Veio na ponta dos pés atrás de mim e olhou para baixo, da mesma maneira que Dean fizera. Era como se ele estivesse vendo algo que já meio que esperava ver um dia. Ele apenas balançou a cabeça — você lembra como era, não? Aquele jeito dele de ok-então-é-assim? Virou-se e deu uma corridinha engraçada até a porta, como se estivesse tentando não vomitar."

É como se ela estivesse lendo minha mente, o que não era novidade para mim. Meu pai lutando para não passar mal, assim como eu.

"Papai *sabia*?"

"Você não se lembra de como ele estava agindo na época? De como estava esquisito? Tentei falar com ele sobre isso por dois dias, mas tudo o que papai dizia era 'Deixe-me pensar'. Ele estava mais confuso que nunca. 'Deixe-me *pensar* sobre isso, Ashleigh.' E aí, na noite da véspera do meu aniversário — *nosso* aniversário, que cabeça a minha! —, ele abre a porta do meu quarto e sussurra 'Encontre-me na casa amanhã'. Ao ouvir isso, percebi que ele nunca contaria. Eu era a filha dele, e ele tinha um dever para comigo. Papai era esse tipo de homem, certo? O engraçado, até mesmo doce, era que matar Meg fez com que eu e ele ficássemos mais próximos que nunca."

Um cuspe seco. Nada no meu estômago para vomitar. Nada dentro de mim, exceto uma náusea revoltante, arrematada com uma dor enorme.

"Então você não ia se encontrar com Malvo no dia do incêndio", falo. "Você ia ver papai."

"Eram os meus dezesseis anos! Eu merecia uma festa especial! Você pensou que papai tinha ido trabalhar. Então chamei as garotas — Michelle, Lisa, Winona, você se lembra daquelas piranhas? — para irem comigo. Prometi mostrar-lhes algo. Uma surpresa. E elas *ficariam* surpresas, não? Ao ver Meg. Ao ver meu pai dar um sumiço na minha bagunça. E elas também nunca contariam."

"Por que não?"

"Porque eu falei para elas não contarem."

O chão ondula sob meus pés. Não como em um navio no mar, mas dobrando-se de forma imprevisível, obrigando-me a flexionar os joelhos, como se estivesse andando em um trampolim. Só que não estou nem andando.

"Ia ser divertido", diz Ash. "Mas aí as garotas se acovardaram, e fui em frente sozinha. Quando entrei na casa, papai já estava lá. O lugar pingava e fedia com a gasolina que ele tinha derramado por toda parte. Ele me disse o que eu já sabia: que não ia procurar a polícia, que ia acobertar tudo comigo. *Ele era meu pai*. Foi realmente lindo, Danny. *Valeu* a pena, sabe? Só que então ele falou algo pelo qual eu não esperava. 'Mas tudo acaba aqui', ele disse. 'Assim que isso for feito, você não significará mais nada para mim. Este será meu último ato como seu pai. A partir de agora, *você não é mais minha filha*.'"

Ash ri. É como o guincho de pneus freando. O momento antes do impacto, quando não há nada mais a fazer.

"Mas você nunca iria permitir isso", digo.

"Espertinho."

"E o que fez com ele?"

"Eu o beijei."

Ash vira o rosto e olha pela janela. Examina o horizonte cinza e indefinido, como se tivessem palavras escritas ali.

"Um beijo de *verdade*. Um beijo adulto, um beijo sexual, um beijo isso-vai-ser-gostoso", diz. "Comecei a desafivelar o cinto dele com uma das mãos, a outra nas suas costas. Eu só queria ajudar. Assim eu ia fazê-lo entender que podia fazer o que quisesse comigo. Eu ainda era *dele*. Eu queria ser dele. Não contaria a ninguém, porque sou assim. Sou o tipo de garota que todo cara quer porque pode fazer comigo coisas que ninguém mais deixaria."

Ela se vira novamente para mim, e os pontos negros correm e obscurecem minha vista. Tenho de piscar com força para não deixar que eles levem toda a luz que ainda resta.

"O que ele fez?"

"Ele me empurrou", conta, aproximando-se de mim. "Entendeu perfeitamente o que eu estava oferecendo e ficou enojado. Eu o deixei com nojo. Ele me segurou pelos ombros. E me empurrou. Com força. Dei um passo para trás, perdi um pouco o equilíbrio. E então caí. Caí pelo buraco no chão e aterrissei de mau jeito, quebrei o tornozelo e comecei a gritar para que ele me tirasse dali. Mas papai apenas olhou para mim. Não com raiva. Era ódio, Danny. O ódio não é um sentimento, é a ausência de sentimento. E era isso o que ele sentia por mim: absolutamente nada."

Ela ergue os braços, preparando-se. Vindo na minha direção devagar, mas preenchendo todo o espaço, até que exista apenas ela.

"Ele simplesmente foi embora", diz. "Achei que iria procurar uma escada ou algo assim, porque não pensava, mesmo depois de tudo aquilo, que ele me deixaria lá embaixo com um cadáver, que me deixaria morrer de fome. Mas nunca saberei ao certo. Porque logo depois apareceram aquelas três putas, que tacaram fogo no lugar."

Papai sacoleja na cadeira. Seus lábios tremem, mas não emitem qualquer som. Suas mãos agarram os braços da cadeira como se ele lutasse para se erguer.

"E você ficou gritando por mim", digo. "Não por papai, não para que elas chamassem a polícia. Por mim."

"Só *restava* você, irmão", ela sussurra. "O inútil e indesejável."

Olho para Ash, a centímetros de mim. A ponta dos seus dedos nas minhas pálpebras, fechando-as.

A escuridão é um peso. É como cair na água usando um casaco acolchoado, jeans e botas. A luta para chegar à superfície é um movimento desesperado que só leva você mais para o fundo.

Mas há algo comigo lá embaixo.

A vaga ideia de um passado. Algo que foi encontrado, amado e perdido, ainda que eu não consiga vê-lo ou lembrar do seu nome.

Venha, Danny.

Ash me puxa para baixo, onde a água se transforma em rocha. Mantendo-me preso.

Venha...

E eu vou.

Não na direção dela, mas para dentro dela.

A coisa que está comigo na escuridão — quente, sem nome, viva — me diz para abrir os olhos. E quando vejo minha irmã, avanço.

Envolvo-a nos meus braços como se estivesse bêbado. Uso minha altura, minhas pernas longas, para fazê-la perder o equilíbrio. Retroceder.

O que você está fazendo?

Estou me atirando no ar. Estou me afogando na escuridão. De olhos fechados, pela mesma razão pela qual sempre me recusei a abri-los ao nadar: pode ter alguma coisa ali, algo inesperado e monstruoso. Exceto que, dessa vez, sei que se olhasse veria um imenso nada, o que seria mais aterrorizante que qualquer criatura que eu pudesse imaginar.

Mas não cedo mesmo assim. Cortando a escuridão com minhas unhas. Resistindo.

Danny?

Porque não é só Ash que está lá embaixo comigo. Um algo contra o nada dela.

Olhe para mim, irmão.

Fecho meus olhos com mais força até eles doerem. Dois pontos de acesso por onde agulhas de tricô conseguiram passar, um par de sondas em busca de um cérebro. Para rejeitá-las, para rejeitá-la, tento chamar a coisa sem nome da qual lembrei há um instante.

Eu havia pensado nisso como algo. Mas eram várias *coisas*. Vozes, rostos. A maneira de falar, rir e tocar.

Pessoas.

Havia pessoas no passado, e elas estão aqui agora, no presente. Duas em especial. Elas me chamam da mesma maneira pela qual eu as chamo. Uma oração, segundo alguns. E, como em todas as orações, ela se resume a pedir a alguém que lute por você, ou pedir a si mesmo para lutar.

Pare com isso, Danny! Pare agora!

A voz de Ash é a dor na minha cabeça. São as agulhas de tricô. É uma doença na medula, maligna e inflamada.

Mas não é isso que importa agora.

O que importa é continuar. É avançar mais fundo na minha gêmea, no espaço dentro dela, chutar e arrebentar suas fronteiras.

Olhe para MIM!

Ao quebrar, o vidro soa como a chuva. Um aguaceiro que ataca todas as superfícies, uma sinfonia de choques.

Atravessamos a janela do escritório, nós dois girando e caindo. A chuva substituída pela fúria uivante do ar.

OLHE!

Eu olho.

E lá está minha gêmea, caindo mais rapidamente que eu, como se sua densidade superasse a minha. Como se a terra a desejasse mais.

Danny!

A mesma voz, exatamente a mesma súplica de quando olhei para baixo e a vi no porão da casa em chamas.

NÃO ME DEIXE AQUI!

Agora, assim como naquela ocasião, estendo a mão para ela. E agora, assim como naquela ocasião, ela está muito longe.

Eu me estico para baixo, para minha irmã, e ela se estica para cima. Mas só tocamos o ar.

DANNY!

Eles parecem estrelas.

Por trás da figura de Ash girando, o gelo é um céu noturno esburacado com pontos luminosos. O rio é uma Via Láctea de sistemas distantes, que chamam de uma distância intransponível.

Mas são apenas os rostos dos mortos. Ganhando mais detalhes à medida que nos lançamos na direção deles. Eles também nos veem. Dedos que arranham a superfície áspera por baixo do gelo, desesperados para serem os primeiros a nos puxar para baixo.

Não são pessoas que estão lá embaixo. Também não são espíritos ou almas. São um agrupamento de todos os horrores que eles infligiram a outros e a si próprios, inomináveis e destilados. Um fluxo insondável de medo.

O gelo se aproxima rapidamente. Em alguns segundos nós o atingiremos. Passaremos para o outro lado.

Olho para o rosto de Ash e vejo que esta foi a visão que ela teve quando morreu ao nascer. Minha irmã está apavorada. Mas continua resistindo. Faz o possível para se mostrar desafiadora, até mesmo calma.

Não me deixe...

Ela faz isso por mim.

Minha irmã me oferecendo consolo. Tentando me acalmar durante um pesadelo, quando éramos crianças e dividíamos o quarto, ainda que meu pesadelo fosse com ela. Ao me dizer que ela sempre estaria aqui, que não havia o que temer a não ser ficar sem ela, não importa o que acontecesse, na vida ou na morte, ou em outros lugares que eu ainda vou ver mas que Ash sabe que nos esperam, que ela nunca me abandonaria.

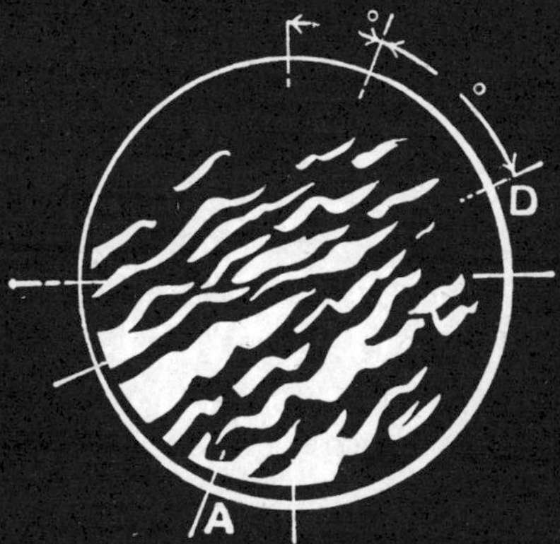
D
A

— OS —
CONDENADOS
PARTE 4

ESPÍRITOS DAS CHAMAS

CAPÍTULO 47

Abro os olhos e tenho certeza de duas coisas.

Estou vivo.

E o coração de outra pessoa está dentro de mim.

Assim que consigo fazer minha boca funcionar direito, pergunto a uma das enfermeiras a mesma coisa, repetidamente, enquanto ela limpa minhas partes e troca os lençóis embaixo de mim. Uma enfermeira com braços fortes e experientes, cobertos por pelos escuros e verrugas que algum médico provavelmente deveria examinar.

"De quem é o coração?"

"Você tem de falar um pouco mais alto, querido. Esses ouvidos já não são mais aqueles."

"De quem é o *coração* que me deram?"

"Bem, não devemos falar sobre..."

"Prometo que não conto."

Ela dobra cuidadosamente a borda do lençol sobre meu peito, alisando-a. Isso lhe dá tempo para se decidir se deve quebrar as regras ou não.

"Acidente de carro", diz. "Um dano cerebral pelo qual não podíamos fazer nada, mas o resto dela mal tinha um arranhão. O que chamamos de doador ideal."

"Dela?"

"Era uma garota", responde, deixando de sorrir, os dentes grandes ocultados por grandes lábios penugentos. "Uma garota de dezesseis anos."

Willa se voltou para a religião. Resultado de todas as orações que fez na capela do hospital, pedindo que o filho e o marido voltassem para ela. As promessas que fez se isso ocorresse.

"Nunca fui muito de ir à igreja", ela diz. "Mas acho que *agora* tenho de ir, certo? Promessa é dívida."

Falo que podemos ir todos os domingos, todo os dias da semana, se ela quiser. Faremos o que ela quiser.

"Quero voltar para casa e ser normal por algum tempo", responde Willa.

"Só isso?"

"Você tem acompanhado os últimos acontecimentos por aqui, Danny? Isso já é *bastante*."

Ela traz Eddie para me ver no segundo ou terceiro dia depois de eu voltar. Peço que ela nos deixe um pouco a sós. Minha esposa ergue as sobrancelhas, desconfiada, mas sai sem fazer perguntas.

"Podemos falar sobre isso o quanto você quiser, ou podemos nunca mais tocar no assunto", falo. "Mas eu preciso saber se você esteve comigo lá do outro lado. Você me salvou. Lembra-se disso?"

Eddie olha para trás, para ter certeza de que não há mais ninguém no quarto. "Eu perguntei, mas os médicos disseram que não se pode sonhar durante um coma."

"Aquilo não foi um sonho."

"Eu *sei*. Estou apenas dizendo que ninguém vai acreditar na gente."

"Ninguém mais importa."

Ele não se lembra de tudo, mas se lembra do suficiente.

De buscar por mim em uma cidade vazia, seguindo minha voz, sabendo que eu estava sozinho e precisava de ajuda. E de como, quando me encontrou, eu estava sendo perseguido por alguma coisa, e ele sabia que, se olhasse para essa coisa, não seria capaz de pensar ou se mover, então ficou olhando para mim. De como ele deixou a coisa ir atrás dele para que eu pudesse escapar.

"Sinto muito por ter deixado que ela fizesse isso com você, Eddie. Errei ao deixar que você se envolvesse. Eu deveria ter ficado sozinho."

"Você não fez nada de errado. Foi ela. E ninguém deveria ficar sozinho. Além disso, você deu um jeito nela, certo?"

"Sim."

"Foi ruim? Para ela, quero dizer. Foi doloroso?"

"Foi ruim para ela. E terrivelmente doloroso."

"Ótimo", diz Eddie, sem querer ouvir mais nada além disso. "Então estamos quites."

O cirurgião-cardiologista do qual gostei foi quem liderou a equipe que fez meu transplante. Não que eu estivesse consciente quando aconteceu, mas saber que foi ele que removeu meu reloginho imprestável e acomodou o coração de uma estranha no espaço que sobrou é bastante tranquilizador, como se a intimidade desses elementos — meu coração, o coração dela, nossos dois pequenos escravos da vida — fosse mais bem tratada pelas mãos de amigos.

"Ora, ora. Parece que você tem outro livro para escrever, sr. Orchard", diz o médico na primeira vez em que estou consciente quando ele vem ao meu quarto.

"Acho que não. Desta vez, o segredo fica comigo."

"Foi assim tão bom? Não quer que sua esposa saiba tudo sobre as virgens celestiais que se ofereceram a você enquanto estava lá em cima?"

"Algo parecido."

Ele checa minha pulsação, pressão arterial e lê o prontuário. Balança a cabeça.

"Você está em uma forma inacreditável, apesar de parecer com um pouco de ressaca", diz.

"Você também parece com um pouco de ressaca."

"É porque *estou*."

Agradeço a ele. Isso demora um pouco. Tento explicar, da melhor maneira, que o que ele fez por mim vai mudar não apenas a minha vida, mas a de outros, o máximo que eu puder ajudar, de todas as maneiras ao meu alcance. Falo de como pode não significar nada para ele, mas que eu prometo não desperdiçar o tempo extra que ganhei. Pergunto qual é seu primeiro nome — Steven — e asseguro que, se eu e Willa tivermos um filho juntos, se dermos um cachorro para Eddie, se eu um dia comprar um barco, todos terão seu nome. Ele ri disso, já tendo ouvido promessas semelhantes. As mágicas consequências que acompanham as decepções mais comuns, a incapacidade de deixar uma marca, os desaparecimentos.

"Sou apenas o mecânico por aqui", diz. "Você encontrou o caminho de volta, Danny, não eu."

"O que posso fazer? Eu gosto daqui."

"E deveria mesmo. Aqui é muito bom, na maior parte do tempo", ele diz, para depois se aproximar e baixar a voz, para um tom mais sério. "Então vou lhe fazer uma pergunta. Se você é tão afeiçoado a este turbilhão mortal, por que foi correr no Jardim Público? Alguém com uma faca atrás de você? Tentando pegar a saideira no Four Seasons?"

Não quero mentir para este homem. E algo me diz que, se eu lhe contar a verdade, ele vai entender, ou pelo menos ver que eu acredito, mesmo que ele não acredite. Mas o quão longe posso ir em uma história como a minha? Se for pouco, não fará sentido. Se for muito, ele pode me mandar para uma avaliação na ala psiquiátrica.

"Eu precisava resolver um problema por lá", digo por fim.

"Você quer dizer lá *lá*, não lá na Boylston Street."

"Se fosse na Boylston Street, eu teria pego um táxi."

Ele parece parcialmente satisfeito com a resposta. Não me pergunta mais nada, pelo menos. Apenas balança a cabeça de novo, daquele seu jeito agradavelmente surpreso, e se afasta um pouco da cama, mostrando que o momento de seriedade passou.

Quando pergunto quando ele acha que posso sair do hospital, o médico assume um ar de falsa gravidade.

"Bem, há mais um exame que precisamos fazer", diz. "Bastante desagradável, devo ressaltar."

"Certo. E qual é?"

"Exame retal."

"Para quê?"

"Para ver se conseguimos encontrar a ferradura que você tem enfiada aí."

Finalmente, depois que eles obtêm a permissão dos pais, um dos administradores do hospital me repassa o nome da garota que estava no acidente de carro, aquela cujo coração agora bate dentro de mim.

Nadine.

Durante o resto do meu período de recuperação, escrevo uma carta endereçada aos pais de Nadine, aos parentes "e a todos que a amavam". O bilhete de agradecimento mais inadequado da história. Mas incluo um pós-escrito que espero que traga algum consolo. A promessa de que, seja onde Nadine estiver agora, é um bom lugar. O melhor dia da vida dela, para sempre.

Quando termino, dobro as páginas e, junto com um exemplar de *O Depois*, coloco em uma caixa da FedEx. Antes de lacrar e entregar a caixa para Willa enviá-la ao endereço que nos forneceram, tiro o Omega do pulso e o coloco ali dentro.

Eu menti para o cardiologista quando disse que não tinha planos de escrever outro livro.

A verdade é que, apenas dois meses depois de voltar para casa, estou mergulhado em um novo projeto. Um relato do Depois sob a perspectiva de alguém que esteve no lugar que tememos existir, que pode ser nosso destino. O lugar do qual Violet Grieg falou e que a tornou, segundo Lyle Kirk, uma Alma Penada. O que significa que agora eu também sou uma Alma Penada.

É sobre o que aconteceu com meu pai e minha mãe, sobre uma casa incendiada, sobre Ash. É sobre os destinos com que nascemos e aqueles que criamos para nós mesmos. Uma história verdadeira que fala de solidão, de assombrações e de como encontrar formas inesperadas de ser feliz, mesmo quando a felicidade parece estar do outro lado de um rio instransponível.

Vou chamá-lo de *Os Condenados*.

A parte mais difícil será o fim.

Há algumas perguntas cujas respostas ignoro, como costuma ocorrer quando elas envolvem o futuro. Willa e Eddie, e as vidas que desejo que eles tenham. Quanto tempo o coração de Nadine vai aguentar com as tarefas na nova casa. Se Ash algum dia vai voltar.

No entanto, você sabe o que eu sei, e se mantém tão perto do presente quanto possível. Mantenha o foco no que é verdadeiro.

Ash atravessou o gelo, mas eu não.

Ela está em algum lugar abaixo de Detroit, um lugar onde está presa em uma água dura como pedra. Um lugar tão distante do mundo da luz que seria impossível se erguer e me encontrar, ainda que ela vá tentar.

Ela é outra coisa agora, algo que espero nunca ver, mas ela sempre será minha irmã.

O que significa que Ash nunca vai parar de tentar.

FIM

Agradecimentos

Em primeiro lugar, agradeço à minha editora, Sarah Knight, que me ajudou a aparar algumas arestas e me fez chegar aos limites de outras arestas, sempre de maneira brilhante e produtiva. Minha gratidão também vai para todos na Simon & Schuster, Simon & Schuster Canada e Orion que colocaram as mãos neste livro: Carolyn Reidy, Jonathan Karp, Marysue Rucci, Richard Rhorer, Kevin Hanson, Alison Clarke, David Millar, Kate Gales, Molly Lindley, Elina Vaysbeyn, Amy Jacobson, Amy Cormier, Michelle Blackwell, Jonathan Evans, Joshua Cohen, Lewelin Polanco, Jason Heuer, Jon Wood, Kate Mills, Jemima Forrester, Gaby Young e Graeme Williams. Agradecimentos adicionais a Anne McDermid, Stephanie Cabot, Peter Robinson, Jackie Levine, Howard Sanders, Sally Riley, Monica Pacheco, Martha Magor, Chris Bucci, Jason Richman e Danny Hertz.

Pesquisando para *Os Condenados*, li muitos livros sobre Detroit, mas gostaria de citar especialmente os excelentes *Made in Detroit*, de Paul Clemens; *Detroit: A Biography*, de Scott Martelle; e *Detroit: An American Autopsy*, de Charlie LeDuff.

Andrew Pyper é autor de seis romances, entre eles *O Demonologista*, primeiro lugar na lista de mais vendidos na sua terra natal, o Canadá — e publicado pela DarkSide® Books em 2015. Seus outros trabalhos incluem *Lost Girls* (ganhador do Arthur Ellis Award e na lista de mais vendidos do *New York Times*), *The Killing Circle* (Romance Policial do Ano do *New York Times*) e *The Guardians* (Melhor Livro do *Globe and Mail*). *O Demonologista* está atualmente sendo transformado em um filme pelo produtor e diretor ganhador do Oscar Robert Zemeckis, com a Universal Pictures. Ele vive em Toronto. Saiba mais em andrewpyper.com.

SAUDADE É UMA DOR QUE FERE NOS DOIS MUNDOS.
"Os atos desta vida formam o destino da próxima."

– INVERNO EM CHAMAS 2016 –